ハヤカワ文庫 NV
〈NV1231〉

脱出山脈

トマス・W・ヤング

公手成幸訳

早川書房

6808

THE MULLAH'S STORM

by

Thomas W. Young

Translated by
Shigeyuki Kude
First published 2011 in Japan by
HAYAKAWA PUBLISHING, INC.
This book is published in Japan by
arrangement with
INKWELL MANAGEMENT, LLC
through TUTTLE-MORI AGENCY, INC., TOKYO.

最上級曹長フレッド・ウィリアムズを追悼して

脱出山脈

登場人物

マイケル・パースン……アメリカ空軍少佐。航空士
フィッシャー…………アメリカ空軍中佐。機長
ジョーダン……………アメリカ空軍中尉。副操縦士
ヌニェス………………アメリカ空軍。機上輸送係
ルーク…………………アメリカ空軍。機関士
ゴールド………………アメリカ陸軍一等軍曹。通訳
キャントレル…………アメリカ陸軍大尉。特殊部隊員
ナジブ…………………アフガニスタン政府軍大尉
マルワン………………アフガニスタン反政府軍ゲリラ部隊指揮官
ムッラー………………タリバンの高位聖職者

1

アフガニスタンのバグラム空軍基地の上空に暗雲が重く、低く垂れこめて、この午後を長い夕暮れに変じていた。ショマリ平原を取り巻く山脈の峰々が、冷たい灰色の霧に没している。

C－130ハーキュリーズ輸送機のなかでは、冷たくなった手を温めようと、マイケル・パースン少佐が両手を合わせて息を吹きかけてから、ノーメックスの手袋をはめているところだった。そのあと、彼はフライトヘルメットをかぶり、操作パネルに手をのばして、インターフォンのボリュームをあげた。

乗員たちがシートに就いて、ベルトを締めた。パイロットを務める機長、フィッシャー中佐がブームマイクの位置を調整して、呼びかける。

「いますぐ発進しなければ、いつまでたっても発進できないだろう」

パースンから手渡された気象報告書が、その理由を示していた。そこに記されている暗号化された気象予測は、〝+BLSN、PRESFR〟——激しい吹雪、気圧の急速な降下。

パイロットの背後、パースンのすぐ前方にある機関士シートで、ルーク軍曹が計算機のキーをたたいていた。薄膜のような離陸予定カードに数字を書きこんで、フィッシャーに手渡す。

「ただちに、あのろくでなしをここから移送する必要があるとのことです」機上輸送係《ロードマスター》のヌニェスが呼びかけてきた。ヌニェスは後方の貨物室におり、パースンはその声をインターフォンを通じて聞いていた。

輸送機の前方に、青いヴァンがやってきて停止した。

「ほら、彼が連れてこられたぞ」副操縦士《コ・パイロット》のジョーダン中尉が、横手のコンソールをぽんとたたいて、言った。

M-4カービンを携えた二名の空軍憲兵《SP》が、タリバンの高位のイスラム法学者《ムッラー》である捕虜を連行していた。SPたちがムッラーをヴァンからおろし、輸送機のコックピットのすぐ後方にある乗員乗降口のほうへ向かわせる。手錠と足枷がかけられ、かろうじて歩行ができる長さしかない鎖で左右の足首がつながれていた。真っ黒なゴーグルをはめている。長い顎ひげは、黒より灰色に近かった。着衣は、沙漠迷彩《カモ》の外套と、オーヴァーオールの捕虜服だ。

　CNNのニュースが報じたムッラーの姿より小さく、弱々しく見える、とパースンは思った。しかし、あの映像は、金曜日の礼拝の場で群集に説教をしている姿をとらえたほんの短い映像であったり、かなり以前の髪がまだ真っ黒なころに、肩にかついだスティンガー・ミサイル発射機の砲口を、煙を吹きあげているソ連のヘリコプターに勝ち誇って向けている姿であったりといったようなものだった。

　捕虜の背後に、陸軍の軍服を着た女性がひとり、つづいていた。通訳だろう、とパースンは推測した。民間人の身なりをした、頭の禿げた中年の男を伴っている。あれはCIA《エージェンシー》だろう。

　貨物室から、鎖がガチャガチャいう音と、ヌニェスやSPたちがムッラーをシートにすわらせている音が聞こえてきた。ヌニェスが大声で歌う声がパースンの耳に届いてくる。

「グアンタナメラ、グアヒラ・グアンタナメーラ、グアンタナメーーラ……（六〇年代初頭にピート・シーガーらのカヴァーでヒットしたホセイート・フェルナンデス作の名曲の一節で、グアンタナモから来た田舎娘という意味）」

「それはやめておけ」インターフォンごしに、パースンは言った。

「なんでいけない？」とヌニェスが問いかけてくる。

「プロフェッショナルらしくない行為だ。それに、グアンタナモ《ギトモ》基地は封鎖されることになってるんだぞ」

「それならそれでいいさ。こういうくそったれども《ペンデホ》を押しこむ場所は、ほかにいくらでもある」

「飛行前点検《チェックリスト》はすんでいるな？」フィッシャーが言った。問いかけではなく、命令だった。

「よし、エンジンを始動させよう」

簡潔な指令がインターフォンと無線を通じて伝えられ、ターボプロップ・エンジンが冬の静寂を破ってうなりだす。ジェット燃料の排気ガスの悪臭が漂ってきて、パースンが鼻をつまんだころ、ようやくヌニェスが乗員乗降口の扉を閉じた。コックピットのフロントガラスに大きな雪片がはらはらと舞い落ち、それが水滴となって、ガラスの上を滑り落ちていく。輸送機が重々しく動きだしたとき、パースンは、雪片が小さくなって、横から舞い落ちるようになったことに気がついた。滑走路の向こう、はるか遠方にある峰々が、白い靄のなかにかすんでいる。

「フラッシュ2-4へ、こちらバグラム管制室。離陸を許可する。滑走路は2-1」

フィッシャーがその滑走路に輸送機を乗り入れて、スロットルを開く。防弾チョッキを着ている背中に機体の振動が伝わってきて、加速のGで体がシートに押しつけられる感触があった。滑走路のセンターラインの破線がどんどん短く見えるようになっていき、やがてジョーダンが「行くぞ」と言ったとき、地表が下方へ遠ざかっていった。まもなく、C-130は雲の層に突入し、フロントガラスの向こうがぶあつい灰色に変じる。

「順調だ」フィッシャーが言った。「加速」

機が上昇し、パースンはレーダー・スクリーンを見つめた。地形マッピング・モードになっているスクリーンが、前方に広がる山並みを緑一色の写真のように表示していた。

「これからどうする、航空士《ナヴ》？」ジョーダンが問いかけてきた。

「離陸手順は良好だったから、そのまま進めてくれ」

パースンは言った。レーダー・スクリーンと自分のチャートを比較して、機の飛行状況を確認する。パイロットの計器パネルに目をやると、レーダーの高度表示の数字が減少し、上昇し、ふたたび減少するのが見えた。前方に山があり、つぎに谷があり、また山の峰がある。

パースンが前方へ目をやると、機が雲層の上に出たのが見えた。このあと、フィッシャーはハーキュリーズ《ハーク》を水平飛行に持ちこんで、オートパイロットに切り換えるだろう。ヌニェスがコーヒーの用意に取りかかるだろう。おそらく、ルークが、パースンが持ってきたシューティングスポーツマン誌を借りに来て。これから先は、らくな任務になるだろう。

パースンがレーダー・スクリーンに目を戻した瞬間、ミサイル接近警告音がコックピットに鳴り響いた。

フィッシャーがぐいと操縦桿を右へ押し、C-130を深いバンクに持ちこんで、旋回させる。パースンは、強いGにひっぱられて腕が重くなるのを感じた。

「フレア、フレア」ジョーダンが指示した。「三時方向にミサイル」

パースンは、ミサイル回避フレアを射出するピストルグリップ状のトリガーを握って、一気にフレアを射出した。おびただしいフレアが空を照らし、雲のなかにその煙が放射状にたなびく。迅速な方向転換と、エンジンより高い熱を発するフレアが赤外線追尾ミサイルをたぶらかして、その針路をそらしてくれることを、パースンは願った。

だが、対応はじゅうぶんではなかった。

ミサイルが爆発して、機体が揺れる。右翼のどこかがその衝撃を浴びていた。破片がばらばらと胴体に当たって、石がぶつけられたような音が鳴り響く。機体が右へ傾いた。そして、振動が激しくなった。計器パネルの黒いゲージのなかで、表示が読みとれないほど大きく、白い針が振れているのが見えた。

「三番エンジン、出火」ルークが言った。

三番エンジンのファイアハンドルのなかで、赤い光が輝いている。ついで、その隣のハンドルのなかで、赤い光が輝いた。

「四番エンジン、出火」

「おっと、くそ」フィッシャーが言った。「両エンジン、停止」

ジョーダンとフィッシャーが、エンジンの非常停止手順に着手する。パースンは無線交信を引き継いだ。自分の通信装置のウェファー型スイッチを操作して、周波数をＵＨＦ１

に合わせる。

「メーデー、メーデー（航空機や船舶が発する救難信号）」無線を通じて、彼は呼びかけた。「火災発生。二基のエンジンが停止。乗員は十名」

恐怖を覚えているせいで声がかぼそくなっていなければいいのだが。

ジョーダンがファイアハンドルを引いた。ルークがオーヴァーヘッド・パネルへ両手を持っていき、炎上している両エンジンの燃料ポンプと発電機を停止させる。機はすでに半死半生の状態に陥っていた。

「フラッシュ2－4へ、こちらバグラム管制塔。そちらの意向はどうか」

「そのまま待機してくれ」パースンは言った。

高度計は、緩慢な下降を示していた。もっとひどい状況になっていたかもしれないのだ、とパースンは思った。いまでもフィッシャーは、ある程度は機をコントロールできている。彼が、ぶじなほうの二基のエンジンのスロットルを全開にするのが見えた。

「これが限界だ」機首をまっすぐにしておくために左のラダーを強く踏みこみながら、フィッシャーが言った。「機は下降していく。問題は、どこに降りるかだ」

「右旋回し、〇六〇〇時方向に針路をとって、バグラムにひきかえすというのはどうです」パースンは言った。

「二基のエンジンが死んでいるから、旋回ができるほどの速度は出せない」

「前方左手に高地」パースンは言った。「もはや、あれを越えるのはむりです」

「ちくしょう。どこでもいいから、不時着ができる場所を見つけだしてくれ」

「左へ五度」パースンは言った。「谷間に入りこめるようにします」

左へ九〇度の旋回は山にはばまれることになり、右旋回は物理法則が許さない。

パースンは窓の外へ目をやったが、見えるのは雲だけだった。機内では、レーダー・スクリーンが、また別のぎざぎざした稜線を表示していた。彼の示した針路は、そのふたつの山のあいだを縫うものだった。機は刻々とバグラムから遠ざかっていたが、生きのびるには不時着をするしかないだろう。

「バグラムへ、こちらフラッシュ2-4」彼は無線で呼びかけた。「飛行場へひきかえすことはできそうにない」

パースンは、予測される不時着地点の座標を知らせた。基地から五十マイルほど離れた地点になる。

ジョーダンが非常ベル・スイッチの警報ボタンを押して、短く六度、警報を鳴らした――不時着に備えよ。

「なにも見えない」フィッシャーが言った。「両翼を水平に保っておくだけで精いっぱいだ」

「この針路を維持してください」パースンは言った。

機が谷床へ近づくにつれて、レーダーの高度計の数字が減少していたが、肉眼で見てとれるのは、霧と渦巻く雪だけだった。不時着に備えるために、彼は自分のシートをまわして、前に向けた。オイルが焼けるようなにおいがコックピットに充満していた。

「ロードマスター」ジョーダンが呼びかけた。「右翼の状態を調べてみてくれ」

「四番エンジンから濃い煙」ヌニェスが声を返してきた。「三番エンジンは、タービン・セクションが完全にふっとんでいる。外部タンクから燃料が噴出」

「着陸装置はあげたままにしておく」フィッシャーが言った。「機関士、着陸装置警報のブレーカーを落としてくれ」

ルークがシートから身をのりだして、それのサーキットブレーカーを切った。

そのとき、C‐130が雲層を突きぬけ、前方の荒涼とした地形があらわになった。まばらに生えている常緑樹、パウダースノーの積もった巨礫と頁岩の山肌。ミルクをふりまいたような細かな雪が宙を舞っていた。パースンは、胸の奥に恐怖がきざすのを感じた。どこかに平らな地面があってほしいものだが。

「しっかりストラップを締めろ」フィッシャーが命じた。「まさしく最悪の着陸になりそうだ」

ジョーダンが警報ベルを長く鳴らした——衝撃に備えよ。

「フラップ、全開」フィッシャーが言った。「一番および二番エンジン、フェザリング」

地表が間近になったとき、ジョーダンが、衝撃で炎上することのないように、生き残っている二基のエンジンを停止した。奇妙な静寂が訪れたなか、損傷した航空機がグライディングで地表へ迫っていく。プロペラ後流の音だけが残ってまもなく、片翼が木に激突し、パースンは身がよじれるような最初の衝撃を感じた。そして、第二の衝撃、第三の衝撃。尾部が岩塊にぶつかって、つぶれ、金属が引き裂ける音が機体後部から届いてきた。胴体が地面に激突する。体が強烈にショルダーストラップに押しつけられた。両腕が勝手にばたつく。歯が舌を嚙み、航空士《ナヴィゲーター》テーブルの端に右手首がぶつかって、パースンは激痛を覚えた。

左翼がねじ切れて、胴体からもぎとられ、航空機自体が苦痛の咆哮をあげているような、金属の裂ける音が響き渡った。残骸と化した機が大きくふりまわされて、土と雪のアーチを宙に描く。

その直後、静止と沈黙の一瞬が訪れた。パースンは目を閉じて、火柱の出現に身構えた。耐火フライトスーツはその猛烈な熱にもちこたえてくれるだろうか。燃料タンクが破裂したらしく、漏れだしたJP‐8燃料のにおいがしてくる。ケロシンのにおいがする空気を吸うのは、針が混じった空気を吸っているような感じがした。

だが、火災は発生しなかった。とめていた息を吐き、破壊された操縦室《フライトデッキ》に流れこんできた冷たい空気を吸いこむ。後部から叫び声が聞こえてきた。

「アラー・アクバル！　アラー・アクバル！」――アラーは偉大なり。

そして、鈍い打撃音。金属が肉を打つ音だ。

「黙りやがれ！」ヌニェスがわめいた。「わからんのか、このくそ野郎？　これならわかるはずだ」

ガツン。

ついで、女性の声。

「そこまでにして」

パースンはハーネスのバックルを外して、ヘルメットを脱ぎ、口にたまった血を吐きだした。まだ頭がぼうっとしていて、目のなかに銀色の火花が点々と散っていた。フィッシャーのうめき声が聞こえる。

「両脚が折れたらしい」フィッシャーが言った。「だれか、ほかの乗員たちのぐあいを点検してくれ」

「わたしはだいじょうぶです」ルークが言った。「後部を見に行ってきます」

パースンはよろよろとコ・パイロット・シートのほうへ足を運び、シートに右手をついて、身をのりだした。とたんに痛みが押し寄せ、くじけそうになる。

「わたしは手首を痛めました」歯を食いしばって、彼は言った。

その手首を左手で持って、状態をたしかめてみる。折れてはいないようだが、たまらなく痛かった。打撲傷だろう。

コ・パイロットは身動きせず、声も立てなかった。

「だいじょうぶか?」とパースンは問いかけて、ぶじなほうの手でジョーダンの肩をついてみた。

反応なし。

パースンは、かがめていた身を起こした。ジョーダンのまぶたが開いたままになって、生命を失った目が床をにらんでいるのが見えた。脈をたしかめるために頸動脈に指をあてると、首の横側が奇妙にふくらんでいるのが感じとれた。

「首が折れたようです」パースンは言った。「ジョーダンは死亡しました」

まだ舌がひりひりしていて、その痛みのせいで、うまくしゃべれなかった。

フィッシャーが目を閉じて、顔をしかめる。

「だれでもいいから、わたしがシートから立ちあがるのに手を貸せそうな人間を見つけてくれないか」彼が言った。

パースンはステップをくだって、フライトデッキを出た。ルークとヌニェスが壁面ファスナーから救急キットを取りだしているのが見え、そのあと、貨物室の惨状が目に入って、彼は固唾を呑んだ。民間人の身なりをした諜報員は、兵員シートにストラップで固定されてすわったまま、ぐったりと横手へ身を倒していた。頭蓋骨が裂けて、海綿状の脳組織が露出している。SPのひとりが、もうひとりを蘇生させようと胸を押していた。負傷したほうのSPはあおむけに倒れていて、貼りつけられたガーゼパッドの下から血が流れだしている。その血が床を流れくだって、装備固定金具のところに血だまりをつくっていた。

「あのふたりはどうしたんだ？」パースンは問いかけた。

「破片を浴びたんだと思う」ヌニェスが答えた。

「ジョーダンは死んだ。フィッシャーは両脚を折った。彼を動かすのに手を貸してくれるか？」

捕虜は静かにすわっていた。ヌニェスに殴られたので、とりあえず当面は黙っておこうということか。無傷のSPが同僚の脈をたしかめてから、空軍戦闘服《ABU》の上着をその男の顔にかけた。

パースンはフライトデッキからコックピットへとってかえすと、ヌニェスとともにフィッシャーの脚を支えて、彼にステップをくだらせ、貨物室へ連れていった。脚に衝撃が来るつど、フィッシャーが悲鳴をあげて、パースンの腕に爪を食いこませてくる。ふたりは兵員シートの上に彼を寝かせた。

「外に出てもだいじょうぶかどうか、たしかめてみる」ルークが言った。乗員乗降口のハンドルをまわし、扉を強く蹴って開く。扉が半分ほど開いたところで、機関士は体を横向きにして、その隙間をくぐりぬけた。「出たら、無線で呼びかけてみる」

パースンが見守るなか、ルークは折れまがった扉のフレームを押しのけて、地面に身を転がした。サバイバル・ヴェストから空軍非常用無線機ＰＲＣ－90を取りだして、アンテナをのばし、通信ボタンを押す。雹《ひょう》のように固い雪片を避けようと、目を細めていた。

「メーデー、メーデー、こちらフラッシュ２－４。不時着した。だれか聞こえないか、こちらフラッシュ２－４。不時着した」

「フラッシュ２－４へ、こちらブックシェルフ。そちらの現在位置はどこか」

パースンは、頭上を周回飛行している空中警戒管制機《ＡＷＡＣＳ》との連絡がはやばやと取れたことにほっとして、ルークに親指を立ててみせた。パースンは不時着地点の座標を書きつけた紙片を手渡し、ルークがその数字をＡＷＡＣＳに無線で伝えた。

「捜索救助隊の派遣を基地に要請しよう」ＡＷＡＣＳの管制官が言った。「ただし、気象部の忠告に従って、この空域の航空機はすべて地上に釘付けになっている」

「こっちもそのように推測していたよ」ルークが言って、薄暗い空を見あげた。

パースンは、なにかの物音が聞こえたように思った。ピシッ、ピシッという、焼けた金属が冷えていくときに発するような音だ。ルークの喉から血が噴出した。その手から無線機が転げ落ちて、体が地面に転がった。直後、機体後方の兵員乗降扉が開いて、Ｍ－４が斉射された。輸送機のほうへ走ってきていた黒いターバンの男が、倒れこむ。

ヌニェスが、死んだＳＰのライフルを急いでひったくり、開かれたもうひとつの兵員乗降扉から応戦して、三度の斉射を加えた。空薬莢がつぎつぎに宙を舞い、乾いた音とともに床に落ちる。

　通訳が捕虜を床へ蹴り落とし、足で踏みつけて、ライフルの銃口を向けた。

「ペー・ズメカー・ツムラ」と彼女が命じた。「チュプ・シャー」

　パースンは痛めていないほうの手を使って、サバイバル・ヴェストからベレッタを抜きだした。火薬の焼けたにおいが鼻をつく。少し開いている乗員乗降扉をだれかがつかんで、大きく開こうとしているような音が聞こえた。

　間に合うようにそちらへ身を転じるのはむりだ、とパースンは感じた。それでもと、拳銃を持った腕をそちらへのばしたとき、反政府軍の兵士が扉をくぐりぬけてくるのが見えた。それを狙って、二発、弾を浴びせる。侵入者を倒すことはできなかったが、前進はとまった。ふたたび、パースンは発砲した。銃弾を浴びた男の胴体が痙攣する。それでもなお、男の体は倒れず、乗員乗降口にはさまった格好で立っていた。パースンは死体と化した男にさらに銃弾をたたきこんだ。

　乗員乗降口へ移動し、死んだ男を外へ押しだす。死体が雪の上に落ちて、動かなくなった。パースンはむりやり扉を押し開いて、地面に飛び降り、ルークのぐあいを調べた。顔が血まみれになっていて、見知らぬ他人のように思えた。息がなく、脈もない。喉だけでなく、胸にも銃弾を浴びていた。

ルークの死体と反政府軍兵士の死体は、一フィートと離れていない場所にあった。温かい血に触れた雪が、即座に解けていく。機体の残骸の向こうに見えるのは、渦巻くパウダースノーにぼうっとかすんだ木々と岩石のみだった。

「ほかに敵の姿は見えるか？」ヌニェスが呼びかけてきた。

「いまのところは、見えない」とパースンは答え、乗降口によじのぼって貨物室にひきかえした。

「敵の姿なし」ＳＰが、ヌニェスの反対側の兵員乗降口から外をのぞきこんで、言った。空になった弾倉を銃から取りだし、ヴェストから新しい弾倉をひっぱりだす。

「ルークはどこだ？」フィッシャーが問いかけてきた。

「ルークは死にました」パースンは言った。「それと、捜索救助隊はすぐには来てくれません。というのも――」

「申しわけないが」ＳＰが割りこんできた。「つぎの攻撃に備える必要があります。この輸送機が不時着する音を、十マイル圏内にいるすべてのイスラム教徒《ハジ》が聞きつけているはずです」

「この機に彼らの聖職者が乗せられていることも知っているはずだ」ヌニェスが言った。

　パースンがフィッシャーのほうを見ると、彼は機体の残骸と乗員たちに、そして〝乗客〟に目をやっていた。移動していったフィッシャーの視線が、ムッラーのところでとまったように見えた。

「彼をここから連れだす必要がある」フィッシャーが言った。

「それはむちゃです」パースンは言った。「機長は両脚が折れているのですから、動くのはむりです」

「うん、わたしはむりだ。しかし、移動する人数が少ないほうが、敵の目をのがれやすくなるだろう。自力で歩ける将兵のなかでは、きみがもっとも階級が上だ。きみに捕虜と通訳を連れだしてもらわなくてはならない」

「やめてください。乗員たちを見棄てていくわけにはいきません」

「ブリーフィングを聞いただろう」フィッシャーが言った。「このムッラーは、これまでにわれわれが確保した捕虜のなかでは、もっとも価値が高い男のひとりだ。彼がその同胞どもによって解放される危険を冒すわけにはいかない」

パースンは、毒が全身にまわったような恐怖を覚えた。あらゆる本能が、僚友たちとともにここにとどまれと告げていた。外に目をやると、降りしきる雪が見えた。敵の目をのがれる？　こんな捕虜を連れて？

「マイク」フィッシャーが言った。「いまのは命令だぞ」

「しかし――」

「われわれがフィッシャー機長とともに、ここに残る」ヌニェスが言った。「武器と弾薬をそこそこ置いていってくれれば、ヘリコプターがここに来てくれるまで、SPとわたしのふたりで、彼を守っておけるだろう」

パースンは信じがたい気分になった。これまでずっと、ヌニェスは輸送機に部隊を順に乗せて運ぶ人生を送ってきた、ただの飲んだくれ男だと考えていた。だが、いまはちがう。ひとりのプロとして、敵の攻撃に立ち向かおうとしているのだ。

「きみはこの計画を了承するのか？」パースンは通訳に声をかけた。

彼女は一等軍曹で、年齢は三十五歳前後、ブロンドの髪の持ち主だ。アクセントからして、ニューイングランドの出身らしいが、もちろん、パシュト語をしゃべるときにはそんなアクセントはない。識別票を見ると、ゴールドと記されていた。

「はい」と彼女が応じた。「それで行きましょう」

「では、私物をまとめてくれ。軽くしておくように」パースンは言った。「ライフルと弾薬だけにしておくのがいい。着こめるかぎり、服を重ね着しておくんだ」

フィッシャーの要求に従いたくはなかったが、こうなっては、自分がこの軍曹と捕虜を連れていく責務を担うしかなかった。

パースンはフィッシャーのそばへ歩いて、左のこぶしを突きだした。フィッシャーがやはりこぶしをつくって、軽く打ちあわせる。それはいつも、戦闘地区上空に侵入する際のチェックリストを確認したときにおこなってきたジェスチャーだった。

「再会したときには、まず一杯おごらせてもらおう」フィッシャーが言った。

「安酒はだめですよ」とパースンは応じた。

沙漠迷彩のパーカを着こみ、それの黒いフードを頭にかぶる。雪用迷彩があればよかったのだが、C－130の乗員は多種多様な地形の土地で輸送任務をおこなうとあって、すべてに適合する衣類をそろえておくのは不可能だった。フライトデッキに行って、航法テーブルからチャート類を回収し、それらを小さく、四角く折りたたむ。ルークのバックパックを当たってみると、フライト・マニュアルがぎっしりと詰まっていた。そのマニュアルをすべて放りだして、チャート類と二個の救急キットをパックに押しこむ。それに加えて、暗視ゴーグルを二個と、ルークの双眼鏡、三個の調理済み食品《レディー・トゥ・イート》を詰めこんだ。そのあと、自分のフライトバッグから、炭素粉末式の携帯カイロを一パックと、水のボトルを三本、取りだした。

ほかになにか役に立ちそうなものはないかと、コックピットのなかを見渡してみる。コックピットに置かれているサバイバル・ヴェストのホルスターに、ジョーダンの拳銃が残っていることに気がついた。その拳銃をちょうだいする。ぶじなほうの手を使ってバックパックを肩にかつぎながら、パースンは最後にもう一度、ジョーダンを見やった。

貨物室に行くと、ゴールドが死んだ民間人のポケットを探っているのが目に入った。彼女がその外套のポケットからなにかの書類を取りだし、生命を失った男の顔を見つめる。

そのあと、彼女はムッラーの足枷を外した。パースンは捕虜の取りあつかいかたの訓練を受けたことはないが、自分がゴールドとムッラーを連れて移動を開始しなくてはならないことはわかっていた。それも、ただちにだ。

「ちょっとハイキングに出かけると、彼に伝えてくれ」ムッラーのかたわらに腰をおろして、彼は言った。

「それはすでに伝えました。彼は、どこにも行かないと言っています」

パースンは激烈な怒りを覚えた。おまえのせいで友人たちが死んだんだ、と思った。それなのに、おまえは我を押し通そうとするのか。いや、おまえの好きにはさせてやらないぞ。

パースンは、フライトスーツの左の裾をまくりあげた。ブーツに装着してあるナイフに手をのばし、革の鞘のスナップを外す。刃渡り四インチのナイフを抜きだして、捕虜の右手の親指をつかんだ。

負傷している右手を使って、ムッラーの親指の爪のあいだに切っ先を深く食いこませる。ムッラーが悲鳴をあげ、パシュト語でなにかをわめいた。思わず、パースンは悪態をついていた。負傷している手首に、灼熱した釘を突き刺されたような激痛が走ったのだ。ナイフをこじると、その激痛が三倍に増し、彼は歯ぎしりをして耐えた。

「やめてください」ゴールドが言った。「少佐殿」

捕虜がさっと手を引きもどし、わけのわからないことを言いながら、すすり泣き始めた。ゴールドが出血のぐあいを調べてみようとしたが、捕虜はそれをさせようとしなかった。「われわれを道連れに地獄へ行くと言ってます」ゴールドが言った。「でも、地獄の火に焼かれるのはわれわれになるから、それでいいんだと」

予想していたほど手ごわくはなさそうだ、とパースンは思った。痛みは、だれもが理解する。この男も痛みがどんなものかを思い知ったにちがいない。

いまの処置をゴールドが快く感じていないことは、わかっていた。おそらく、あらゆる意味で法に反する処置だっただろう。実際に自分が他人を痛めつけたのは、これが初めてのことだ。しかし、まわりで仲間がつぎつぎに死んでいくという状況にあっては、そんなことを気にしてはいられない。パースンはフィッシャーのほうをふりかえった。彼はおおいに満足しているように見えた。パースンはそちらにうなずきかけてから、ゴールドのほうへ顔を戻した。

「出発するぞ」

ゴールドが捕虜の足枷に付いている鎖を外し、その一端の留め具を自分の手首に取りつける。それから、パシュト語でなにかを言ったが、ムッラーはなにも答えなかった。その右腕を彼女がつかんで、鎖の反対端の留め具を手首に取りつけた。ムッラーも暗色のゴーグルをしているので、パースンには表情は読みとれなかったが、その唇が、悪臭のする空気を吸いこんだようにねじまがったのは見てとれた。女と鎖でつながれたのが気に食わないんだろう、とパースンは思った。ざまをみろだ。

「そのうち彼も、いっしょに行くしかないと観念するでしょう」

パースンは、捕虜の顔からゴーグルを外した。ムッラーはまばたきをしたが、まわりを見ようとはしなかった。片方の目は濁っていて、まったく焦点が合っていない。青い色をしていた。もう一方の目は黒くて、生気があり、むきだしの憎悪をこめてパースンをにらみつけてきた。

「あの目はどうしたんだ？」パースンは問いかけた。

「あれはガラス」ゴールドが答えた。「ソ連との戦闘で、片目を失ったんです」

「わたしに言われたとおりにしないと、残った目も失うことになると伝えてくれ」

「そういきり立たないでください」

この軍曹、自分をなにさまだと考えてる？　いや、そんなことは気にしないようにしよう。いまは彼女が必要なのだ。

パースンは、貨物室の後部にある落下傘降下用の扉から、外へ飛び降りた。三フィートの高さから飛び降りたので、衝撃が来て、うずいている手首に痛みが走った。左手をのばし、ゴールドが捕虜を下へおろすのに手を貸す。自分のほうがふたりよりかなり背が高いので、それはらくな作業だった。ムッラーが地面に降り立つと、その頭はパースンの胸あたりまでしかないことがわかった。

こんな小男がひとびとをけしかけて、われわれに攻撃をかけさせてきたのか、とパースンは思った。そしていま、自分がそんな男の面倒を見なくてはいけない立場に置かれたのだ。一瞬、その髪をひっつかんで、輸送機の側面に顔面をたたきつけてやりたい気分にさせられた。

「幸運を」ヌニェスが言った。「少佐殿、あなたは腹のすわった男だってことが前からわかってたら、もっと敬意をはらってたところですよ」

「すんだことは気にするな、ヌニェス」パースンは言った。

凍雨（雨が降ってくる途中で凍りついて単結晶の粒になったもの）がばらばらと降っていて、パースンの外套のひだに、塩をふりまいたような感じにたまっていた。彼はコンパスの蓋を開き、方位をたしかめて、ため息をついた。その息が冷たい空気のなかに霧のようにひろがり、またたく間にアフガンの風に吹かれて消え去った。

2

雪は降りやまず、雪片が大きくなっていた。それはいくぶん、パースンを安堵させてくれる材料だった。夜間、どこかに身を隠しているあいだに、雪が足跡を覆い隠してくれるだろう。

不時着した谷床を、三人は半時間ほど歩きつづけた。左右に山並みがのしかかるようにのびていて、かりにその山腹を登ろうとしても、この老人にはむりな相談であるにちがいなかった。ムッラーは眉毛までが白くなり、その祖国の地形を思わせる深いしわを顔に刻んでいて、齢《よわい》七十をゆうにこえている。当面、パースンとしては、輸送機から遠ざかることを考えるしかなかった。

「勝算はどれくらいと予想されます？」ゴールドが尋ねた。

「カネを賭けたら、すってしまうだろうね」

ゴールドがうなずき、捕虜と自分をつないでいる鎖をやんわりとひっぱった。

日ざしが薄らぎ始めていたが、降雪と厚く垂れこめた雲のために、夕方になっても日没は見えず、あたりが薄暗くなっていくだけだった。遠方で二度、銃声がとどろくのが聞こえた。ついで、自動銃の連射が炸裂する音。一マイルは離れている。ポップコーンがはぜるような音だった。

「始まった」パースンは言った。「輸送機のところであがった銃声だ」

戦闘に勝利するのはどちらかを知りたいと思ったが、すぐに気がついた。結果は最初からわかっている。いまさら、そんなことを考えても仕方がない。フィッシャーの命令に従うだけだ。

「出発をあんなにお急ぎになったのが、大正解でしたね」ゴールドが言った。

「とまらず、歩きつづけよう。やつらはまもなく、ムッラーがあそこにいないことに気づくだろう」

北の峰々はアフガン松の森に覆われ、木々の枝に雪が積もっていた。命令に従って命懸けで逃走している最中でなければ、すばらしい光景に見えただろう、とパースンは思った。

「あの森のなかに入りこんで、身を隠せる場所を見つけだそう」パースンは言った。

先に立って、ブーツがくるぶしまでもぐってしまう雪を踏んでそこへ歩いていき、ゴールドのために枝をわきへひっぱってやったとき、捕虜が叫んだ。

「ムラスター・ウクライ！」

パースンはその口に平手打ちを食らわせて、地面に押し倒した。ゴールドがムッラーにライフルの銃口を向けて、周囲の山並みを見渡す。

「あそこ」彼女がささやいた。「あの峰を、五、六人の男がおりてきます。彼は助けを求めて叫んだのです」

パースンはそこに目をやって、二千ヤードほど離れていることを確認した。ポケットからハンカチを取りだし、それをたたんだり、ねじったりして猿轡をつくる。

「口を開けるようにと彼に伝えてくれ」パースンは言った。

ゴールドがパシュトゥ語でなにかを言ったが、捕虜は歯を食いしばるだけだった。パースンはブーツナイフを引きぬいた。

「口を開けないと、鹿のようにはらわたを抜くぞと伝えてくれ」

ゴールドが、二語か三語のように聞こえる音声で、なにかを言った。

老人が命令に従い、パースンはその口にできるだけしっかりとハンカチを巻きつけていった。両端をきつく結びあわせると、老人の顔がゆがんだ。その喉から不平のうめきが漏れる。

「ちくしょう、もっと早くこれを思いついているべきだった」声を殺して、パースンは言った。「行こう」

彼は捕虜をひきずり起こして、ひったて、後ろからゴールドに押すようにさせながら、急ぎ足で山腹を登り始めた。ムッラーの背中や肩にまみれついていた雪が、滑り落ちる。

木々のあいだを縫って、あたふたと登っていくと、やがてその斜面の尾根にたどり着いた。ムッラーはぜいぜい喘いでいた。唾が猿轡を浸して、顎にまで垂れている。パースンは尾根の向こう側を見おろした。

「いいぞ。あそこに小川があればと思っていたんだ。やつらが追ってくるのが見えるだろう？」

「はい」

パースンはムッラーの外套をつかんで、彼を尾根の向こう側へひっぱっていった。ムッラーが地面に膝をつくと、ひきずり起こして、またひっぱる。自分たちがバッファローの群れのように、雪の上に足跡を残していることはたしかだった。滑るように斜面をくだって、小川の岸にたどり着くと、そこの地面は鉄のように凍りついていた。淀みの部分には白く氷が張っていたが、小川の流れは速く、中央部は透明な氷の下に岩がくっきりと見えている。

「氷の上に足を置いて、割れるかどうか試してみよう」パースンはささやいた。

氷を割って、小川のなかを歩いていければ、雪の上に足跡を残さずに、追っ手との距離が稼げると考えたのだ。あとは、この小川が見かけどおり浅いことを願うのみだ。

いまはもう、あたりは暗くなっていて、川床や氷の下を流れている水がはっきりとは見えなくなっていた。早瀬に足を踏みいれると、水が飛び散って、ブーツの底が小石を分けるのが感じとれ、深くなっている部分に踏みだすと、バランスを失って、転びそうになった。尻のところまで水に浸かった感じがあった。冷たい水が万力のように身を締めつけてきて、思わず息が詰まる。

震えながら、彼は深い水を押し分けて進んだ。やがて、砂礫が棚を形成していて、また流れが浅くなるところにたどり着いたので、その上にあがる。ゴールドと老人が追いついてくるのを待つあいだに、バックパックに手をつっこんで、暗視ゴーグル《ＮＶＧ》を一個、取りだした。小さな銀色のスイッチを入れ、ＮＶＧを通して見る。夜の闇が、濃い緑のサングラスを通して見る白昼の光景のように変貌した。

周囲を調べると、追っ手の姿は見えなかった。小川は浅い谷を縫って流れており、あまりに長いあいだこの小川のなかを歩いていけば、村に出てしまうおそれがあるように思えた。低体温症になりかけていて、手の震えを懸命に抑えておかなくてはＮＶＧをしっかりと持っていることができない。小川の中央部は、二、三百ヤード下流まで凍らずに流れているのが見分けられた。小川の上、右手に目をやると、木々に沿って雪が吹きだまりをつくっている場所があるのが見えた。降る雪をＮＶＧのレンズごしに見ると、緑色の蛾が飛んでいるように感じられた。

「あと少しのあいだ、川のなかを進んでいこう」パースンは言った。「それから、休憩の取れる場所を見つけだそう」

彼はゴーグルのスイッチを切り、バッテリーが冷えないようにフライトスーツの内側に収納した。

残照を頼りに、三人はブーツで氷を踏み割り、川床の石を踏みしめながら、小川を下流へとよろめき歩いた。自分たちが残した足跡を、降る雪が消し去るか覆い隠すかしてくれていればとパースンは思ったが、いまはその降る雪を見てとることもできないほど暗くなっていた。そのうち、周囲のようすが影もかたちもまったく見分けられなくなって、彼は足をとめた。そこにあるのは、電気の通じていない辺鄙な土地の、月も星もない空の下にひろがる、漆黒の夜の闇だけだった。つぎの一歩を踏みだしたら、なにも見えないまま、深い淵に落ちて溺れるのではないかという恐怖に襲われ、ふたたびNVGを取りだして、スイッチを入れる。

小川はいくぶん川幅をひろげていたが、水深は浅いままだった。小川の左右の土地は、大岩と松の木々が点在する上り斜面になっていた。風が雪の吹きだまりをつくっている岩場があったので、パースンは、ゴールドとムッラーをつないでいる鎖をひっぱりながら、小川を離れた。ひっぱっている鎖が断続的に張りつめる感触があって、そのふたりが体の震えを抑えられなくなっていることがわかった。

「彼をしっかり確保しておいてくれ」彼はささやいた。「風を避けられるところへ行こう」

寒さで顔面が麻痺していて、意志の力をふりしぼらなければ、ほんの一語ですらことばにすることができなかった。

暗視ゴーグルを通して見る光景は緑一色なので、岩と雪を判別するのが困難だったが、パースンはなんとか、見分けられる範囲内でいちばん大きな岩を見つけだして、そこを風よけの場所に選んだ。その大きな岩には雪が壁のように吹きだまっているだろうから、そこに雪穴をつくるつもりだった。そこに行くと、彼は両膝をついて、大岩に吹きだまった雪をやみくもに掘った。右手は手首がたまらなく痛かったので、左手だけで掘るしかなかったが、それでもなんとか雪穴をつくりあげることができた。その作業をしているあいだに手袋が濡れてきたので、途中で二度、こぶしを握りしめて、まだかすかに残っている指の感覚が失われないようにつとめた。

そのあと、彼はバックパックからもう一個のNVGを取りだし、それをゴールドに手渡して、言った。

「これを使って、見るように。彼をなかへ引き入れてくれ」

パースンはふたりのあとにつづいて雪穴に入りこみ、入口に背を向けて、あぐらをかいた。濡れた手袋を脱ぐと、爬虫類の皮をはぐように裏返しになった。そのあと、彼は外套のポケットを探って、フラッシュライトを取りだした。

両手でレンズを覆いながら、手探りでフラッシュライトを点けると、指の隙間が赤く光った。隙間の一カ所を、細い光の筋が漏れ出る程度にひろげてやる。ゴールドの顔を見ると、目が落ちくぼみ、唇が青くなっていた。

「体を温めるようにしないと」彼女が言った。「三人とも、朝まで生きのびることはできないでしょう」

その声にパニックのきざしはなく、たんに事実を述べただけであるように思えた。ムッラーは地面を凝視している。おそらくは殉教を願っているのだろうし、そうなるのは遠い先のことではなさそうだ。

パースンはバックパックを開いて、なかにフラッシュライトを置いた。その光を頼りに、携帯カイロを探しだす。何個かのセロハン袋を破って、なかの携帯カイロをゴールドに手渡した。

「フライトスーツの脚のところとか、とにかく服の濡れた部分の内側に、それをつっこむんだ」彼は言った。「やけどをしないように注意しろ」

また数個の外袋を破り、ムッラーの濡れた捕虜用オーヴァーオールの下に携帯カイロを押しこんでやる。さらに数個のカイロを、捕虜用外套の内側につっこんだ。ムッラーが無言でこちらをにらみつけてくる。

最後の数個を、パースンは自分のために使った。携帯カイロの、空気にさらされた部分が熱を持ってきたが、そこを自分の肌に当ててみると、あまり問題の解決にはならないとわかった。携帯カイロは死を防ぐ程度に体幹温度を保つのが関の山であって、服を乾かす役にはまったく立たない。これでは惨禍の場所が置き換わっただけ、自分とその被保護者たちの墓所がここに変わっただけのことだ。彼はライトを消して、手で両脚をこすった。

「彼らを置いてくるべきではなかった」パースンは言った。「おそらく、いまごろはもう全員が死んでいるだろう」

「あなたは決断を急がなくてはいけなかったんですから」ゴールドが言った。

その声には陰鬱このうえない響きがあり、初めてそんな声を耳にしたパースンは、神と対話をしているような気分になった。まあ、神の存在を信じ、その神が男性ではなく女性だとしての話だが。

「全員がそろって応戦していれば、敵を打ち負かせたかもしれない」パースンは言った。

「いまさら思いなおしても、仕方ありません」とゴールド。ひと呼吸置いて、彼女はつづけた。「国民は、彼らにはできない決断をさせるためにわれわれに給料を払ってるんです」

国民は、輸送機を飛ばさせるためにわたしに給料を払ってるんだ、とパースンは思った。ほんの二時間前まで、わたしは自分の世界にいた。いまごろは、二万七千フィートかそこらの上空を飛行して、暖かい機内でコーヒーを楽しんでいるはずだった。ミサイルに撃墜されたとき、わたしがのほほんとシートにすわっているのではなく、窓から外の状況を調べていたら？　センサーが捕捉する前に、自分でミサイルを発見できていたのでは？　間に合うようにフィッシャーに知らせて、あのいまいましい地対空ミサイル、ＳＡ－７を回避することができたのではないか？

　そういえば、空軍のサバイバル・スクールで、撃墜されたあとで最初に味わう感情は絶望だと教えられた。わずか数ポンドの推進薬と高性能爆薬によって、諸君は本来の環境から敵の支配する土地に引きおろされ、その痛切な認識が訪れるのだと。だが、これはパースンの想像を超える事態だった。自分には敵の攻撃を回避できたのだと考えるだけでも気分が悪いのに、まさか、敵のひとりを連れて逃げることになるとは。そんなばかな話は聞いたことがない。

　サバイバル《S》・回避《E》・抵抗《R》・逃走《E》コースをスクールで受講してから、すでに十年あまりの年月がたっていた。そのコースの最終試験がワシントン州のコルヴィル国有林で実施されたとき、自分は回避演習のあいだずっと、追跡者である教官たちから身を隠していることができた。顔に迷彩塗装を施し、落ち葉の下に深くもぐりこんで、〝すぐに見つけてやるぞ、アメリカのブタめ！〟とどなりちらす南部や中西部なまりの声を、笑みを浮かべて聞いていた。そして、彼らは見つけられなかった。田舎育ちの自分は、ＳＥＲＥの教官たちと同じく、森のなかにいることになんの不安も感じなかった。だが、あれは本国の太平洋に面した北西部の森での話であって、このとんでもない土地、ヒンズークシではない。しかも、あそこで発砲される銃は空砲だったのだ。

体の震えが少しおさまってきたところで、パースンは穴の入口のすぐ内側の雪を掘り起こしにかかった。掘り起こした雪を、穴の入口に、細い隙間だけを残して積みあげていく。雪を積みあげることには別の目的もあった——下の雪をいくらかでも掘り起こしてやれば、いちばん冷たい空気をためる窪みをつくりだせるのだ。彼は十七歳のころ、ヘラジカを狩って、家族が暮らすコロラドの牧場から何マイルも離れたところまで追っていき、思いがけない暴風雪《ブリザード》に見まわれたことがあった。そのとき、彼は父の教えに従って、穴を掘った。翌日、彼がウィンチェスターを肩にさげて、木々のあいだから出てくるのを見た保安官補たちは、生存者が見つかるとは思いもよらなかったと言ったものだ。

「雪のなかでひと晩を生きのびられた人間は、いままでひとりもいなかった」と保安官は言った。「われわれはいつも、死んだ姿勢で凍りついたひとびとを搬送してきたんだ」

ゴールドの声が、追想から現実の戦争へパースンを引きもどす。

「彼の猿轡を外してもいいでしょうか？」彼女が問いかけた。

「うん。少し水を飲ませ、そのあと猿轡なしで眠らせてやるつもりだと、伝えてくれ」パースンは言った。「ただし、ささやき声より大きな声を出したら、また猿轡をすることになると」

ゴールドが自分のフラッシュライトを点けて、手袋をした手で光を覆う。彼女がムッラーに話しかけているあいだに、パースンは猿轡を解いた。ハンカチが口から離れると、ムッラーは大きく息を吐いて、顎をがくがくと動かした。それから、小声で話し始めた。

「彼はこう言っています。聖戦《ジハード》の獅子たちが空からおまえたちに襲いかかり、アラーが強大なストームを送りこんで、おまえたちの輸送機を地面にたたき伏せたのだ」とゴールド。

「彼は、自分は詩人だと思いこんでるということか？」パースンは言った。

「おそらく、そうでしょうね。パシュトゥーン人は詩を朗読し、詩で語りあうことを愛するひとびとですから」

「まあ、それは彼らの勝手だ」パースンは関心を示さなかった。

イスラムは恐怖をもたらすだけの存在ではないということを、ゴールドは教えようとしたのだろう。彼女の考えが正しいことはわかっていたが、いまは、寒さと痛みと怒りのせいで、そんなことに気を向けてはいられない。

パースンはバックパックから水のボトルを取りだして、ゴールドに手渡し、自分はまたNVGを装着した。通風用に残した隙間から、外のようすをうかがう。なんの動きも見えず、ゴーグルの電子的に増幅された映像のなかで、雪が激しさを増し、脈打ちながら降りつづいているように思えた。木々も岩も小川も、濃度が異なるだけの緑色で、アブサンのグラスを通して世界を見ているようだった。

追っ手をまくことができたのか、それとも、まったくそうではないのか。今夜は、これ以上は進めそうにない。もし追っ手をまくことができていなければ、あと一時間もしないうちに、おそらく自分もゴールドも殺されてしまうだろう。この状況では速く進むことはできないから、ひそかに、機略を駆使して行動するしかない。こうなったのはひとえに、この老人の頭のなかになにかのもくろみがひそんでいるからだ。パースンは、情報将校がこの任務のブリーフィングをした際に、このムッラーがこれほど重要である理由をそれとなく説明したことを憶えていた。情報将校は、このムッラーの部下たちは彼に指示されたことはなんでもするし、ムッラーはなにかひどく恐ろしいことをたくらんでいると言っただけなのだが。

パースンは、だれかの声が聞こえたように思った。だが、それは、パシュトの谷間を流れくだる小川のせせらぎが渦や淵に注いだときに発する、つぶやきにすぎなかった。落ち着け、と彼はみずからに命じた。

そのとき、視野の隅に、木々のあいだをちらつく影のようなものが見え、それがひとつまたひとつと増えていった。胸騒ぎがした。その動きが近くなったとき、フラッシュライトの光が右から左へ宙をないでいくのが見えた。パースンは息を凝らした。ムッラーを黙らせておけとゴールドに指示を出したいところだったが、あえてそれはしなかった。それより、捕虜に知られないようにしておくほうがいいだろう。

男がふたり。いや、三人。四人、五人、六人。寄せ集めの連中だろうと、かすかな期待を持ったが、それは彼らのみすぼらしい身なりとAK－47を目にしたときに潰《つい》えた。アフガニスタンではどこでも目にする、平たいチトラール帽をかぶっている男が数人いて、ほかの連中は、パースンにはタリバンのターバンのように思えるものを頭に巻いている。黒いターバンか、と彼は推測した。暗視ゴーグルのなかでは、あらゆるものが緑になってしまうのだ。それと、彼らがフラッシュライトを持っているのは凶兆だった。この地域はタリバンの強い統制下にあって、用心深くする必要がないか、もしくは、いかなる危険を冒してでもこのムッラーを取りもどそうとしているかのどちらかだ。

ひとりが、AKには見えない銃を携えていた。その男はほかの連中よりゆっくりと歩いていて、エメラルド・グリーンの視野のなかへ最後に入りこんできた。その男ひとりだけが別の任務に就いているかのように、慎重に足を運んでいる。距離が近くなったとき、パースンはそいつが携えている銃を識別した。それはロシア製のドラグノフ・スナイパー・ライフルで、上部に同じくロシア製のPSO－1照準器《スコープ》が装着されていた。腕利きの射手があの銃を使えば、一千ヤードの射程で直径五インチの円内に七・六二ミリ弾の弾着をまとめることができる。

あの男があの銃の使いかたを心得ていなければいいのだが、とパースンは思った。だが、タリバンはライフルを無能なやつに持たせるなどという無益なことはしないだろう。これまでにニュースで見たかぎりでは、あのろくでなしどもは、さまざまな攻撃方法で公然と残虐にひとびとを殺したり、信仰心が足りないと見なした村を砲撃で全滅させて、生き残った村人たちを自動銃で射殺したりしてきた。長距離からの精密射撃で死をもたらすというのは、殺しの技術としては別の領域に属する。

いくら、こちらからは反政府軍部隊が見えていて、彼らにはこちらが見えていないとはいっても、パースンには自分が優位な状況にあるとは思えなかった。不意打ちの要素は、自分が拳銃を一度発砲した時点で消滅し、たとえそれでひとりを殺したとしても、まだ残るであろう五、六挺のAKに対して、こちらは自分の拳銃とゴールドのM－4で戦うことになる。そんな撃ち合いになっては勝ち目がない。

ムッラーが咳をした。パースンは胸の内で、彼を、彼の属する部族全員を、そして彼の宗教をののしった。だが、咳の音は雪の壁に吸収され、ゲリラどもはそのまま通りすぎて、遠ざかっていった。パースンは、吐く息すらも見られたくなかったので、そっとため息を漏らした。

ちょっと間を置いて、彼は通風用の隙間から顔を離した。

「いま、反政府軍の警邏隊が通りすぎていった」彼はささやきかけた。「人数は六人ほど」

ゴールドがうなずく。意外ではなさそうだった。

「睡眠をとっておきたければ」パースンはつづけた。「わたしが先に見張りをしよう」

ゴールドが避難所の壁の一部である岩肌に背をあずけて、ライフルをパースンに手渡してきた。ムッラーは胎児のように身を丸めて、眠っていた。パースンはその背中に、彼を案じてではなく、体が震えているかどうかをたしかめるために、手をあてがった。震えはない。よかった。低体温症で死なせるわけにはいかない。雪穴のなかが体温で暖まってくる感じがあった。

そのあと、彼は外の監視を続行したが、ずっと降りつづけてきた雪が、これからも降りつづけるような調子で降っているのが見えただけだった。バッテリーの残量が少なくなったことを示す赤いランプがまたたいたので、ゴーグルのスイッチを切る。もう一度、スイッチを入れなおすのも、予備のバッテリーに交換するのも、やめておいた。そのうちまた、頻繁にこれを使う必要が生じるかもしれないからだ。そこで、監視は中断して、基地と連絡をとってみることに決めた。

こんどもまたフラッシュライトの光を手で覆いながら、GPS受信機を作動させる。スクリーンに数分間、**測位中**の文字が表示されたあと、ここの地点が示されたが、それは現在座標ではなく、極秘に設定された基準点との位置関係を示す数字だった。暗号化せず、平文でその数字を送信してもいいのだろうが、やはり、知らせたくない相手に自分のいる地点を暴露してしまうおそれはあった。

彼はイヤフォンのプラグを無線機に挿しこんで、指回し式《サムホイール》スイッチを動かした。アンテナをのばすと、イヤフォンをした左の耳に空電の雑音が聞こえてきた。

「ブックシェルフへ、こちらフラッシュ2－4・チャーリー」ささやき声で彼は言った。

応答がない。ふたたび呼びかけると、こんどは相手の声が届いてきた。

「フラッシュ2－4・チャーリーへ、こちらブックシェルフ。電波は弱いが、なんとか聞きとれる。つづけてくれ」

パースンは自分の位置を伝えてから、相手に要請した。

「捜索救助活動の現状を知らせてほしい」

「バグラムは水平垂直ともに視程ゼロで、ヘリを発進させられない。気象担当者によれば、前線が居すわる状態になっているとのことなので、この天候がいつまでつづくかは予測できない。もっといいニュースを伝えられればよかったんだが」

パースンは歯ぎしりをした。

「バグラムの司令部に、こちらは〝荷物〟を無傷で確保していると伝えてくれ」

「了解《コピー》。ほかになにか、力になれることはあるか？」

「フラッシュ2－4のほかの乗員から連絡はあったか？」

「ない《ネガティヴ》」

パースンは無線を切って、目を閉じた。いくらフィッシャーに命じられたからといっても、こんなことはすべきでなかったのだと思う。ともに敵と戦えば、打ち負かすことができたかもしれないし、負けてもいっしょに死ねた。仲間を置き去りにしてはいけなかったのだ。

静寂のなかで夜の大半が過ぎたころ、ゴールドが彼の体をつついた。

「よく眠れませんでした」彼女が言った。「しばらく、見張りを交替しましょうか？」

ゴールドが、その手につないでいる鎖のロックを解いて、パースンのぶじなほうの手首につなぐ。ふたりは手足や装備をぶつけあいながら、持ち場を交替した。パースンは、さっき渡した暗視ゴーグルをゴールドが持っていることを確認し、それを控えめに使うようにと指示した。それから、体を休めようと、岩肌にもたれこんだ。

あっという間に眠りこんでしまったが、長く眠っていることはできなかった。手を動かすたびに、手首に痛みが走って、目が覚めてしまう。何時間かつづけて眠るのではなく、とびとびの睡眠になり、目覚めたときの思考や恐怖と、眠りこんだときの夢や悪夢が入り混じっていた。睡眠中も覚醒中も、外を流れる小川が、わけのわからないことばで語りかけてきた。小川の流れが、遠い過去の戦争や、いまも継続している戦争のことをつぶやきかけてくる。おまえは幻聴を聞いてるんだ。水の声に耳をかたむけながら、パースンは思った。

3

パースンは、眠りと目覚めのはざまに訪れる半覚醒状態にあって、心の論理的な部分が、悪夢と現実を峻別しようとあがいていた。心のどこかで、この状態から抜けだしたら、オムレツを食べに行けるぞ、という声が聞こえていた。やがて、プールの底から水面に浮きあがるような感じで、意識が完全に覚醒した。目を開くと、雪穴のなかが淡い光に包まれているのが見え、息を吸うと、体臭がにおった。しばし、彼はパニックと闘った。おまえは合衆国空軍の将校なんだぞ、と自分に言い聞かせる。パニックを抑えこめ。抑えこむんだ。右手の指を動かしてみると、やはり、くじいた手首に焼けるような痛みが走った。

ムッラーは、鎖でゴールドとつながれたまま、あぐらをかいていた。スプーンを使って、茶色の容器からなにかを食べている。その表示を見ると、ビーフ・ストロガノフとなっていた。

「勝手にあなたのバックパックのなかを探したんですが、よろしかったでしょうか」ゴールドが言った。

その声は寒さと疲労のために、いくぶんくぐもっていたが、昨夜よりは調子がよさそうに感じられた。通常の状況であれば、魅力的な女性なのだろう、とパースンは思った。しかし、撃墜される前から、彼女は任務に凝り固まっていた。肩まである髪をきっちりとまとめ、化粧はせず、マニキュアもしていない。見えるかぎりでは、タトゥーもなかった。目は、砥石を思わせる灰色だ。

「餓死させるわけにはいかないからな」パースンは言った。「それに、彼に豚肉を食べさせることはできないし」

彼は外に目をやった。雪ははらはらと降っているだけだったが、遠くに目をやると、強い打ち身の痕のような色をした不気味な雲から雪がヴェールのように降っているのが見えた。動くべきか、とどまるべきかを考える。いずれにせよ、長くとどまるのは好ましくなかった。反政府軍はこちらを追って、この近辺を捜索しているにちがいない。だが、動けば、かならず足跡が残って、こちらが三人連れであることがあっさりと露見してしまうだろう。

体の震えがパースンの心をつついて、移動を促した。もはや携帯カイロはなく、濡れた衣服が手足にへばりついて、体温を奪っていくだけだ。ゴールドとムッラーも、自分よりいい状態であるわけがなかった。どこかにもっといい隠れ場所を見つけられるはずだ、とパースンは腹を決めた。撃たれて死ぬのも、寒さで死ぬのも、死ぬことに変わりはない。

彼は空軍用航空チャートをひろげ、その地図の現在地点に親指の爪を食いこませて、しるしを入れた。町を表わす記号は近辺のどこにもなく――標高があがっていくことを示す、うねった等高線が描かれて、そのなかに、地名表示のない村が無数に点在しているだけだった。この地図はろくに役に立たないことがわかった。これは、たった一分で五マイルも六マイルも移動する飛行士のために作成されたのであって、雪のなかをのろのろと歩く歩兵のためのものではないのだ。

廃村を見つけられれば、とパースンは思った。大砲やカチューシャ・ロケット砲の攻撃で屋根が失われた民家の土壁が升目状に並んでいる光景を、これまでに上空からいやというほど見てきた。廃墟と化した村は、砲弾の破片で傷ついた家屋が、アメリカ軍の地図に名を記すほどの意味もない、その土地の貧しい暮らしが途絶させられたことを無言で語っているだけだった。いま必要なのは、この悪天候からのがれて、雲が晴れるのを待つための、一枚の屋根、いや、屋根の一部が無傷で残っている民家だ。

パースンは外をのぞいて、追っ手の存在をうかがわせるものはあるだろうかと目を凝らし、耳を澄ました。なにも見つからなかったので、入口の雪を蹴りのけて、外へ這い出る。まわりに目をやると、なんの動きも見えず、降る雪と、渦巻く霧と、ウォッカのように澄みきった水の流れる小川があるだけだった。小川のそばに、必要としているものが見つかった。

川の上へ鉤爪のように張りだしている、葉を落とした低木の枝。パースンは左手を使って数本の枝をへし折り、積もっていた雪をはらい落とした。それから、雪穴の入口にすわりこんで、ブーツナイフを抜きだし、小枝と樹皮をこそぎ取ってやると、握るのに好都合な太さの、長さ十インチほどのなめらかな棒が二本、できあがった。バックパックのなかを探って、救急キットを取りだし、それを開いて、巻かれている包帯を解く。のばした包帯を嚙んで固定しておき、三フィートほどの長さに切りとった。負傷した手首にその二本の棒をあてがって、包帯を巻こうとしたが、そのときになって、それをするには手が足りないことに気がついた。

「ゴールド、手伝ってもらえるか？」と彼は問いかけた。

軍曹がパシュト語でなにかを言い、ムッラーを連れて、雪穴から出てきた。

「手首に副木《そえぎ》をあてる必要があってね」パースンは言った。

ゴールドが、彼のつくった副木を感心したような目で見る。

「わたしがつくってあげなくてはいけなかったですね」

そう言うと、彼女はパースンの手首から前腕に包帯を巻き、指だけは自由に動かせるように、手首の付け根から肘のほうへ副木をあてがってから、医療用テープでそれを固定し、副木の上からさらに包帯を巻いていった。

「うまいもんだ」小声でパースンは言った。「よし、出発だ。木々のあいだを縫っていくようにしよう。どこかの村の住人に出くわしたら、やっかいなことになるからな」

「チャーリー・マイク《Charlie Mike》」ゴールドが言った。

「どういうことだ？」

「陸軍用語でして。任務続行《Continue Mission》の意味です」

「なるほど」実際の気分より上機嫌な声をつくって、彼は言った。

この軍曹、ゴールドは、プロフェッショナルの兵士であり、遠いいとこのようなものだとわかってきた。陸軍と空軍は、文化も用語も異なっている。たいていの空軍将兵《ブルー・スーター》は陸軍との接触はあまりないが、C－130の乗員であるパースンはそうではなかった。落下傘降下の演習をする空挺部隊員を多数運んできた経験から、彼らの戦士としての魂を高く評価するようになっていた。機が降下地点に達して、扉が開き、グリーンライトがレッドライトに変じたとき、彼らはよく、みずからに気合を入れて、陸軍のスローガンを唱和したり、雄叫びをあげたりした。最近は、その六十名ほどの空挺隊員のなかにひとりかふたり、女性が混じっていることも珍しくはなかった。彼女らは一般の歩兵ではなく、管理や医療や通訳担当の兵士だが、それでも空挺部隊の一員であることに変わりはない。ゴールドもそういう空挺部隊に属している兵士なのだ。

彼はポケットからハンカチを取りだした。それはまだ、捕虜の唾で濡れていた。

「口を開けるようにと、彼に伝えてくれ」パースンは言った。

ムッラーが指示に従い、パースンはその口に、今回はそれほど手荒にではなく猿轡をかませた。

「きょうの彼は、協力的であるようです」ゴールドが言った。

「なぜだろう？」

「イスラム教徒がよく言う、インシャラーかもしれません。なにが起こっても、それは神の思し召しであるという意味です。あるいは、われわれがやろうとしていることはむだな努力だと考えているのかもしれません」

あるいはまた、ムッラー側の捕虜にされたひとびとが受けた仕打ちをたっぷりと見てきて、自分はそういう仕打ちを受けるはめになるのは避けたいと考えるようになったのかもしれない、とパースンは思った。

パースンはコンパスで方位をたしかめ、周囲のようすをうかがった。渦巻く霧が木々をぼうっとかすませ、木の枝には雪が積もっている。聞こえるものは、自分の息づかいと、ゴールドと捕虜の歩調に合わせてかすかに鳴る鎖の音だけだった。さあ、航空士、と彼は自分に言い聞かせた。針路を見つけだせ。

森のなかに入れば、木々と下生えが姿を隠してくれるだろうと期待し、小川のそばを離れて、山腹へと足を進めていく。立ち並ぶ松の木々がそれなりの遮蔽にはなったが、雪の下にひろがる地面はぎざぎざした岩とあって、それ以外の植物はほとんど生えていなかった。小川よりかなり高い地点に達したところで、パースンはふりかえり、昨夜をすごした場所を見た。あの雪穴はまったく目立たないことがわかって、ほっとしたものの、そこからつづく足跡はくっきりと見えていた。そして、ほかの人間たちが小川を渡った足跡の位置を見ると、ぎょっとさせられた。暗視ゴーグルを通して見た反政府軍兵士たちは、あのときに思ったよりもずっと近いところを通っていったことがわかったのだ。インシャラー。

三人が山腹を登りつづけていくと、やがて地面が平たくなって、細長い台地に達した。そこには松の木々はなく、いまは自然に還った高台の畑地がひろがっていた。かつては杏《アプリコット》や桑《マルベリー》の木が植えられていたらしい。パースンは、辺鄙な土地で食糧を得る方法をサバイバル教練の教官から教えられていたが、そういった食糧源の大半は夏季に実を結ぶ種類だった。そこに生えている年を経た果樹は、骸骨の群れのように枝葉を落とし、折れ残った枝が凍りついていた。この果樹が葉を茂らせ、実をつけたことがあったとは、とても信じがたいほどだ。アフガンのこの冬は、ありとあらゆる生命形態を絶滅させるために計画されたものであるように思えた。

さっき遠方に見てとれた、あの激しい降雪が谷を渡ってきて、果樹園に雪が降り始めた。降る雪が果樹園の光景をぼやかせ、ガーゼを通して見るような感じになってくる。見通しのいいマルベリーの木々のあいだを行くのは避けたかったので、パースンはひきつづき、森のなかを進むことにした。果樹園の外れから、松に代わって、ビャクシンの木々が立ち並び、そのビャクシンの木々はかなり密に生えていたので、それまでよりいい遮蔽になった。パースンは、おおむねバグラムに帰る方角にあたる、北東に針路をとった。それほどの長距離を歩き通せるとはとても思えなかったが、大規模なアメリカ軍基地の方角へ進むことにはそれなりの意味があると考えたのだ。基地に近づけば近づくほど、友軍に出会う公算は大きくなるだろう。

しばらく進んだところで、彼らは足をとめて、呼吸を整え、ムッラーに休息を与えた。降雪がいよいよ激しさを増し、雪片が音を立ててパースンの外套にたたきつけてくるようになっていた。彼はポプラの木にもたれて、双眼鏡で周囲を見た。雪と霧を通して視認できる限界のところに、そこにあるのは似つかわしくない、大きな黒いかたまりがあるのが見てとれた。中指で調節ノブを動かして、双眼鏡の焦点をそこに合わせてみたが、それでもまだ、なにとは確認できなかった。彼はゴールドのほうへ顔を向けて、自分の唇に人さし指をあてがい、そのあと自分の両目を二本の指で示してから、その物体のほうへ手をふってみせた。

ふたりは常緑樹の陰に膝をついて、それを見た。パースンの目測では、その黒い物体は百ヤードと離れていないところにあるようだった。タリバンのトラックか、移動式ロケット発射機ではないかと気になる。パースンはゴールドに双眼鏡を手渡した。彼女は双眼鏡を目にあてがい、たっぷり一分ほどそちらを見てから、双眼鏡を返して、肩をすくめた。

パースンが声を出さず、口のかたちだけで「ここにいろ」と言うと、ゴールドがうなずいた。サバイバル・ヴェストから、彼はベレッタ拳銃を取りだした。右の手首にはまだ痛みがあり、副木のせいでうまく動かせなかったので、両手で拳銃を構えて、這い進んでいく。この銃はダブルアクションだから、引き金を引くだけで撃鉄があがって落ち、弾が発射される。それでもパースンは、ほんの一瞬でも速く撃てるようにと、親指で撃鉄を起こしておいた。

十フィートほど進むごとに、木や雪の吹きだまりの陰に隠れ、その物体と周囲の森のようすをうかがう。その物体は、遺棄された道路というより、山羊道の一部のように思える開けた場所に、鎮座していた。その物体が徐々に、T-72戦車の形状をあらわにしていく。二十年以上前にソ連軍が残していった、錆ついた戦車だ。戦車は片方のキャタピラがふっとび、その下にある連結系統の金属部品がからみあって、惨死させられた瞬間をとどめた状態で、爬虫類の化石のように凍りついていた。パースンは立ちあがって、片手をふった。ゴールドがムッラーを引き連れ、いつでも撃てるように、引き金の用心鉄の内側に人さし指を入れてM-4を構えた姿勢で、近づいてくる。

パースンに追いついたところで、ゴールドは捕虜の猿轡を解いて、水を飲ませた。ムッラーがパシュト語でなにかをつぶやく。

「彼はこう言っています。わが同胞たちはアメリカの武器でロシア軍を打ち負かし、いまはロシアの武器でアメリカ軍を打ち負かそうとしている」ゴールドが言った。

「地獄に堕ちろと、言ってやってくれ」とパースンは応じ、撃鉄をおろして、拳銃をホルスターにおさめた。

この戦車と乗員になにが降りかかったかは、容易に察しがついた。当時は〝善玉〟だったムジャヒディン——イスラム戦士——によって撮影された古いビデオテープで、彼らがソ連軍のトラックをこんなふうに道路で待ち伏せして、襲う光景を観たことがある。道路に埋設された地雷が爆発して、土埃があがり、トラックが急停止する。画面に現われていないだれか、おそらくは撮影者自身が、〝アラー・アクバル！〟と叫ぶ。ついで、AK－47の連射音。撮影者が前方へ走りだして、映像が揺れる。撮影者がカメラを横に向けたためか、一瞬、土の地面と岩がクローズアップされる。最後の映像は、薄汚れた無精ひげのソ連兵が、目を見開き、無力に片手をあげて、道路にえぐられた窪みを這いずっている光景をとらえていた。

パースンは用心深く戦車に近寄りながら、どうすべきかと考えていた。内部に、なにか使いものになるものが残っているかもしれない。ことによると、これは爆弾が仕掛けられた罠《ブービー・トラップ》だとも考えられる。しかし、雪の上に足跡がまったく見当たらないから、つい最近、これに近づいた人間はいないのだろう。なんにせよ、これにブービー・トラップのようなものを仕込む必要はないはずだ。やってみるしかない。

彼は破壊されたキャタピラのそばに歩み寄って、戦車の外部側面に設置されている工具箱の蓋に積もった雪をはらいのけた。雪の下に隠れていた蓋には錆が層をなしていたので、それを手袋をした手でこそげ落とす。それから、蓋を持ちあげると、工具箱のなかは、そこに入りこんだ水が氷になっていて、その底に、レンチ、ハンマー、ドライヴァー、ナット、ワッシャといったものが見つかった。アメリカ空軍の550パラシュート・コードによく似た、合成樹脂製ロープのロールもあった。そのロールを、ロープの傷みがひどくないことを期待しながら、パースンは外套のポケットにつっこんだ。

戦車の上によじのぼって、開け放たれたハッチからなかをのぞきこむ。ぼろぼろになったシートのクッションや、見慣れない制御装置類や、古めかしい農機のような操舵装置などが見え、そのすべてが雪をかぶっていた。計器パネルに取りつけられている金属製の型番プレートに、シリアル・ナンバーとキリル語の文字がつづられている。パースンにはCCPの文字以外、なにも読みとれなかった。シートの背もたれに、なにかの棒が斜めに立てかけられていた。近くに寄って、調べて、白い色をしているのはパウダースノーがまみれついているせいだとわかった。それは人間の骨、大腿骨だった。残っている死体の残骸はそれだけだったので、あとの部分は動物たちが食いあさったのだろうとパースンは推測した。

戦車から飛び降り、両手をこすりあわせて、ついた錆を落とす。

「意味がなかったですね、少佐殿」ゴールドが言った。

「そのようだ」

彼らはパースンの先導でその道を渡り、ビャクシンの枝の下をくぐって、森の奥へ入りこんでいった。前方には、壁のような急勾配の上り斜面がつづいていたが、それよりも歩くのが容易そうなのは、まばらな木立のなかを進む経路しかなく、それではこちらの姿を見られてしまうおそれがあった。彼はそのまま急斜面を進んでいき、数ヤードごとに立ちどまって、ゴールドと捕虜が追いつくのを待った。防弾チョッキを脱ぎたくてたまらない気分だった。その余分な重みがかかっているせいで、閉所恐怖を起こしそうになってしまう。とはいえ、防弾チョッキを捨てたために車椅子生活を余儀なくされることになったひとびとの話は、これまでにいやというほど聞いていた。

雪片が固くなって、霰《あられ》に変じてきたが、上方に屋根のように重なっている常緑樹の枝葉のおかげで、パースンとゴールドとムッラーは最悪の状況に置かれることを免れていた。木々の下を歩いていれば、刺すような凍雨が顔に当たってくることはめったにない。それでも、たまにそれが当たったときは、十二番径の鳥撃ち散弾を浴びたような激痛が走った。

やがて、彼らはヒマラヤイチイの古木の下、低く垂れた枝が幹をすっぽりと包んでいて、こちらの姿を完全に隠してくれる場所に膝をついて、小休止した。艶光りするその黒い幹には、氷が層をなしていた。ゴールドは震えていて、老人は地面を見つめている。

「彼の調子はどうだ？」パースンは尋ねた。

「思っていたよりはいいです」とゴールド。「これまでずっとこの山岳地を歩いていた男ですから。とはいっても、まる一日、歩き通すのはむりでしょう」

「避難できる場所が見つかったら、そこで休むことにしよう」

「そこが敵の支配する村でないことを願いたいですね」

「そうだな。このあたりの村に入ったら、どういう待遇を受けることになると思う？」パースンは尋ねた。

「答えるのはむずかしいですね。この地域にはタリバンの根拠地になっている村がいくつかありますが、そういう村のなかにもタリバンを憎んでいる者はいるでしょう。それと、予測をさらに困難にしているのが、アフガニスタンにおいては、味方が裏切り者になることは珍しくもないということでして」

野外で火を熾《おこ》していいものかどうか、パースンはじっくりと考えてみた。火を熾しても、服を乾かすことはできず、注意を引くことになるだけかもしれない。それをするのは、このあたりの村人が味方かどうかを賭けてコイン・トスをするようなものだろう。とはいえ、いまこのときにかぎっては、比較的安全であるように感じられた。

いまは、このイチイがうまくこちらの姿を隠してくれているわけだから、その利点を生かすことにしよう。

「ここで休憩をとろう」彼は言った。

双眼鏡を使って山腹を調べてみたが、遠くまで見ることはできず、それはかえって好都合だった。当面、ここはいい隠れ場所になる。ほかに人間がいる気配はない。霧のせいで断言はできなかったが、このすぐ上方から地面がなだらかになっているように思えた。自分はロッキー山脈育ちだから、地形を読みとる感覚があるはずだ、と彼は信じていた。思い起こせば、どこまでも澄み渡った青空の下、冷たい空気を肺に吸いこみながら、二七〇口径ライフルと標的観測《スポッティング》スコープを携え、灰色の岩をブーツで踏みしめて歩いたことが、一千回はあるだろう。

そんなことを思いかえしたために、ひどいホームシックに襲われて、目が潤んできたが、ここは故郷と類似しているという思いは、力を与えてもくれた。彼はムッラーに目を向けた。わたしも山男なんだぞ、ハジ。おまえには、こっちがどういう人間なのか見当もついていないんだろうが。

自分の吐いた息が湯気となって宙に漂うのが見え、リズミカルに息を吐くと、煙の信号を出しているように感じられた。この隠れ場所が多少なりとも暖を閉じこめてくれればと思ったのだが、寒さを免れさせてくれそうな感じはまったくしなかった。手袋を脱いで、指のぐあいを調べてみる。指の腹が赤くなって、ぴんと張りつめ、感覚が完全に失われていた。まだ凍傷にはなっていないが、そうなるのが気がかりだった。手袋を脱いだら、そのなかに指先がくっついて残っていたという目にあったひとびとの話を、耳にしたことがある。

彼は外套の内側、腋の下に両手を押しこんだ。体に氷のかたまりを押しつけたような感じがした。脱いだ手袋に目をやると、それはいま、膝の上に垂れかかっていた。拳銃の引き金にかける感触がよくなるように、右の手袋の人さし指の部分を切っておこうか。いや、やめよう、と彼は思った。それをやったら、その指を失うことになる。彼は手袋をはめなおして、ゴールドとムッラーに目をやった。

「もし疲れているようなら、彼を鎖でひっぱる役目はしばらくわたしがやるようにしようか」

「それなら、バックパックはわたしがかつぎます」とゴールドが応じ、手首にはめている手錠のロックを解いた。

彼らは膝や脛を雪まみれにしながら、イチイの枝の下から這いだした。その先の斜面は絶壁に近いほど急だったが、そこを登りきると、パースンの直感が正しかったことがわかった。そこは地面がなだらかになって、故郷に生えているメリケンカルカヤ《ブルームセッジ》に似た、膝ぐらいの高さの茶色い草が生い茂る開けた場所になっていた。積もった雪のあいだから、長い頬ひげのような草の茎が突きだしている。その開けた土地の反対側にパースンが目をやると、ここの部族民たちが建てたのではないことがひと目でわかる建物があった。

それは波形板金を使って建てられた小屋で、開け放たれた金属のドアが、戸枠のいちばん上の蝶番だけにひっかかって、ねじれた格好で、ぶらさがっている。平たい屋根の上からストーブの煙突が突きだしていて、その縁に雪がふんわりと積もっていた。

パースンは双眼鏡を使って、その建物を詳しく見た。ロシア人が建てたもののように思えた。たぶん、特殊工作部隊《スペッナズ》の一時的なキャンプだったのだろう。ストーブが使える状態であればいいのだが。

ゴールドが近寄ってきたところで、彼はその小屋を指さしてみせた。

「しばらく、ようすを見てみよう」彼は言った。

ゴールドが小声で、ひとこと言う。

「地雷」

的を射た指摘だ、とパースンは思った。ソ連の特殊部隊が敵の接近を防ぐために地雷を埋設したというのはおおいにありそうなことだし、それを撤去していくことはまずめったにない。アフガンには足を失った子どもがおおぜいいることが、その事実を物語っている。それでも、なんの情報もないままに歩きつづけて、見つけた最初の村に入りこむよりは、こちらに賭けてみるほうが多少はましだろう。

パースンは震えながら、その古いキャンプ地を双眼鏡で点検した。もし薪ストーブが残っていたとしても、それを使っていいものかどうかと考えた。煙を出せば、目を引くおそれがあるからだ。そして、考えなおした。ばか、暗くなってから、使うようにすればいいんだ。寒さで頭が働かなくなっているのではないか、もし長いあいだこの寒さにさらされていたら、明瞭にものを考えられなくなるのではないかと思えてきた。

開けた土地を取り巻く木々に目をやってみる。木々のてっぺんは霧にかすんで見えず、パースンはそれらの幹が果てしなく空にのびているような錯覚に陥った。風が穏やかになっていて、あたりはひどく静かで、頭上から針のような葉を落として風に漂わせている松の枝のざわめきが聞きとれるほどだった。

開けた土地の反対端のあたりでなにかが動いたのが、目の隅に見えた。なにかに動かされた低い枝が跳ねもどって、砕けたガラス片を思わせる凍りついた透明な雪片をシャワーのようにふりまいていた。パースンは拳銃を抜きだし、カルカヤの草むらに身を没しようと、頭を低くした。ムッラーをひっぱって、地に伏せさせる。ゴールドがライフルの安全《セイフ》装置《テイ》を親指で解除した。

立ち並ぶ草の茎のあいだから、パースンが覗き見ると、焦げ茶色をした獣皮の一部が目に入った。終わりだ、と彼は思った。馬に乗った反政府軍兵士から逃げおおせることはできない。こうなったら、きのうのうちにやっておくべきだったが、この捕虜を射殺し、できるかぎりおおぜいの敵をあの世へ道連れにしてやろう。

そのとき、奇妙な動物が、乗り手なしで、ただ一頭、開けた土地へ足を踏みだしてきた。

パースンは殺すことや死ぬことを考えるのはやめて、その動物に当てはまる語を思いだそうとした。そうだ、アイベックス。アジアに棲息する、野生の山羊。背中のほうへ後ろ向きに曲がった大角があり、息を吐くと、黒い鼻から二本の霧が煙のように噴出した。

ここから撃つとしたら、左の肩を狙うのがいい、とパースンは思った。ミュールジカ（北米に棲息する鹿の一種）やドールシープ（ロッキー山脈などに棲息する白毛の野生羊）を撃ったときのように、仕留めることができるだろう。いや、やめよう。あのアイベックスは傷つけたくない。それに、銃声が注意を引くことになってしまう。

アイベックスが空気を嗅ぎ、そのあと頭をさげて、茶色の草を口いっぱいに引きぬいた。パースンは双眼鏡を通して、その動物を観察した。首の付け根にぶあつい毛皮があり、その毛の先端に点々と氷滴がくっついている。アイベックスがパースンのほうを見やり、草をしがみながら、考えこむように耳をひくつかせた。しばらくして、目をそらし、ふたたび草を食《は》み始める。アイベックスが開けた土地を渡って草を食んでいっても、それを驚かせるような事態は生じなかったので、パースンは、動きだしてもじゅうぶんに安全だという感触を得た。

自分と捕虜をつないでいる鎖のロックを解いて、手錠をゴールドに手渡す。そのあと、サバイバル・ヴェストから無線機を取りだして、それも彼女に渡した。彼女が、意味がわからないといった感じに顔をしかめる。

「無線機ごと、ふっとばされては困るからね」パースンはささやきかけた。

「わたしのあとにつづき、わたしが足を置いたところをたどって、ついてくるように。もしわたしが地雷を踏んだら、まっすぐ後退して、ここを脱出するんだ」

ゴールドは首をふった。

「言われたとおりにしろ」とパースンは言い、眉をあげてみせた――これは提案じゃなく、命令なんだぞ、軍曹。

彼は腰をかがめて、ビャクシンと松の木立を抜けていき、開けた土地の外れに達すると、弧を描いて小屋のほうへ進んでいった。常緑樹のにおいが、子どものころのクリスマスを思い起こさせた。もしこれが、爆薬は別として、自分が嗅いだ最後のにおいになるとしたら、それはそれでけっこう、と彼は思った。ささやかな神の恵みだ。

もつれあった有刺鉄線をまわりこんでいく。先端部に点々と小さな氷滴をつけた、その人工のイバラの茂みが腿のところをひっかいて、フライトスーツを切り裂き、裂けた部分の周囲に血がにじんできた。やってくれるじゃないか。ロシア人からのちょっとした贈りものだ。それにしても、そもそもソ連はなぜ、こんな国をほしがったんだろう？

背後に目をやると、ゴールドとムッラーが、地雷が爆発した場合の殺傷範囲に入らないよう、じゅうぶんな間隔を置いて、あとにつづいているのが見えた。木立のあいだを縫って、小屋まであと五十ヤードの距離まで進んだところで、パースンはふうっと大きく息を吐いた。うまくいった。ソ連軍が地雷を仕掛けていたとしたら、これより外側だったにちがいない。ここまで来れば、あとは小屋を調べてみるだけのことだ。

彼はベレッタを抜いて、撃鉄を起こすと、雪を踏みしめ、ブーツの靴跡を深く刻みつつ戸口へと歩いていった。銃を前方に構えて、小屋に入り、動くものはあるかと見まわしながら、部屋全体に銃口をめぐらせる。目が暗さに慣れてくると、ようやく、小屋のなかにはろくになにもないことが見えてきて、これでは拳銃をホルスターにおさめたままでも同じだっただろうと気がついた。もしここにだれかがいたら、自分は二歩も足を踏み入れないうちにやられていただろう。

部屋のまんなかに鋳鉄製のストーブがあって、それの煙突が天井へのびている。壁に沿ってスチール・フレームの寝棚が設置され、八名の兵士が眠れるようになっていた。マットレスが敷かれているのは二台だけで、マットレスは黴《かび》臭かった。コンクリートの床のそこここに、キリル文字が記された木製の弾薬箱が放置されている。テーブルの上に、裏返しになった金属鍋が一個。小屋の裏手にもうひとつのドアがあり、それは完全に閉じられていた。寝棚のあいだに、スチールの椅子が二脚。なにもかもが錆つき、朽ちていた。

彼は戸口から外へ身をのりだして、ゴールドのほうへ親指を立ててみせた。数分後、捕虜を引き連れて、なかに入ってきたところで、彼女が言った。

「一団の兵士がここで暮らしていたように見えますね」

彼女は自分につながっている鎖の手錠を外し、ストーブにいちばん近い位置にある寝棚の横棒にその手錠をかけて、捕虜を寝棚のフレームに鎖でつないだ。バックパックをおろし、テーブルの上にライフルを置く。ムッラーが床にひざまずいて、祈り始めたが、猿轡のせいで、ことばがくぐもって聞こえた。

ここで暮らしていた兵士たちはどんな連中だったのだろう、とパースンは思った。もしほんとうにスペツナズだったとしたら、聡明で、訓練が行きとどいた、政府に忠実な兵士たちだっただろう。どうして彼らはこんな任務を押しつけられたのか？　生きて祖国に帰れたのだろうか？　彼らは、いくつもの愚行をなした政府の誤った政策に従っただけであって、さげすむ気にはとてもなれなかった。なかには残虐行為に関与したやつもいただろうが、ほとんどの兵士は、自分と同様、与えられた任務を完遂しようとつとめるプロフェッショナルの軍人だっただろう。

冷戦は、自分が軍人になる前の時代にあったものだが、亡き父から聞いた、F-4戦闘機の航空士兼兵装システム士官として空を飛んでいたころの話はよく憶えていた。F-4ファントムが、アフターバーナーから二本の炎を噴出させ、うなりをあげてイールソン空軍基地の滑走路から離陸する。高高度に達したところで、ファントムはソ連の戦略爆撃機、ベア——ツポレフTu-95——に遭遇する。そして、翼を揺らせて、敵機のパイロットに手をふる。よし、イワン、そっちの考えはわかった。いますぐ、それの針路を変えなければ、ばらばらに粉砕して、北極海の藻屑にしてやるぞ。こういうことは当分やめておこうじゃないか。安全に飛ぶようにしろよ、おまえたち。

父は一度、イェーツの詩の一節を引用したことがあった。〝憎むがゆえに戦うのではない〟

床にひざまずいているこのくそ野郎とは、大ちがいだ。

4

天候が回復するまでこの小屋にとどまっていられれば、とパースンは思ったが、回復をあてにするわけにいかないことはわかっていた。歩けるあいだに、行けるところまで行っておいたほうがいいだろう。まわりを探してみると、なまくらな斧が一本、見つかった。その柄は、木目に沿って裂け目が入り、後端が鋭くとがっていて、先史時代の凶器のように見えた。

「見張りをつづけてくれるか？」パースンは声をかけた。「わたしはいまから、燃やせるものを用意して、暗くなったら火を熾せるようにする」

ひとつしかない、ガラスの割れた窓を、彼は敷物をぶらさげて覆い隠した。

ゴールドが戸口の内側の影のなかに身を置き、外からはライフルの銃口しか見えないようにして、伏射の姿勢をとる。寒さで体が震えているために、銃口が小さく踊っていた。

パースンはぶじなほうの手で斧をつかみ、頭上近くまでふりあげた。空の弾薬箱に斧を振りおろすと、それの板が鋭い音を発して裂けた。細い釘でかろうじて板がつながっている状態になったところで、板をひっぱったり、ねじったりしてやると、箱であったものが薪のひと山に変じた。右の手首に力が加わるたびに痛みが走ったので、そのうち彼は、右手に代えて足で板を押さえながら、左手で箱を解体するようになっていた。つごう四個の箱をばらばらにすると、木端《こっぱ》からなる高さ三フィートほどの薪の山ができあがった。そこで、彼は手袋を脱ぎ、ぶじだったほうの手の付け根に、手袋の布を通して深く突き刺さっていた木の刺《とげ》を抜いた。両方の手に痛みを覚えるようになっていた。

そのあと、バックパックを開いてみると、水のボトルがすべて空になっているのがわかった。これで、またひとつ、解決すべき問題ができてしまった。バックパックを空にして、戸口へ持っていく。

「外は安全か？」彼は問いかけた。

「はい、少佐殿」とゴールドが応じた。「なにをされるつもりですか？」

「水が尽きたんでね」

パースンは外へ足を踏みだし、積もっている雪をバックパックですくいあげて、ぎっしりとそれに詰めこんだ。それから、バックパックを寝棚のフレームにぶらさげて、古びた料理鍋をその下に置く。鍋にはなにかの滓《かす》がこびりついていたが、それよりましな容器は見当たらなかった。サバイバル・ヴェストのあちこちのポケットを探っていくと、小さなピルボックスが見つかった。ボックスから、浄水剤のタブレットを二個、取りだす。寒さのせいで、指が赤く腫れて、震え、感覚が失われていた。タブレットを鍋に放りこむと、かすかな音を立ててそこに落ちた。雪を少し口に押しこんでみようかとも思ったが、それをすると体幹温度がさらに低下するおそれがあることがわかっていたので、やめておく。

別のポケットのなかに、防水マッチが見つかったので、いますぐストーブに火を点けたくてたまらない気分になった。待て、と彼はみずからに言い聞かせた。我慢ができずに自滅するなどといったことになってはならない。ほかのことを考えろ。だが、かっこいい自動車や美しい女のことを考えようとしても、このマッチと薪の山ほど誘惑的なものはなにひとつ思いだせなかった。

パースンは薪ストーブの火室の取っ手をひっぱってみたが、扉は小揺るぎもしなかった。取っ手を逆にまわしてみる。やはり、扉はびくともしない。斧とハンマーを拾いあげ、斧の側面を扉の取っ手に当てて、ハンマーでたたいてやると、ガリガリと音を立てて扉が開いた。ムッラーがその音を聞いて、ぎょっとしたが、すぐにまた、救いの到来を待ち受けるように戸口の外へ目を戻した。

火室から、黒鉛の粉末のように細かい灰色の燃え滓がこぼれ出てくる。その一部が宙に舞いあがって、ランプから精霊《ジニー》が出現する光景をパースンに思い起こさせた。火床を空にする手間はかけず、薪にした細い木切れを何本かストーブのなかへ入れ、速く火がまわるように、たがいちがいに積んでいく。マッチを取りだし、しばらくそれを見つめたあと、積みあげた木切れのそばにそれを置いた。寒さから心をそらしておくには、別の仕事をするのがよさそうだと判断し、無線機のスイッチを入れる。

「ブックシェルフへ、こちらフラッシュ2-4・チャーリー」彼は呼びかけた。

応答がない。

「ブックシェルフへ、こちらフラッシュ2-4・チャーリー」

イギリスなまりの応答が来た。

「フラッシュ2-4・チャーリーへ、こちらサクスン。どうぞ」

イギリス空軍《RAF》が持ち場に就いているということか。おそらくは、キルギスタンか、もっと遠いオマーンあたりで任務に就いていたのが、こちらに配転されてきたのだろう。ニムロッド哨戒機がこの上空、成層圏を周回している光景を、パースンは思い描いた。こちらはぶあつい雲の下に閉じこめられていて、ＲＡＦの乗員からは見えないだろうが。

「サクスンへ、こちらフラッシュ2-4・チャーリー。こちらの状況に関してブリーフィングは受けているか？」

「受けている。バグラムおよびカンダハルで、捜索救助チームが緊急出動態勢に入った。ただ、両地点とも、まだ霧が晴れないんだ」

パースンは、無線機を壁にたたきつけたい衝動に駆られ、悪態をつきながら、うろうろと歩きまわったあと、ひとつ深呼吸をして、言った。

「こちらの位置を伝達するから、受信に備えてくれ」GPSを起動し、この新たな現在座標をそれに入力する。そのあと、彼は問いかけた。「この近辺にいる友軍の位置を伝えることは可能か？」

「可能だ。認証が必要なので、少し待ってくれ」ちょっと間を置いて、相手がつづける。「フラッシュ2-4・チャーリーへ、そちらの認証番号の最初のふたつの数字を足した数は？」

「5」パースンは言った。あんたにはこっちの声がターバン頭野郎がしゃべってるように聞こえるのかい、ナイジェル（イギリス人に多い名前）？

「了解した。では、伝える。そちらの西および南西方向において敵軍の動きがあることが報告されている。アフガニスタン国軍《ANA》の一個部隊がそちらの東方向において作戦行動中だが、彼らはわれわれとの交信手段を持ちあわせていない」

やれやれ、とパースンは思った。この地域がタリバンに侵食されていることぐらいは、とうにわかっている。それに、アジアの国ではよくあることだが、アフガニスタン国軍が無線を持ちあわせていないことも、前からわかっていることだ。

「フラッシュ2-4・チャーリー、すべて了解」パースンはそう言って、無線を切り、サバイバル・ヴェストに無線機を戻した。

暖をとって、服を乾かそうかという思いが、また浮かんできた。まだほんの少し、日ざしが残っているから、火を熾すには早い。だが、暗くなってしまえば、かりに反政府軍が暗視ゴーグルを装備していたとしても、その種のゴーグルにはそれほど高い光の増幅能力はないから、ストーブからの煙を発見することはできないだろう。敵軍がにおいを嗅ぎつけることはありうるだろうが、においについては手の打ちようがなかった。

外の薄闇が濃い闇に変わり、木々の根元に夜がひろがり始める。大地からじわじわと闇が湧きあがってくるようだった。パースンはサバイバル・ヴェストから、自分でつくった焚きつけ、ワセリンを染みこませたコットン・ボールを取りだした。まさか、ほんとうにこれを使うことになるとは、と思いながら、油の染みこんだコットンを薪の下に押しこむ。

やがて、暗闇が木々のいちばん高い梢を包みこんだとき、パースンはマッチを擦った。マッチの先端の硫黄がシュッと音を立てて、点火し、黄色い炎が翼のようにひろがる。その熱が顔に感じられた。指が冷えきって震えているせいで、マッチをストーブに放りこむとき、その炎は傷ついた蛍のようにひくついていた。火がコットンに移って、それを包みこみ、オレンジ色の炎のなかで、コットンの白い繊維がそりかえって、黒ずむ。炎の舌が木切れを照らして、そこに記されている文字を浮かびあがらせた。その〝7・62〟という数字——七・六二ミリ弾の弾薬箱だったのだ——をパースンが読みとったとき、炎がそこにひろがって、文字を消し去った。

温かさが麻薬のように全身を浸し、パースンはつかの間、もしパラダイスというものが存在するしたら、そこには純粋な暖もあるのかもしれないと考えた。

ムッラーがストーブのほうへ両手をのばす。パースンはムッラーを見つめた。おまえは、神の名においてどれほど多数の人間を殺しても、天国に行けば七十二人の処女が待ってくれていると思っているんじゃないのか（イスラムでは男性は天国で七十二人の処女とセックスを楽しむことができ、彼女たちは何回セックスをしても処女膜が再生する永遠の処女とされる）？ パースンは疑問を覚えた。それなのになぜ、わたしは自分だけでなく、おまえにもこの火という安らぎを与えなくてはならないのか？ それはひとえに、わたしに課された任務がおまえを生かしておくことを要求しているからだ。

いや、自分はムッラーだけでなく、ゴールドも生かしておくことを求められているのだ。

「軍曹」と彼は呼びかけた。「しばらくわたしが見張りを交替しようか？ こっちに来て、服を乾かしたほうがいい」

即座にゴールドが立ちあがり、ストーブのそばへ歩いてきて、パースンにライフルを手渡す。ストーブの前で濡れそぼった手袋を脱いで、指をひろげ、目を閉じて、深々と息を吸いこんだ。

ストーブの前を離れたパースンは、足を二歩運んだとたん、ふたたび極寒の苦しみを味わうことになった。見張りをつづけるなどということは放りだして、暖かい場所にとどまっていようか。いや、それはだめだ、と彼は自分に言い聞かせた。理性を失うんじゃない、このばか。冷えきり、疲れきった頭が、おかしなことを言ってきただけだ。

ゴールドが伏せていた場所にすわりこみ、バッテリーを予備のものに交換してから、暗視ゴーグルのスイッチを入れる。エメラルド色の開けた土地の上に、緑色の雪が舞い落ちていた。聞こえるものは、火のはぜる音と、木切れが燃えるのに連れて、かすかに動く音だけだった。ストーブの煙突はうまく働いておらず、室内に煙が漂って、目が少し痛かった。彼は立ちあがり、換気のために裏口のドアを半分ほど開いてから、表口にひきかえして、見張りを続行した。

ゴールドがストーブのそばに椅子を二脚、動かしてきた。ひとつの椅子の背もたれに自分の外套を掛け、それを目隠しにして、ベルトのバックルを外し、ズボンを脱ぐ。その下は、防寒用の白い長丈下着《ロングジョン》だった。ムッラーが猿轡をされた口を動かして、なにかをパシュト語で言おうとした。

「おっと、お静かに」とゴールドは言い、腰に外套を巻きつけてから、濡れたズボンを乾かすために椅子の上に置いた。

バックパックに詰めこんだ雪が解け始め、即席の水製造器に水が滴り落ちる音が聞こえてきて、パースンはちょっとした満足感を覚えた。ゴールドが食糧の包みを開き、加熱容器の内部へ携帯口糧のパックを入れる。そして、料理鍋のなかに水が数インチほどたまったところで、その水を加熱容器に注いで、口糧を加熱させ始めた。数分後、彼女がパースンに手渡してきたその口糧は、骨を抜いたポークリブで、舌が焼けるほど熱くなっていた。

最初のひと口をぱくつくまで、自分がこんなに腹をすかせていたとは気がついていなかったが、いったん食べものを口にすると、舌が焼けても食べるのをやめられなくなった。食べ終えると、彼は指をなめながら、外の開けた土地と森のようすをうかがい見た。ゴールドが鍋の水をボトルにくんで持ってきてくれたので、それをたっぷりと飲む。その水は、金属と化学薬品のにおいがした。ひどい味だが、浄水タブレットのおかげで、少なくとも寄生虫だのなんだのが体に入るおそれはないだろう。

ゴールドに目を向けると、彼女も同じように、口糧のバナナブレッドをむさぼり食べていて、シャツの上にパン屑がこぼれると、それを指先で拾い集めていた。いまある携帯糧食を食べつくしたあとは、食べものをあさるしかなくなることは、彼にはよくわかっていた。そうなれば、松の葉や枝をあさるしかない。サバイバル・サラダだ。

ゴールドが捕虜の猿轡を外して、クラッカーと水を与えた。パースンは、ふたりがパシュト語でやりとりするのに耳を澄まし、いったいなにをしゃべっているのだろうといぶかしんだ。

「彼はこう言っています。異教徒の前で服を脱ぐわけにはいかない」ゴールドが言った。

「わたしの前では、ぜったいに脱がないそうです」

「それでけっこう」パースンは言った。「脱がなくても、長いあいだそこにすわっていれば、服は乾くだろう。外套を脱がせて、火のそばに掛け、ブーツと靴下は自分で脱ぐようにと伝えてくれ」

またもや、パシュトゥ語のやりとり。

「ブーツは脱がないそうです」ゴールドが言った。「この種の男たちは、よそ者の前ではどの部分の肌もさらしたがらないんです」

「塹壕足（凍傷に似た疾患）になったそいつをひきずっていくというのは、ごめんこうむりたい」パースンは言った。「靴下を乾かすようにしなかったら、また痛い目にあわせることになると、伝えてくれ」

ゴールドがふたたび、捕虜に話しかけた。ムッラーがブーツと靴下を脱ぎ、彼が鎖でつながれている寝棚のフレームに濡れた靴下を置く。そこでようやく、ゴールドがまとめていた髪をほどいて、指でくしけずった。薪をくべるために彼女がストーブの扉を開いたとき、炎の光に照らされたほつれ髪が薬莢の真鍮の色のように輝いた。彼女が火室を閉じて、髪をまとめなおすと、パースンは悲しいような気分にさせられた。すぐに気を取りなおして、小屋の内部ではなく、外部へ目をやる。

見張りをしているうちに、手首がずきずきうずいてきた。雪と霧を通して、もっと遠くを見ることができればいいのだが、NVGを使ってすら、闇の奥を見通すことはできなかった。黒々とした山並みの影が、夜の海原を往く巨大船隊のように周囲にのしかかっていて、視界の外にあるもののすべてが空恐ろしいものであるように見えた。

ムッラーがまた口を開き、ゴールドによく理解させようとしてのものか、いくつかの語を明瞭に発音して、しゃべり始めた。

「いまのはどういうことだった？」パースンは問いかけた。

「彼の言うには、このストームは彼の祈りに答えてもたらされたものだそうです」

「つまり、彼は魔法のように天候を変えることができると考えている？」

「イスラムの神秘論には、そのようなものもありますが」とゴールド。「彼がそれをふまえて言ったのかどうかは、判断がつきかねます」

「わたしは迷信家じゃないと言っておいてくれ」

ゴールドはなにも言わなかった。そのころには脱いだものが乾いていたので、彼女は服を着なおした。パースンはふたたび彼女と持ち場を交替し、Tシャツとボクサーパンツだけの姿になって、脱いだ服を乾かすために椅子に掛けた。はぜている火のなかに薪をくべたし、そのあと、ふと腕時計を見ると、自分はすわったまま眠りこんでいて、そのあいだに二時間が過ぎていることに気がついた。

パースンはふたたび空の弾薬箱を見つけだし、斧を使って、今回はさっきより注意をはらいながら、箱を切り裂いていった。こんどは、まったくけがはせずに、解体することができた。そのあと、板の一端をつかんでおいて、斧の刃で断ち割り、一フィート半ほどの長さの木切れにした。つぎの板、またつぎの板、そしてまたつぎの板と、断ち割っていく。

その作業をくりかえしていくと、もとは箱だったものが、ほぼ同じサイズの木切れの束になった。

「また薪づくりですか?」ゴールドが尋ねた。

「いや」

パースンは二枚の木切れの端を重ねあわせ、ソ連軍の戦車からくすねてきたロープでそれを結びつけた。さらに木切れを足して、結んでいくと、木切れが平たい四角形に重ねあわされたものができあがった。

「きみは何年ぐらい通訳をやってる?」巻き結びで、しっかりと木切れを結びつけながら、彼は問いかけた。

「もう長いですが」とゴールド。

「そういう連中と話をすると、そのたびにシャワーを浴びたい気分になるんじゃないか?」

「たしかに、気がめいるときはありますね。腹立たしくなるときもあります。そして、いつも悲しい気分にさせられます」

「どうやって、それに耐えてるんだ?」

「人間性は教育がつくるものだと考えて」

「人間はみんな似たようなものだと言いたいわけじゃないんだろう?」

「ええ。ただ、彼らは、人間は教育しだいで、どうにでも変わりうることを身をもって示してはいます」

パースンは、木切れでつくった枠の上にブーツの片方を置き、自分がつくったその枠とブーツを結びつけていった。

「あ」ゴールドが声をあげた。「スノーシューズですね。驚きました、少佐殿」

「サバイバル・マニュアルの直接的応用さ」パースンは、ムッラーがこちらを見つめているのを感じていた。「彼はなにを見てるんだ？」

「彼は、われわれアメリカ人を頽廃的な罪びとと考えていますから」とゴールド。「あなたの取り組みかたを見て、びっくりしているんでしょう」

パースンはまたひとつ、即席のスノーシューズをつくり始めた。

「ところで、こういうろくでなしどもは、自爆テロだのなんだのをやれば天国へ行けると、本気で考えているのか？」彼は問いかけた。

「なかには、そういう人間もいます」とゴールド。「イスラム神学校《マドラサ》で、そういうことを教えられた者もいますから。なかには、子どもたちを惑わすためだけにそういうことを言う者もいます。なかには、ひとを殺傷するための体のいい口実にしている犯罪的人間もいます」

「彼はどうなんだ？」

「彼は盲目的に信じています。〈悪徳防止美徳推進省〉を統括していたこともある男ですから」

「なんだ、それは？」パースンは尋ねた。

「髪の毛を見せた女性たちを宗教警察がぶちのめす映像をご覧になったことがあるでしょう？」ゴールドが言った。「あれが彼の部下たちです」

「たいしたもんだ」

「彼の健全な目は、ガラスの目よりも冷たいんです」

パースンは、このムッラーのような人間を駆りたてている動機はなんだろうと想像してみたが、ろくになにも思いつかなかった。それに、こういうひとびとを理解することを職務とするゴールドのような人間についても、よくわからない。パースンのキャリアは、その出発点である学校での教育からして、ほぼすべてが実際的な問題だった。応用数学の学位。空気力学、気象、物理学の実習。航空機をA地点からB地点へいかに導くか。無線信号や衛星電波や星ぼしをもとにいかに針路を見つけるか。落とそうとする地点へ空中投下をいかにやってのけるか。政治にかかずらういわれなど、どこにもない。

以前のパースンは、アフガニスタンで輸送機を飛ばす任務にそれほど大きな怒りを覚えてはいなかった。これが自分の職務だと考えていた。だが、そんな感情は、9／11同時多発テロによって完全にくつがえされ、個人としてどう感じるかという問題ではまったくなくなってしまった。そしていま、その事件の責めを負うべき男が、自分の目の前にいるのだ。

彼はほかのことに気持ちを向けようとつとめて、スノーシューズづくりに専念したが、五個ができあがり、六個めを途中までつくったところで、ロープが尽きてしまった。未完成のやつは自分が使うことに決めた。

そのころには、衣服も防弾チョッキも乾いていたので、彼はそれらを身に着けなおして、ふたたび見張りを交替した。ゴールドがストーブのそばの床に寝そべって、即座に眠りこむ。ムッラーはとうにいびきをかいていた。パースンはその音にいらだちを覚え、そこに近寄って、いびきをとめてやろうかと考えた。だが、このあとまた、あの男を歩かせなくてはいけないのだから、そのときに体力が回復しているように、いまは休ませておくようにしよう。

彼はライフルの銃床を床にあてがって、それの被筒《ハンドガード》にひたいをあずけた。そのうち、だんだんと頭が垂れてきて、はっと目が覚め、そんな不注意なことをした自分に悪態をついた。どれくらいのあいだ眠っていたのか、見当がつかなかったが、M－4の機関部に自分の吐いた息が薄い氷の膜をつくっているのが見えた。ガンメタルの機関部に、白い薄氷が細かな刻み模様のように張りついている。見張りに就いて眠りこんでしまったあいだに、撃たれていた可能性もあるのだし、そうなっても仕方がなかったところなんだぞ、と彼は自分に言い聞かせた。

暗視ゴーグルを装着して、慎重に外のようすを見る。眠りこんでいるあいだにタリバンの警邏隊が忍び寄っていたのではないかという思いが、なかばあった。それも、そう悪いことではないような気がした。眠っているあいだに銃弾を食らったら、この世におさらばしたこともすらわからないだろう。それが、いまよりどれほど悪い事態だというのか？

おまえにはなすべき任務があるんだ、と彼は自分に言い聞かせた。ここに自分が置かれたのは、神の配剤かどうかはさておき、空軍の配剤であることはぜったいにたしかなのだ。

彼はふたたびゴーグルで外を点検し、戦地の夜に揺らめく電子的な緑の光を見つめた。針葉樹の木々の幹の周囲に渦巻いている霧がいつまでもそこにとどまっているように見えたので、そんなのは自分の想像にちがいないと考えつつも、そこを注視する。だが、渦巻く霧のようなものはずっとそこにとどまっていて、その直後、突発的に動き、ふたたび、人間のような固体の物体が動くように、さっと動いた。それはひとりの男、ＡＫ－47を携えた男だった。

さらに三つの人影が出現し、パースンは掌が汗ばむのを感じた。自分はここ、この戸口で死を迎えることになるだろう、と思った。そういうのはやめろ。やめて、しっかりと考えるんだ。

亡霊のような人影のふたつが、あとのふたつから分離して、開けた土地をまわりこみ始めた。おっと、くそ、やつらは側面にまわりこむつもりだ、とパースンは思った。やつらはここに自分がいることを知っているし、自分がその全員を仕留めることはできないだろう。だが、やつらは自分に見られていることはわかっていないはずだ。

この状況を変える以外に手はない、とパースンは悟った。やつらはここに自分がいると思っているのだから、ここにいないようにすればいいのだ。彼は立ちあがって、ゴールドのそばへ歩いた。

「よく聞け」彼はささやきかけた。「男が四名、両側面から接近しようとしている。わたしはきみのこのライフルを持って、裏口から外に出る。きみには、わたしの拳銃を渡しておく。わたし以外の人間が表口から入ってきたら、撃て。わたしがひきかえして入ってくるときは、その前に咳ばらいをする」

パースンはベレッタをゴールドに手渡し、素足のまま、裏口からそっと外に出た。最初の数歩は、雪と氷が突き刺さってくるような痛みを感じたが、すぐに両足の感覚が麻痺して、なにも感じなくなった。

小屋は開けた土地の外れに建っているから、裏口の外はすぐに木々に覆われた斜面になっていて、灰色の曙光が射し始めたなか、パースンはよろよろとその斜面をおりていった。一度、足を踏み外して、ゴールドのライフル——M-4カービン——を落としそうになりながら、そばにあった若木に片手で抱きついて難をのがれるということがあった。ぶざまな行動をしたために自分の居どころがばれてしまったのではないかと恐ろしくなったが、すぐに思いなおした。やつらはこちらを発見したら、発砲するだろうから、それとわかるはずだ。パースンは開けた土地の横手へまわりこんでいき、斜面をのぼって、旧ソ連軍キャンプ地の全体が見渡せる場所にたどり着いた。そこに片膝をついて、暗視ゴーグルのスイッチを入れる。

そこに、やつらがいた。男が二名、表側の右手から小屋へ忍び寄っている。NVGを通してなので細部はろくに見分けられなかったが、着衣がだぶついているということは、アフガニスタン国軍《ANA》ではなく反政府軍の兵士だろう。敵兵であることはわかったが、それ以上の細かな点は見分けられないので、どういう敵兵かはわからない。タリバンなのか、アルカイダなのか、反政府側のパシュトゥーン人なのか、それともアラブ人なのか。昨夜、自分が見かけた一隊と同じ連中のように思えたが、それも推測でしかなかった。彼らが携えているのは、カラシニコフ——AK-47——ライフルだけだ。いいぞ。少なくともこのふたりは、暗視装置を持っていない。こちらに見られているとも知らず、ひたすら小屋へ這い寄っているように見える。パースンはNVGをおろし、まだわずかでしかない自然光のなかをうごめく暗い人影に目を慣らそうとつとめた。

M-4のセイフティに親指を置き、セレクター・レヴァーを動かすのに足るだけの力でそれを動かして、一発ごとに再装填の必要のない、セミオート・ポジションに合わせる。

これで、このライフルは、引き金を引くだけで連射ができ、しかもそのつど意志をこめて発砲することができる。フルオートにして、弾をむだにばらまいてしまっては、意味がない。

パースンは銃を肩づけした。このカービンには最新鋭の光学照準装置《サイト》のひとつが装着されていた。そのスコープをのぞくと、赤く輝くドット照準指標《レティクル》の向こうに、淡い光を受けてうごめくふたつの人影が見えた。放射性トリチウムによって発光するそのドットを、彼はひとりめの男の胴体に重ねた。そして、引き金を絞った。

銃口からオレンジ色の閃光があがって、一瞬、ターゲットがぼやけたが、すぐにターゲットが倒れたのが見えた。銃声に驚いたカササギの群れが、木の根元からいっせいに舞いあがる。夜明けの空気を鳥たちの悲鳴が引き裂き、小さな黒い影が木々のあいだを右往左往した。彼はふたりめの男へ銃口をめぐらせ、すばやく二度、反動を頬に感じつつ、連射した。ふたりめの反政府軍兵士が地に倒れて、うめく。

小屋の反対側から、叫び声があがった。パースンは雪の上に身を伏せて、待ち受けた。

男がひとり、小屋の向こう側の角から姿を現わし、パースンが発砲する間もないうちに、表口からなかへ駆けこんでいった。小屋のなかで、銃声が二度、炸裂する。拳銃の銃声であれば、とパースンは思った。撃ったのはゴールドであってくれ。

目の隅に、なにかの動きが映った。小屋の裏口へ迫っているやつがいる。その反政府軍兵士は低く身をかがめ、ほぼ目いっぱい両腕をのばしてライフルを構えていた。上着の長い野戦服という身なりだった。イギリス軍の迷彩模様だ。反政府軍ゲリラ兵は、あらゆる危険を照らしだそうとするように、AKの銃口を左右へめぐらせていた。

自分は見られていないということで、パースンには数秒のゆとりがあった。M－4のスコープをのぞき、時間をとって、その赤いドットを男のひたいにぴったりと重ねあわせる。射程がひどく短いので、弾道を考慮に入れて、銃口をわずかにさげる。引き金を絞った。

赤い霧。

ゲリラ兵が瞬時に激しく倒れこんだので、狙いどおり頭部に命中したことがわかった。一瞬で、中枢神経系統が損傷したのだ。パースンは身を震わせたが、この寒さにもかかわらず、汗が鼻に滴り落ちてきた。淡い日ざしのなか、空薬莢が積もった雪の上に散らばり、その熱い金属が雪を解かしてみずからの墓穴をうがっているのが見えた。

待て、と彼はみずからに命じた。待つんだ。敵が四人だけだったのかどうか、まだわからないのだ。だが、周囲の世界は静まりかえっていて、自分の胸の鼓動が聞こえるだけだった。

ようやく、木々の陰にひそんでいる者がいないことが確認できたところで、パースンは立ちあがって、服にまみれついた雪をはらい落とした。体が震え、膝の感覚が失われているために、小屋に歩いてもどるのはひと苦労だった。よろめく足で、イギリス軍迷彩の野戦服を着ている反政府軍兵士のところに近寄ってみる。こいつがその野戦服を入手した経緯については想像したくもない、とパースンは思った。無表情な顔のなかで、生気の失われた目が空を見あげていた。一瞬のうちに死が訪れたとあって、死を意識した表情が現れる間もなかったのだ。ひたいに小さな丸い射入口があり、反対側には、髪の毛のなかに骨と脳組織が混じりこみ、血液が噴きだしていた。

パースンは小屋の裏口をよろよろと通りぬけた。ゴールドが目を見開き、両手で構えたベレッタの銃口を向けてくる。マイクロセカンドの一瞬、パースンは明晰さを取りもどして、ひどい失態をやらかしたことを自覚した。撃たれると思って、身がこわばる。

弾は襲ってこなかった。彼は目を閉じて、大きく息を吐きだした。

「すまん。咳ばらいを忘れていた」

「やっぱり、あなたでしたね」

「なぜ発砲しなかったんだ？」

「敵は四名とおっしゃったでしょう」ゴールドが答えた。「わたしがその一名を撃った。あなたが三名を撃つ銃声が聞こえました」

「きみがわたしより頭のできがよくて、助かった」

パースンはストーブの前にすわりこんで、濡れた両足と沙漠迷彩のスカーフを乾かしにかかった。捕虜は床にすわって、ゴールドに拳銃で射殺されたゲリラ兵を見つめている。

「警邏隊に救ってもらうことはできなかったようじゃないか？」パースンは言った。「イシャラー」

「だれかがこちらの居どころをつかんだのですね」ゴールドが言った。

「うん。暖かい場所を離れるのはいやでしかたがないが、これほど長いあいだ、ここにいられただけでも幸運だったと考えよう」

彼はM‐4をゴールドに返し、自分の拳銃を彼女から受けとった。それをサバイバル・ヴェストのホルスターにおさめてから、輸送機から持ってきたほかの装備品や弾倉をかき集める。それら物品のすべてを、いまは中身が空になっているバックパックに収納した。数個のプラスティック・ボトルに、料理鍋にたまっていた水を詰める。

「よし、スノーシューズをつけよう」

パースンはそれをブーツに結びつけて、試しにちょっと歩いてみた。なにもない床とあって、歩きにくい感じがしたが、外の雪の上に踏みだしてみると、自然な歩行ができそうな気がした。いまは霧が出ていて、開けた土地の向こう側に並んでいる木々の姿がぼやけて見え、野火の煙のようなその霧がこちらへ押し寄せてきていた。彼は、最初に撃ったふたりのゲリラ兵のほうへ足を運んだ。

ひとりは、うつ伏せに倒れていて、身動きしなかった。体の下から、鮮やかな赤い血がひろがっている。もうひとりは、片膝を立てた格好で、あおむけに倒れていた。その膝が動いたので、パーソンは拳銃を抜いた。

男が、被弾している胸と腹を両手で押さえた。胸の前に斜めに弾帯を掛けていて、そのパウチには、弾倉と、戦場の奇妙な宝石とも言うべき、輝く真鍮の実包がぎっしりと詰められていた。男が、押さえた手の指のあいだから血をあふれさせながら、なにかを切望するような目でパーソンを見あげる。

「アシュハドゥ・アンア・イラーハ……」そこでゲリラ兵は息を継いだ。「ムハンマダン・ラスールッラー」

それは、パーソンにも理解できる唯一のアラビア語だった。そのことばなら、情報関係のブリーフィングで聞いたことがある。〝我は宣す、アラーのほかに神はなし。ムハンマドは神の使徒なり〟イスラム教徒の信仰告白、シャハーダだ。イスラム教徒はみな、アラビア語でそれを唱えるのがふつうとはいえ、この男の発音はそれを母国語とする者のように流暢だった。

ふたたび、ゲリラ兵がつぶやくように言う。かすかに聞きとれる程度の声で、こんどは英語だった。

「かたづけてくれ」男が言った。「かたづけてくれ、十字軍」

パーソンは、ふうっと長いため息をついた。すぐに救助されないかぎり、この男は生きのびられないだろう。いっしょに連れていくわけにはいかないし、たとえそうしたところで、どのみちこのアラブ人は助からない。救急キットに、モルフィネはなかった。苦しみを減らしてやる以外に、選択肢はない。パースンは男の頭部に弾を撃ちこんだ。

ゴールドがライフルを携えて、飛びだしてくる。

「だいじょうぶだ」とパースンは声をかけて、しばらく黙りこんだ。

9／11以後、われわれが、やらずもがなのことをいろいろとやらざるをえなくなっていることはわかっていた。ただ、自分がそういうことをやらざるをえなくなるとは、これまでは考えもしなかったのだ。

パースンは、その男のAKを拾いあげた。それのボルトを、薬室に弾が入っているかどうかをチェックできる程度にひっぱってみる。弾倉を取りだして、調べてみると、弾が完全に装塡されていた。弾倉を挿入しなおし、ゲリラ兵のヴェストから予備弾倉を取りだす。パースンはAKを持ったのはこれが初めてだったが、バランスは良好に感じられたし、これで拳銃よりはるかに強力な武器が手に入ったわけだ。

「持っていけないライフルは、すべて無力化しておくべきでしょう」ゴールドが言った。

「いい考えだ」

ゴールドが、ひとりめのゲリラ兵の武器を無力化していく。ライフルのボルトを取りはずして、ポケットに入れた。それから、小屋にひきかえして、イギリス軍の上着を着ている男のライフルにも同じことをした。

パースンは、足もとに倒れているアラブ人を見おろした。空から落ちてくる霰のような雪片が、死んだ兵士のひげに積もり始めていた。黒い頰ひげに白い雪片がまみれついて、灰色めいた色に変え、死んだ男が刻々と年老いていくように見えた。この男はどんな熱狂に取りつかれて、イエメンかどこかをあとにし、母国より摂氏四十度ほども気温が低くて寒い、この山中で死ぬことになったのか。

そのとき、どこか遠くから、紙が引き裂かれるような音がかすかに聞こえてきた。その直後、聖書に記されている見えない力が襲いかかってきたように、パースンは地にたたきつけられていた。胸に衝撃を浴びて、息ができなかった。しばし呆然としながら、彼は必死に息を吸おうとした。雷に撃たれたのかと思った。だが、そのとき、つぎの銃弾が頭のそばの雪に着弾して、彼はなにが起こっているのかを認識した。

肋骨にひびが入ったらしく、突き刺されるような痛みを肺に覚えつつ、彼は小屋の戸口へと這った。銃声らしきものは、まったく聞こえなかった。この防弾チョッキは砲弾の破片を防ぐためであって、強力なライフルの銃弾を食いとめられる設計にはなっていないことは知っていた。銃弾がチョッキを貫通してこなかった理由はただひとつ、いまの射撃がひどく遠方からのものだったためだ。

パースンが小屋のなかに身をひきずりこんだとき、裏口からゴールドが入ってきた。

「なにがあったんです?」パースンのかたわらに膝をついて、彼女が問いかけた。

「スナイパーだ」パースンは言った。咳が出て、彼は身を縮めた。「わたしはだいじょうぶだ。チョッキが防いでくれた。ここを脱出しなくてはいけないが、表からは出られない」

ゴールドが、寝棚のフレームにムッラーをつないでいる鎖を外す。

「彼には、わたしはめまいを起こしただけだと言っておいてくれ」パースンは言った。「彼の仲間どもがこの外に来ていることを知られたくない」

AKを杖代わりにして、パースンはなんとか立ちあがった。バックパックをかつぎ、まだ息を継ぐのに困難を覚えながら、深く息を吸いこむ。

「小屋の裏手からつづく斜面の下が、狭い谷になってる」彼は言った。「できるだけ速く、その斜面をくだっていこう」

ゴールドがムッラーに話しかけたが、ムッラーは床にすわりこんだまま、動こうとしなかった。ふたたび彼女が話しかけたが、ムッラーは首を横にふった。パースンはブーツナイフを抜いた。かすかな音を立てて、鞘の留め具が外れる。彼はナイフの切っ先を捕虜の目のすぐ下にあてがい、赤い血の筋を残して顎ひげのところまで引き下ろした。捕虜がぐいと顔をのけぞらせて、立ちあがる。

パースンがナイフに目をやると、切っ先が赤く染まっていた。これは官給品ではなく、父から贈られたもので、以前は暖炉の上の陳列ケースに飾られていたハンドメイドのナイフだ。握りは、牡鹿の白い枝角でできている。刃には、合金が何重にも鍛造されたことを示す模様がある、古風なダマスク鋼づくりだ。両刃《ダブルエッジ》の刃の切っ先は、鋭くとがっている。その輝く金属の腹に、自分の顔がゆがんで映っているのが見えた。

ゴールドが、捕虜を裏口から外へひっぱっていく。イギリス軍の上着を着た反政府軍兵士の死体をムッラーが目にとめ、立ちどまって、見おろした。パースンは彼を前に押しやって、斜面をくだり始めた。AKライフルをスリングで背中にかついでいるので、それが揺れて背中を打つ。霧がひどく濃くなってきて、前も後ろも数ヤード先までしか見えず、未来と過去がそろって時に呑みこまれてしまったように感じられた。とはいえ、これはよろこばしいことではある。もしこの霧がなければ、自分はあのいまいましいドラグノフ・ライフルの二発めの銃弾を頭部に食らっていただろう。

木々に覆われた斜面がだしぬけに終わって、またぎ越えられるほど細い渓流に出た。その小川を越え、膝までもぐる雪を踏んで、歩く。手づくりのスノーシューズを履いていても歩行はむずかしく、もしそれがなければ、ほんの数百ヤード進むだけで体力を消耗していたところだ。いまはもう、周囲は雪と霧が混じりあった白一色に変じて、なにも見えず、感覚の拠りどころは重力とわが身の苦痛しかなかった。自分が歩いているのが道路なのか、開けた平野なのか、凍りついた湖なのか、さっぱりわからない。パースンは、一歩踏みだすこと自体が任務なのだと思い定めて、前進をつづけた。

5

パースンが先導し、ゴールドと捕虜があとにつづくかたちで、積雪を渡っていくと、やがて、ありがたいことに平らな場所に出た。立ちこめる霧のなかを、石鹸の削り屑のような大きな雪片が音もなく降っていた。パースンは、ヒンズークシにはこれほど歩きやすい地形はなかったはずだと思い、好奇心に駆られて、足もとの雪をスノーシューズで掘りかえしてみた。すると、黒い氷が姿を現わした。山の湖の、凍りついた湖面だった。氷が割れることを示すきしみ音は聞こえなかったものの、これはいささか気になる。

彼はブーツナイフを抜き、氷のぐあいをたしかめようと、そこに突きたてた。刃が下の水に突きぬけることはなく、パースンは、凍った湖の安全性を詠う古い詩を思いだした。

〝厚みが二インチあれば、きみはだいじょうぶ。三インチあれば、きみもわたしもだいじょうぶ。四インチあれば、お店を載せてもだいじょうぶ〟それなら、外国人にも地元民にもやさしくない土地として知られるここで、ちょっとした気休めは得られる。〝ヒンズークシ〟は、その地名だけでも恐ろしげな土地だ。以前、情報将校から、それは古代のある惨劇にちなんだ地名で、〝ヒンズー教徒の虐殺〟を意味すると教えられたことがある。

息をするごとに、胸に痛みが走った。ひびの入った肋骨の痛みは、鉄の処女《アイアンメイデン》に入れられた犠牲者に突き刺さる大釘を思い起こさせるものだった。深く息を吸うと、ごろごろという音がした。

「まだ進めそうですか、少佐殿？」ゴールドが問いかけてきた。

「ああ。どこか適当な場所が見つかったら、停止しよう」適当な場所というものがあるのかどうか、自分にもさっぱり見当がつかなかったが。

胸の上部の一カ所に鋭い痛みが走り、それがあまりにひどかったために、パースンは湖の途中で雪の上に膝をついて、その部分を調べることにした。サバイバル・ヴェストを脱いで、外套のジッパーを開き、麻痺した指で防弾チョッキのバックルをまさぐる。

「どうかしました？」ゴールドが尋ねた。

「さっきの銃弾が、思ったより深く食いこんでいるようだ」

ゴールドが手を貸して、防弾チョッキの前を開いてくれると、薄い黄褐色のフライトスーツにマジックテープで貼りつけられている認識票《ドッグタグ》のすぐ上のところが、血で赤く染まっていることがわかった。そこがよく見える程度までパースンがスーツのジッパーを開くと、銃弾の破片がチョッキのケブラー繊維を突きぬけて、皮膚の下に食いこんでいるのが見えた。たじろぎつつ、彼はナイフで皮膚を裂いて、その破片を掘り起こした。ぎざぎざの破片を指でつまみ出して、雪のなかへ投げ捨てる。

そのようすを、ムッラーが職業的な興味を覚えたような感じでながめていた。にやつくとか、嘲笑うとかではなく、たんに好奇心を覚えて、アメリカ軍の野戦医療とはどういうものかを学ぼうとしているだけのように見えた。

パースンは救急キットのなかを調べて、消毒薬《ベタジン》を見つけだした。それをしっかりとつかんで包装を解くには、手袋を脱がなくてはいけなかった。ブランデー色の消毒薬を浸したガーゼが入っていて、それを傷口にあてがうときに、指がその色に染まった。ガーゼをテープで固定してから、ジッパーを閉じ、スナップを留めて、装備をつけなおし、ふたたび歩き始める。

そのうち、スノーシューズが石ころを踏む感触が伝わってきて、湖の岸にたどり着いたことがわかった。それまで、雪を通して、奇妙な影のように見えていたものは、風でそこに吹き寄せられた、いじけた低木のかたまりであることが判明した。近辺には、ほかに植物の姿は見当たらない。つねに森を遮蔽に使うわけにはいかないことは、パースンにもわかっていた。アフガニスタンの上空を何度も飛んで、森のない地域が多いことをわが目で見てきたからだ。

霧が深くなったので、自分たちが谷の奥に入りこんだことが推察できた。左右に山並みがせりあがって、低い雲のなかへ没している。色合いは、二種類しかなかった。雪と霧の白、そして大岩と山腹を形成する頁岩の灰色。そんなわけで、前方に緑色が垣間見えたとき、パースンは身をかがめ、手袋をした手の人さし指をAK‐47の引き金にかけた。

そこにとどまっていろとゴールドに身ぶりを送ってから、少し先へ進んでみる。洗濯ものが紐にぶらさげて干されているとか、泥煉瓦の小屋があるとか、とにかく、ひとが住んでいることを物語る光景が見えてくるような気がしていた。

さらさらした粉雪をかき分けて這い進みながら、前方を注視し、耳を澄ます。なにも聞こえなかった。村人の声も、羊の鳴き声もない。自分の荒い息づかいしか聞こえなかった。

やがて、あの緑色のものが見えてきたが、それは紐からぶらさがった洗濯ものではなく、木の棒からぶらさがった一枚の布だった。いや、一枚ではなく、四枚。雪をかぶった小さな塚に棒が打ちこまれ、そこに、パースンには読みとれない文字が金色で記された緑色の旗が、四枚ぶらさがっている。パースンは〝OK〟のサインをゴールドに送り、彼女が捕虜を引き連れてそこに合流した。ムッラーが雪に両膝をうずめて、祈り始める。

パースンはその塚を調べにかかり、周囲の雪を足で蹴り飛ばしてみると、積みあげられた石が姿を現わした。

「これをどう解釈する？」彼は尋ねた。

「殉教者の墓」ゴールドが言った。

「なんとなんと。〝友好的な〟地域ってわけか」

彼はぶらさがっている旗を見あげて、これは殺害者をたたえたものだろうと判断した。

「ムッラーがなにかの啓示を受けたりしないうちに、さっさとここを離脱しよう」パースンは言った。

その朝は、彼の先導で、山腹の低い部分を縫っている小道をたどって、谷を抜けていくことにほぼ終始した。その経路は、おおむねバグラムの方角へ向かうものだった。左右には、コンパスより高度計のほうが役に立ちそうなほど、山腹が急勾配にせりあがっていて、そこをのぼろうという意欲はわかず、それができるほどの体力もなかった。

この谷を空中投下のために低空飛行したことはあっただろうか、と彼は思いかえしてみた。戦術ルートを隠蔽するのに恰好の地形であることはたしかだった。部隊への補給品投下任務のために、時速三百マイルにまで速度を落として、尾根筋のあいだへ入りこみ、地面すれすれの高度で輸送機を飛ばした経験は何十回とある。あんなふうにして、この谷を渡ってしまいたいものだ。乱流に機体が揺さぶられるなか、首からストップウォッチをぶらさげ、片手にチャートを持って。やがて、コ・パイロットの指がリリース・スイッチにかかり、全乗員がパースンの〝グリーン・ライト〟の声を待ち受ける。

そんなふうに、イスラムの聖戦士《ジハーディスト》がこちらを見つけて、ミサイルを発射する間もないほど速く、低く、ものの数秒とかけず、この谷の上空を飛びすぎていくことができたら。だが、いま自分たちはその谷の雪の上を、放浪の苦行士のように、疲れ、腹をすかせ、何時間もかけて歩いているのだ。

そのうちようやく、霧のせいで確信は持てなかったが、谷が幅をひろげたように見えた。どこか近辺を、さっきあとにした凍った湖に流れこむ小川が流れているのだろうが、見えるものは広大な雪の大地のみだった。なんの痕跡にも乱されていない雪面が、前方へどこまでものびている。白い積雪と灰色の岩からなる、色彩のない世界だ。

雪のなかから、茶色い枝が何本か等間隔で突きだしていることに、パースンは気がついた。なにかの作物が植えられていたことを示す、痕跡だ。枯れた植物に積もった雪をはらってみると、指が当たったもろい茎が折れた。

「アヘンが採れるケシです」ゴールドが言った。

「そうと予想してしかるべきだったな」パースンは言った。世界に出まわっているアヘンの大半はここが出どころであることぐらいは、前から知っている。

雪片がさっきからどんどん小さくなり、いまはタルカムパウダーのようにひどく細かくなって、霧をいくぶん深めているだけのような降りかたに変わっていた。パースンは片手を突きだし、その手袋に雪が積もっていくのをながめた。雪片はそれぞれがユニークな模様を持っていて、まったく同じ形状の雪片が現われることはけっしてないという話は真実なのだろうか、と彼はいぶかしんだ。周囲に降りしきるこの膨大な雪のなかにも、これまでに降ったすべての雪のなかにも、現われることはないのだろうか。雪を踏んで歩きながら、生命もそれとたいしたちがいはないのだろうと思った。それぞれの生命がユニークで、同じ道が反復されることはけっしてない、億兆のなかのひとつであり、悠久の時のなかではつかの間の存在であるにすぎない。

だが、自分たちが生きている短い期間に絞って考えれば、ひとりの人間がひどく大きな悪や善をなすということはありうる。なぜひとは、破壊することにみずからの命をささげて、飛行機をビルディングにぶつけたり、混みあう市場で自爆をしたりするのか？　あの小屋で射殺したジハーディストのことが思いだされた。三十歳にもなっていないように見えた。なぜ大学に行って、もっと役に立つことを学ぼうとしなかったのか？　あるいは、家庭を持って子育てをするとかどうとか、とにかく、重い体をひきずってこのいまいましいブリザードのなかを歩くなどという行為を他人に強いずにすむようなことを、しようとしなかったのか？

雪と霧を通して遠方に、谷をはさんでいる山並みが、ぼうっと青くかすんで見えていた。幽霊めいた山並みだ。視界がかぎられているので、はっきりとはわからなかったが、山腹のひとつに大きな構造物のようなものが見てとれるように思えた。これまでに上空から見てきた多数の村は、どの住居も、その原料が掘りだされた地面とまったく同じ色の泥煉瓦でできていて、自然の地形とほとんど見分けがつかないほどだった。だが、これはちがう。パースンがさらに近づいていくと、それは単一の建造物、というより単一の廃墟であることが見てとれるようになった。崩れた石塀が雪をかぶっていて、前面の塀に大きな隙間があるのが見える。たぶん、以前はそこに木のゲートがあったのが、ずっと昔に焼けるか、朽ちるかしてしまったのだろう。どうやら、砦の一種であるらしい。

「あれが見えるか？」パースンは尋ねた。

「はい、見えます」ゴールドが言った。「古いキャラヴァンサライであろうと考えます」

「なんだって？」

「キャラヴァンサライ。隊商《キャラヴァン》が旅の途中で安全に休息がとれるように、交易ルートに沿って配置されていた施設です。ここは、かつてのシルクロードの一施設として使われていたのでしょう」

パースンは、彼女の専門職としての知見の広さに感心させられたが、自分より低い階級の兵士がこの地の言語や文化に関してこれほど詳しい知識を持っているのに、自分はなにも知らないということを思い知らされて、いささか度を失った。自分がアフガニスタンに関して受けたブリーフィングは、航空機の進入経路、管制塔の周波数、滑走路の長さ、計器操作手順といった、飛行に関するものばかりだった。いまは、こちらが彼女の指揮下にあるようなものだ、と彼は思った。もし飛んでいるだけなら、自分には必要な知識があり、彼女はただの乗客にすぎないのだが。

遠方から見るかぎりでは、キャラヴァンサライは遺棄されているように思えた。なんの動きもなく、山羊もおらず、調理の火から立ち昇る煙もない。なぜ、こんな貧しい土地にあるこれほど堅固な建造物が放置されて、朽ち果て、使いものにならなくなってしまったのだろう。パースンはいぶかしんだが、事実、それは、なにか恐ろしい疫病によって、にぎわっていた場所の住民が全滅させられたかのように、静寂のなかにあった。あそこにしばらく身をひそめることにしようか。サバイバル・スクールでは、目立つ場所に隠れてはならないと教えられた。だが、いまは選択肢がひどく限定されているように思える。

「きみはどう考える?」彼は問いかけた。

「地元民が使っていないとすれば、それにはなにか理由があるはずです」とゴールド。「タリバンの基地だったかもしれません。ただ、いまはだれも本拠にしていないように見えますが」

「それを調べてみよう。問題がなければ、この悪天候からのがれることだけはできるだろう」

廃墟のゲート跡にたどり着くのに、予想以上に長い時間がかかってしまった。ムッラーが足もとに目を据えて、ゆっくりとしか歩いてくれないのだ。パースンは、鎖をひっぱって、もっと速く歩かせたいという衝動を懸命に抑えこんだ。たぶん、歳を食っているから、これより速く歩くことはできないのだろう。

塀の隙間の近辺では、積もった雪が崩れているように見えた。その建造物に近づいたところで、パースンはＡＫの銃口を前に向けた。馬が雪を掻き乱した跡を見て、疑惑が恐怖に変じる。数頭の馬が中庭へ入っていったことを物語る蹄の跡があり、そこから出ていった跡もあった。点在する、馬糞のかたまり。蹄跡のまわりに、ブーツの足跡。ほかには、生命の存在を示す徴候はなかった。完全な静寂。

「これはなにを意味するんだろう？」彼は問いかけた。

「見当がつきません」とゴールド。「何人もが馬を駆ってここに出入りしたというのは、とりわけ、このストームのなかとあっては、さっぱり理由がわかりません」

「これではまるで『トワイライト・ゾーン』じゃないか」

「ここを避難所にしようとお考えで？」

「いいんじゃないか。きみはどう考える？」パースンは尋ねた。

「よくないように感じますが、なぜかはよくわかりません」

「しばらく、ここから外を監視することにしよう。彼の猿轡がしっかりはまっていることをたしかめてくれ」

パースンは、塀を形成していた石が地面に落ちて、ひとかたまりになっている場所の陰に膝をついた。ゴールドが捕虜をひっぱって、中庭を離れ、ひとつの部屋のなかへ入っていくようすを見守る。彼女がそこに入りこむと、パースンにはライフルの銃口しか見えなくなった。彼は腕時計に目をやった。長針が十八分を指していた。それがいちばん上にまわってくるまで監視をつづけよう、と自分に言い聞かせる。それだけ待てば、もしここに敵兵がいるとすれば、なにか音を立てるか姿を現わすかするはずだ。

彼は石の山の上から、自分が吐いた息がつくった霧を通して、外を監視した。自分たちの足跡は、その前にできた足跡と混じりあっているから、自分がここにいることを示すものはこの霧しかないはずだった。指が痛くなってきたので、手袋を脱ぎ、両手を合わせて息を吹きこむ。手袋が別の種類であれば、と思った。ノーメックスは耐火用の素材であって、耐寒用ではなく、寒気が素通りしてくるのだ。かすかに身が震えていたが、撃墜されたあと、小川のなかを歩きとおした最初の夜とはちがって、ずぶ濡れになっていないぶん、まだましだった。これまでは、国に帰ったら、大きな家としゃれた車がほしいと思っていたが、いまは、体が濡れていなくて、腹がへっていなければ、それでじゅうぶんという気がした。

こんなふうにライフルを構えて、石の山の陰から向こうをのぞいていると、鹿狩りスタンド（鹿が現われそうな場所に設置する、鹿狩り用の小さな小屋や塔など）のなかで何時間も獲物の出現を待っていたときのことが思いだされた。鹿の肩のすぐ後ろあたり、心臓と肺を撃ちぬける位置にクロスヘアの中心を重ねる。うまい射撃ができるようになるまでは引き金を引いてはならない、と自分に言い聞かせる。息を吐き、呼吸をとめて、引き金を絞る。発砲の反動。立っていた鹿が倒れる。

だが、いまの自分は狩る者ではなく、獲物になったような感じだった。こんな気分にさせられたのは、サバイバル・スクールでの逃走回避演習のときに味わったものをのぞけば、これが初めてだ。それに、あの演習には、自分はほかのみんなと同じく、こんなことが実際に自分に降りかかることはないだろうという心構えで臨んでいたのだ。

監視と待機をつづけるあいだに、パースンはサバイバル・ヴェストのなかのツール類を点検した。そんなものを使う必要に迫られるとは、予想もしていなかったのだが。パウチを探ると、すでに封を解いた救急キットがあった。キットには、釣り用の針と糸も入っていて、むやみに楽天的な気分にさせられた。GPS装置、無線機。電子機器は、バッテリーを節約するために、いまはすべてスイッチが切ってある。ナイフ、コンパス、信号ミラー、発炎筒《フレア》。そうだ、煙を吹きあげて、ヘリコプターを呼ぶか。いや、このストームで歩くのも不可能に近いのに、ヘリコプターが飛んでこられるわけがない。アフガニスタンの上空を飛行する航空機が、雲に包まれた固い花崗岩《キュームログラナイト》の山腹に激突したことが何度もあるのだ。

薄い緑と濃い緑と黒のフェイスペイントが入っているコンパクトが見つかったが、この冬の大地には役に立たない。マグネシウムの発火具。浄水タブレット。プライヤやドライヴァーなどが付いている七つ道具。もちろん、自分のベレッタと、よぶんの弾倉もあった。自分用の弾倉も入れてきたのだ。長期におよぶ銃撃戦を生きのびた陸軍兵士たちが、水や弾薬を多量に携行してはならないという教訓を得たと語っていることは知っているが。どう考えても、ヴェストに入っているこれらの備品類は絶望的な状況であることを感じさせるだけだった。こういうものが必要になるというのは、経験したことのない災厄に見舞われたことを意味するのだろう。これより悪い状況があるはずはない。失うものがないところまで悪化しているのだ。この世界にあるものは山と雪と敵のみというのが現状だった。

彼は中庭を見渡して、廃墟のようすを調べた。部屋がいくつも並んでいて、そのなかには、屋根が失われて、中庭に面する三つの壁が完全になくなっているものもあった。大きめの部屋にはどれにも広い戸口がついていて、それらは馬や駱駝の房に使われていたのだろうと推測された。なるほど、商人たちは絹だの銀製品だのなんだのの荷物をここに運びこんで、外の山賊から守られる場所に身を隠し、家畜をそこで休ませたというわけか。この土地は、昔からずっと、そこを通るすべての人間にとって危険だったのだろう。

やがて、腕時計の長針がいちばん上までまわってきたところで、彼は膝に両手をあてがって、苦労しながら立ちあがった。あいかわらず、だれかがいそうな気配はなかった。彼はゴールドが隠れたところへ足を運んだが、戸口より奥はほとんど見えなかった。フラッシュライトを点けると、ゴールドとムッラーが立ちあがった。その部屋にはなにもなく、藁屑が散らばっているだけだった。

「なにかの役に立つものがあるかどうか、調べてみよう」パースンは言った。

ゴールドがうなずき、捕虜をひっぱって、通路を歩いていき、隣室に入りこむ。そこで、自分の手首から手錠を外し、鎖をつかんでおいて、手首をさすった。

その部屋をパースンのフラッシュライトが照らすと、こんどは木製のテーブルが光に浮かびあがったが、それ以外にはなんの家具もなかった。テーブルの上に、枝編み細工のかごが一個。パースンは、かごのなかをフラッシュライトで照らしてみた。乾燥果実がぎっしりと入っていた。一個をつまみあげて、鼻の前へ持っていく。かすかに甘いにおいがした。

「これはなんだろう?」彼は問いかけた。

「乾燥マルベリーでしょう」ゴールドが言った。

パースンはかごのなかの果実を指でかき分けて、黴《かび》が生えているかどうかをたしかめてみた。黴が見当たらなかったので、別のマルベリーを取りだして、においを嗅ぎ、ほんの少しだけかじりとって、舌の上でその実を転がしてみる。

「悪くない」彼は言った。「なぜ、ここにいた連中は置きっぱなしにしていったんだろう?」

「急いで出かけたからでしょう」

気に入らない口ぶりだとパースンは思ったが、疲れきり、体が冷えきっているために、蹄の跡や置き去りにされた食べものの謎を深く考える気にはなれなかった。彼はかごに手をつっこんで、マルベリーを掌いっぱいにすくいとり、ゴールドのほうへさしだした。

「彼の猿轡を外して、これを少し食べさせたほうがいいんじゃないか」パースンは言った。「もうMREは尽きてしまったからな」

「もし傷んでいたとしても、彼だけじゃなく、全員そろって食中毒ってことになりますしね」とゴールドが言って、ひとつを食べた。

彼女がムッラーの猿轡を外して、果実を何個か与える。ムッラーは黙々とそれを食べた。

「彼を見張っていてくれ」パースンは言った。「わたしは外を見まわってくる」

通路へひきかえすと、降雪が激しくなっているのがわかった。石造りの通路の一カ所に、雪が吹きだまっているのが見える。彼は足でそれをつついてみた。白い粉雪が崩れて、英語が記されている空のプラスティック容器が姿を現わす。〝ソニー・インフォリチウム・カムコーダー・バッテリー〟

これをどう考えればいいものか、よくわからなかった。さっきまで米兵《GI》たちがここにいた？　特殊部隊チームがアフガニスタンでときどき馬を使うことは知っている。彼らだとすれば、入れちがいになったのは不運もいいところだ。彼は近辺の友軍の状況をAWACSに問いあわせようかと考えて、無線に手をかけたが、それはやめて、捜索を先にすることに決めた。

隣の部屋に入りこむと、別のにおいがした。それまでのふたつの部屋はどちらも、ちょっと黴臭いにおいがしていたのだが、ここは、なにかが腐ったようなにおいが、強くはないが、かすかにしていた。部屋のなかをぐるりとフラッシュライトで照らしてみる。そこにあったものを見て、彼は床に膝をついた。

黒ずんだ血が、石の床の大半を覆っていた。その乾燥した血だまりのなかに、死体がひとつ。アメリカ軍のフライトスーツを着ている。首がなかった。

パースンは身を折って、嘔吐した。胃のなかはほとんど空だったので、吐いたのは胃液と、いま咀嚼した果実のかけらだけだった。涙に濡れた目をしばたいて、もう一度、見る。ものすごい血だ。フラッシュライトが手から落ちて、石の床を転がる。顎からよだれが滴った。

「ゴールド、こっちに来てくれ」と彼は呼びかけた。

喉に痰が詰まって、その声をくぐもらせていた。彼は唾を吐いて、目を閉じた。ゴールドがムッラーを引き連れて、通路をやってくる。

「どうかしました？」彼女が問いかけた。

「きみもすわったほうがいい」彼は言った。彼女がかたわらに膝をつく。彼はフラッシュライトを取りあげた。「見ろ」

彼女が大きく息を吸いこみ、すすり泣きを押し殺すのが聞きとれた。パースンは、その手が自分の背に置かれたのを感じた。

「なんとひどいことに」彼女が言った。

ムッラーがなにかをしゃべりだす。

「彼はなにを言ってるんだ？」パースンは尋ねた。

「どうでもいいことです」

「あのくそ野郎はなにを言ってるんだ？」

ゴールドがため息を漏らした。

「彼はこう言っています。神の兵士たちが正義の一撃を加えたのだ」

「それなら、わたしも一撃を食らわせてやろう」

パースンはゴールドの手から鎖をひったくると、ムッラーの肩をわしづかみにして、外へ連れだし、その体を壁にたたきつけた。捕虜がにやにやして、わけのわからないことを言う。

「彼はこう言ってます。もし自分を撃ったら、CIAが尋問をできなくなるぞ」ゴールドが言った。

パースンは手の甲をムッラーの顔にたたきつけた。老人の鼻から血が噴きだして、顎ひげへ流れ落ちる。

「心配するなと言ってやれ。撃ちはしないと」

パースンは、こんどは胃のところへパンチを打ちこんだ。捕虜が身をふたつ折りにする。

「やめて」ゴールドが言った。

「言ったとおり、撃ちはしない。こんなくそったれに弾を使うのはもったいない」

パースンはサバイバル・ヴェストのポケットを開いて、発炎筒を取りだした。それのプラスティックの蓋を外す。先端部にある、ふくらんだリングが指に触れた。マーク124ナイトフレアの点火タブだ。

「なにをするつもりです？」ゴールドが尋ねた。

パースンは発炎筒先端の点火タブを外して、狙いを定めた。スライドレヴァーに親指をかけて、発炎筒を構える。強く押した。点火装置が大きな音を発し、着火した化学物質の煙が吹きあがる。発炎筒から長さ一フィートもある炎の筋が噴出して、火花を散らし、床を焼いた。滴り落ちた燐酸化合物が、石造りの床を焦がして、点々と穴をうがつ。その炎はすさまじく白熱していて、目が痛かった。

パースンはムッラーの喉笛をつかんだ。

「このやりかたで、おまえを地獄へ送ってやろう」彼は言った。

そのとき、ゴールドのライフルの銃床が顔の側面に打ちつけられてきた。一撃で、パースンは床にたたき伏せられていた。発炎筒が手を離れて、床に落ち、気まぐれな彗星のようにぐるぐると転げまわる。それはまだ何秒か炎を噴きだして、床の石を焦がし、雪のなかへ転がっていって、そこを解かした。そのうちようやく、発炎筒の炎が尽き、焼けた先端部から丸い煙が漂うだけになった。

パースンは打たれた頬を押さえて、ゴールドをにらみつけた。殴りかえしたい衝動を、懸命に抑えこむ。ムッラーは目を見開き、息を荒がせて、震えていた。ゴールドが、鎖につながった手錠を自分の手首にはめなおす。

「とめるべきではなかったぞ」パースンは言った。

「われわれの任務がどういうものかはご承知でしょう、少佐殿」

パースンは、理性が感情に圧倒されたのだと気づいたが、怒りがあまりに激しく、それを声に出して認めることはできなかった。自分のなかにひそみ、眠っていた原始的な怒りのようなものが、駱駝乗り連中のおこなった殺人やその血なまぐさい宗教に刺激されて、覚醒したように感じられた。もしそういう感情があまりに強くなれば、自分は職業意識を見失って、すべてを失ってしまうことになるだろう。彼は遠くへ目をやって、打たれた顔をさすりながら、降りしきる雪をながめた。なにかの試験に失敗したような気分だった。いや、失敗するところだったのを、ゴールドが食いとめてくれたのか。なんにせよ、自分は望んでこんな事態を引き起こしたわけではない。

パースンは膝をついて、身を起こした。防弾チョッキとサバイバル・ヴェストが、以前に増して重く感じられた。身をのりだし、壁に片手をかけて身を支えながら立ちあがって、ふたたびその部屋に向かった。

そこの光景は、またもや吐き気をもたらした。そのフライトスーツには階級章や認識票などはなにも見当たらず、本来は階級章があるべきところにマジックテープが残っているだけだった。それは、標準的な手続きではあった。乗員は通常、戦闘任務に就く前に、好ましからざるものを軍服から取りのぞく。

ゆっくりと室内に足を踏み入れると、凝固した血がスノーシューズの底にへばりつくのが感じとれた。徽章のたぐいがなくとも、それがだれの死体であるかはわかったような気がする。彼は死体の右手首を持ちあげてみようとしたが、死後硬直が起こっていて、びくともしなかった。

その袖をまくりあげて、フラッシュライトで前腕を照らしてみる。タトゥーの文字を読む。スペイン語で〝ラ・ビダ・ロカ〟——やはりヌニェスだ。パースンは目を閉じて、生を失った手首を握りしめた。

「この連中とともに、とどまるべきだった」彼はつぶやいた。

手首を放して、まくりあげていた袖をおろしてから、部屋をあとにする。石造りの通路にすわりこんで、AK‐47を膝に置いた。

ムッラーがその通路にひざまずいていた。ひたいの汗を袖で拭っている。あのおつにすましたにやにや笑いは、わたしが奪い去ってやったぞ、とパースンは思った。いまのおまえは、われわれと同様、恐怖を覚えているだろう。

パースンはサバイバル・ヴェストのパウチを開いて、GPS受信機を取りだした。手袋をした震える親指で〝ON〟ボタンを押して、受信機が初期化されるのを待つ。受信機が人工衛星と交信して、スクリーンにこのキャランヴァンサライの緯度と経度を表示した。

GPSをかたわらの石の床に置き、ヴェストの別のポケットを開いて、無線機を取りだす。そのPRC－90無線機を膝にのせて、手袋を外した。無線機のロータリー・スイッチを指でまわす。一クリック。空電のみ。送信ボタンを押す。応答なし。

パースンは両膝を胸まで引きつけて、両腕で抱き、膝に頭をあずけた。なにかまずいことが起こっているのか？　彼は空を見あげて、大きく息を吐いた。一度、二度、三度。

「無線機が作動しないんですか？」ゴールドが問いかけてきた。

「口出しするな」

パースンは脱いだ手袋を、かたわらに放りだした。ヴェストのあちこちのポケットを探ってみると、予備のバッテリーが見つかった。彼は無線機のバッテリー収納部のねじを外して、死んだバッテリーを取りはずし、それを思いきり遠くへ投げつけた。金属製のシリンダーが中庭を跳ね飛んでいき、ドサッと音を立てて雪のなかに落ちる。パースンは新しいバッテリーを無線機に滑りこませて、蓋のねじをもとどおりに留めつけた。ふたたびスイッチをまわすと、無線機が息を吹きかえした。

「ブックシェルフへ、こちらフラッシュ2‐4・チャーリー」彼は呼びかけた。

「フラッシュ2‐4・チャーリーへ、こちらブックシェルフ。呼びかけてくれて、ほっとしたぞ、相棒。そっちは順調に運んでるのか？」

「ネガティヴ。情報の伝達に備えてくれ」

無線機はしばらく空電の音だけになった。

「フラッシュ2‐4・チャーリーへ、始めてくれ」

「ブックシェルフへ、フラッシュ2‐4・エコーが死んだ。古い廃墟において彼の死体を発見した。首が切断されていた。死体の位置は以下のとおり」

パースンは、極秘に設定された基準点からの座標を送信した。

了解の返事が来る前に、騒々しい声が無線機から響いた。別の無線機が、この無線機の交信に割りこんできたことを示す音だ。ついで、外国語の話し声。あざけるような響きがある。〝アミリカン〟の一語だけはパースンにも聞き分けられたが、それ以外は声に嘲笑がこもっているのがわかるだけだった。

「ヌニェスの無線機を使っているのにちがいない」ゴールドに向かって、パースンは言った。「やつら、なにをしゃべってるんだ？」

「わかりません」

「わかりませんとはどういう意味だ？」

「パシュト語ではないんです。あれはアラビア語です」

では、タリバンではなく、アルカイダか、とパースンは思った。

「彼らは、わたしがいまAWACSに伝えたことを理解したと思うか？」

「たぶん。彼らのなかには英語が話せる者もいますから」

「移動しなくては」パースンは言った。「すぐにだ」

彼は、あれほど多くの情報をはっきりと伝えてしまった自分をののしった。座標は暗号化されているとはいっても、いま無線機でしゃべっていたのがヌニェスを惨殺したのと同じやつらだとすれば、自分が交信をしていた位置は正確につかんだはずだ。事態の進展があまりに急速で、寒さと苦痛のためにうまく働かなくなっている自分の脳みそには追いつけないように思えた。

「やつらは近くにいるとお考えで？」ゴールドが尋ねた。

「この種の無線機は見通し線の範囲でしか交信はできないんだ」

逃げてもむだだろうか、と彼は思った。敵が馬を駆っているとすれば、雪に残った足跡をたどって、あっさりとこちらに追いつくことができるだろう。ブリザードが吹き始めたところであれば、降雪がこちらの足跡を隠してくれるのをあてにできただろうが、いまはそうではないし、積雪が深すぎて逃げるのが困難になっている。彼は一分ばかり、足もとを見つめて、その問題を考えた。

「来たときの足跡を逆にたどって、ここを出よう」パースンは言った。「このスノーシューズは間に合わせだから、足跡の前と後ろの区別がつかないはずだ。ここを出て、どこか適切な地点が見つかったところで、来た道をそれることにしよう」

パースンは先に立って、キャラヴァンサライをあとにした。足の下で雪がきしみ、即席のスノーシューズがワッフルのような足跡を残していく。来たときの足跡と出ていくときの足跡が、まったく同じに見えた。

空は雲が低く垂れて、鋼のような灰色を呈していた。敵が近辺にいて、この静けさとなると、あらゆる物音が――雪のきしむ音も、装備のバックルやジッパーが発する音も、ライフルのスリングがこすれる音も――ひどく騒々しく感じられる。パースンは、蹄の音に聞き耳を立てた。いつなんどき、騎馬兵が霧のなかから蹄の音をとどろかせて出現し、襲いかかってくるかもしれない。彼は控え銃《つつ》の格好でAKを携えていた。ライフルをすばやく肩づけすることができれば、そのぶん、道連れにできる敵の数が増えるだろう。空軍の自分が地上にいて、ターバン頭どもの騎兵隊の襲撃を恐れているとは、これはいったいどういう戦争なんだ？

雪片が大きく、重くなって、死んだカゲロウの群れのように舞い降りていた。ムッラーの息づかいが苦しげな喘鳴になり、パースンがかついでいるバックパックが重さを増していく。ちらっとゴールドに目をやると、苦悩しているような表情が見えた。怯えや不安が浮かんでいてもよさそうなものだったが、その顔は別のなにかを表していた。それは深い悲しみなのか、強い失望なのか。

まあ、わたしに失望するだけの理由はある、とパースンは思った。彼女は絶えず、ムッラーのほうに目を向けていた。あの男にも失望したのか？　いったい彼女はなにを期待していたのだろう？

イワツバメの一群が舞いあがり、茶色い色をした小さな鳥が五、六羽、忙しく羽ばたいて交差しあいつつ、ストームを抜けて飛び去っていく。自分も飛べて、彼らの編隊に合流できたら、とパースンは思った。だが、現実には、足を交互に一歩ずつ、可能なかぎり以前の足跡を踏むようにしながら、前に出していくしかなかった。みずからのすべての罪を背負い、神の啓示を求めて歩く巡礼になったような気がした。

6

彼らはやがて開けた土地に出て、身を隠してくれるものは厚い霧のみとなった。小川があれば、来た道からそれるための恰好の経路に使えるのだが、とパースンは思った。だが、そんなものは見つからなかったので、彼らは二マイルほどひきかえしてから、どこかに村が、できれば遺棄された村が見つかればと願いつつ、まだだれにも乱されていない雪に足を踏み入れた。また雪穴を掘って一夜をやりすごすというのは、考えただけでもぞっとする話だ。

パースンの腕時計の針は、ちょうど午後五時をまわったところであることを告げていた。すでに、日ざしはたいして残っていない。ストップウォッチ機能とグリニッジ平均時表示のデジタル窓が付いた、高価な飛行士用クロノメーターが、いまやっと、ちょっとした役に立ってくれていた。輸送機に乗り組んで空を飛んでいたときは、腕時計が必要になることはめったになかったのだが、とパースンは思った。

そのとき、山羊の鳴き声が聞こえて、身が凍りついた。

「いまのを聞いたか？」彼はささやきかけた。

「はい」とゴールドが答えた。

「きみはどう考える？」

「迎え入れてくれる村に行き当たったんでしょう」

「試してみるべきだろうか？」パースンは尋ねた。

ゴールドは肩をすくめて、

「パシュトゥーンワライ」と言った。

「なんだって？」

「パシュトゥーン族の掟です。彼らの文化では、旅人がやってきたら、守ってやらなくてはいけないことになっているんです」

「それがわれわれでも？」

ゴールドは肩をすくめて、掌を上に向け、眉をあげてみせた。パースンがほしかった答えではなかったが、ほかに選択肢がいくつもあるわけではなかった。

パースンはライフルのセイフティを解除し、引き金に直接、指をかけた。もし自宅の玄関に、われわれのような見かけをした連中がやってきたら、わたしなら、なかに入れようとはしないだろうし、そもそも入れてやるのが義務だとは感じないだろう。この土地のひとびとは、自分にはとても理解できない。

忍びやかに進んでいくと、やがて、胸ぐらいの高さの石塀に出くわした。その向こう側で、毛皮が黄ばんでマット状になった二頭の山羊が、木の飼い葉桶に入れられた餌を食んでいた。蹄が、泥と肥やしだらけの地面を掻き乱している。そのにおいで、パースンは馬の厩舎を思い起こしたが、これはもっとくさかった。

山羊の囲いの向こうに、泥煉瓦造りの家が三軒、連なって建っている。村ではなく、おそらくはこの谷間の地で何代もほそぼそと暮らしてきたひとつの大家族の住居だろう、とパースンは推測した。こういう住居の上空を飛んで、羊や山羊が逃げ惑い、女たちが家のなかへ駆けこんでいく光景を目にしたことが、何度もある。いつも、なぜ女たちは逃げるんだろうといぶかしんだものだ。爆弾を恐れて？ ロケット砲を取りにいくため？ ときどき、こういう住居から、肩載せで発射されたミサイルが飛んできて、輸送機のミサイル警報システムが作動し、パイロットがやむなく機を深くバンクさせて、回避機動をとることがあったのだ。

「彼らが入れてくれたら」ゴールドがささやきかけた。「ライフルをさげてください、少佐殿。それと、入るときは右足を先に出すようにしてください」

パースンはうなずき、前方にある住居のゲートをゴールドにくぐらせた。ムッラーがこちらを見ていないことをたしかめておいて、サバイバル・ヴェストからストロボを取りだす。赤外線《IR》レンズを所定の位置にはめて、起動した。裸眼では、IRのストロボが光っていることは見てとれなかったが、規則的な軽いクリック音が始まったので、それが正しく作動していることが確認できた。彼は石塀の上にストロボを置いて、レンズ以外の部分を雪で隠した。一種の保険だ、とパースンは思った。まあ、悪くても墓標ぐらいにはなってくれるだろう。

彼はゴールドと捕虜のあとにつづいて、最初の小屋の入口を抜け、山羊の囲いを慎重にまわりこんだ。住居の裏手のどこかから煙が立ち昇っていたが、チムニーや煙突といったものは見当たらなかった。フライトスーツの腿ポケットのジッパーを開き、ブラッド・チット（アメリカ軍の飛行士が任務遂行中に携行する布片で、自分を助けた者には報酬が与えられると記されている）を取りだす。ハンカチほどの大きさのそのブラッド・チットには、合衆国の国旗が描かれ、それとともに、〝わたしはアメリカの飛行士である。不運にもあなたの助力を求めることを余儀なくされた〟というメッセージが数カ国語で記されていた。チットの四隅に、シリアルナンバーが付されている。彼はそれをゴールドに手渡した。

「これが役に立つようなら、彼らに見せてくれ」彼はささやいた。

「役立つかもしれません」

ゴールドが、朽ちかけた木のドアをノックする。前はノブがあったらしい箇所に穴が開けられており、そこにロープが通されて、ドアを封じていた。ロープは、穴の縁に擦られてつるつるになっていて、ドアの板から作物の茎が点々とのびている。作物の葉の隙間から、ドアをかたちづくっている板を見ると、どれも、長年の雪と雨によって軟弱化していた。

返事がない。ゴールドがもう一度、ノックをした。パースンは、銃を構える余地をつくろうと、半歩あとずさった。

ドアの隙間から、片目がのぞいた。内部から男の声がなにかをしゃべり、ゴールドがパシュト語でそれに答える。パースンはやりとりされる会話に耳を澄ました。ゴールドのM－4の持ちかたからして、やりとりはうまくいっていないような気がした。ゴールドが女であっても、助けにはならないということか。だが、そのとき、穴に通されているロープがゆるんで、ドアが少し開いた。ゴールドがブラッド・チットを二本の指でつまんで、さしだす。

長い沈黙。一陣の風に吸いこまれるように、それがなかへひっぱりこまれた。

しばしののち、ロープが動きだして、コブラが這うようにドアの穴を擦りぬけていき、結び目が穴の周囲の木にひっかかって、とまった。

ゴールドの口の端が、見てとれるかどうかという程度に、軽く持ちあがる。ゆらゆらと首をふって、ささやいた。

「びっくり仰天」

それまで、彼女がほほえんだり、軽口をたたいたり、驚いたりすることは一度もなかったから、これがパースンにとっては初めて見る、それにいちばん近い感情の表出だった。

「なにが？」パースンは尋ねた。

「パシュトゥーンではなかったんです。彼らはハザラ人です」

「それはいいことか？」

「とてもいいことです」

やっとのことで幸運がめぐってきたか、とパースンは思った。どういう展開になっているのかは理解できないが、彼女が好ましいと思うのなら、わたしも好ましいと思うことにしよう。

ドアがギィと音を立てて開き、日ざしや風雨に長年さらされて、しわだらけの顔になった男が、彼らの前に姿を現わした。身長はパースンの肩ほどで、歳のころは四十から六十のどこでもありえた。右手に、古めかしいボルトアクション・ライフルを持っている。パースンには、それはイギリス製のリーエンフィールド三〇三口径であることが判別できた。男が片手で宙を掃くような身ぶりを送って、彼らをなかへ招き入れる。男は厳しい目でムッラーをにらみつけ、ムッラーがにらみかえした。通訳がなくても、両者が憎みあっていることぐらいは、パースンにも察しがついた。

暗がりに目が慣れてくると、室内にはほかにもふたりの人間がいることがわかってきた。妻と思われる女が、暖炉のほうへ身をのりだして、料理をしていた。煙の排出口は、細い窓だけだ。妻らしきその女は色とりどりのショールを頭に巻いていて、パースンがこれまでこの国で日常的に目にしてきた、ブルカやアバーヤ（どちらも、イスラムの女性が頭からすっぽり体を覆う外衣）は身に着けていなかった。顔を隠そうとは、まったくしていない。

部屋のひと隅に、十代の少年が金属の皿を膝にのせて、椅子にすわっていた。平たいナンを小さくちぎり、ちぎったものを、椅子の背もたれにとまっている九官鳥に食べさせている。

奇妙奇天烈な光景だ、とパースンは思った。たとえ彼らが友好的だとしても、外にストロボを設置しておいてよかった。これはどういうことなのかをゴールド軍曹が説明してくれればいいのだが。

ゴールドとこの家の主は、まだ話をつづけていた。パースンには意味が理解できなかったが、ゴールドが同じことばをくりかえし、その口調をゆっくりにしていることぐらいはわかった。つまり、彼はパシュトゥ語を理解できるが、それは彼の第一言語ではないということだろう。それなら、戸口でのやりとりがあれほど長引いて、撃ち合い寸前の様相を呈したのも、むりはない。

十代の少年が指を一本のばし、九官鳥がその上に飛び移る。少年は、隣の部屋へ姿を消した。そのあと、刺繍のある毛布を何枚か両腕にかかえて、ひきかえし、壁に沿って設けられている板張りの台の上にそれをひろげた。少年が毛布をひろげたその台をのぞいて、床はすべて土だった。

少年が、毛布のほうへ身ぶりを送る。パースンはライフルを肩から外し、暖炉に近い場所に腰をおろした。

「ありがとう」彼は言った。

ゴールドと捕虜も腰をおろした。パースンは、捕虜をつないでおくものはないだろうかとあたりを見まわしたが、それに使えるほど大きくて重いものはなにも見当たらなかった。自分かゴールドに鎖をつないでおくようにするしかないだろう。

「それで、このひとたちはなにものなんだ？」パースンは問いかけた。

「シーア派のイスラム教徒です」ゴールドが説明した。「ハザラ人は、スンニ派であるタリバンの統治下でひどくむごい扱いを受けてきましたから、タリバンに強烈な敵意をいだいています」

「つまり、ハザラのひとびとはわれわれに好意を向けるにちがいないと？」

「おそらくは」

「それなら、好都合だ」

ここのひとびとがわれわれを最悪の敵と考えてはいないのであれば、とパースンは思った。それだけわかれば、さしあたってはじゅうぶんだ。

妻らしき女が、湯気の立つチャイのカップをゴールドとパースンに持ってきてくれた。深々とその湯気を吸いこんだパースンは、これほどいいにおいを嗅いだのは初めてだと思った。粘土づくりのカップを手渡すとき、女がなにかを言い、彼にはことばは理解できなかったが、その口調から、意味を察することはできた。これまでにこの国で出会ったほかの女たちとはちがって、彼女はまっすぐこちらの目を見て話した。彼女の目は淡い青を帯びた灰色で、いかにもモンゴル系らしい高い頬骨とまっすぐな髪をしていた。その丸い顔は、ほほえんでいないときでも好意的な感じに見えた。

パースンはチャイを飲んだ。熱いチャイが魂そのものを温めてくれるように思えた。

「彼らはアフガン人のようには見えないが」

「ハザラのなかには、自分たちはジンギス・カンの末裔だと考えているひとびともいるんです」

「ワオ」パースンは言った。「彼に、あのブラッド・チットを持ってくるようにと言ってくれないか」

ゴールドがそれを通訳する。

「このまま持っていたいと言っています」彼女が言った。

「報酬をもらうのに必要な部分は、手もとに残すようにすると伝えてくれ」パースンは言った。

またパシュト語のやりとり。男が布片をパースンに手渡し、パースンはブーツナイフを抜いた。布片のひと隅を、そこに記されているシリアルナンバーが完全に残るように注意しながら、それで切りとる。

「彼に伝えてくれ。カブールに行く機会ができたら、これを持っていって」パースンは言った。「アメリカ大使館に行くか、アメリカ軍将校のだれかをつかまえるかして、われわれを家に入れてやったことを話すようにと。なにと約束はできないが、アメリカ政府はわれわれを助けたことに対して、なんらかの謝礼はするだろうと伝えてくれ」

「彼は生涯、カブールに行くことはないでしょうが」とゴールド。「そのように伝えておきます」

彼女が通訳をしているあいだに、パースンはサバイバル・ヴェストのジッパーを開き、手を片方ずつ袖から抜くようにしながら、それを脱いだ。その動作で、負傷した箇所、とりわけひびの入った肋骨がひっぱられて、彼は顔をしかめた。つぎに防弾チョッキのファスナーを開いて、同じことをする。防弾チョッキは硬く、脱ぐのがひと苦労だったので、痛みがさらにひどくなった。妻らしき女が、そのようすを見ていた。その目が、銃弾の破片を浴びてフライトスーツを赤く染めている部分に向けられていることに、彼は気がついた。彼女が、さまざまな壺や瓶を集め始めた。

「ヘイ、ゴールド」パースンは呼びかけた。「このひとたちに伝えてくれ。彼らは危険を冒していることを認識しておくようにと」

「それはもう伝えました」

パースンはしばらくゴールドを見つめた。この場合、きみは軍の階級を無視した決定を下したことになるんだぞ、と思った。だが、それを取りざたするのはやめておくことにした。さっき冷静さを失って、捕虜を焼き殺してやろうとしたとき、自分は将校としての役割を放棄していたような気がする。少なくとも、きょうの自分には、ゴールド軍曹を叱責できる権利はないだろう。

妻らしき女が、子羊の脚が煮られている鍋を置き、それに塩と胡椒をふりかけた。そのあと、女はなにかを付け足し、それは、パースンにはなにと判別がつかなかったが、いいにおいはしていた。サフランかもしれない。口のなかに唾があふれてくる。ようやく、それなりの幸運と、それなりにまともな食べものにありつけたのだ。

女がすり鉢とすりこぎを使って、なにかをこねていく。こね終えたものを、ゴールドとパースンのところへ運んできて、話しだした。ゴールドが首を横に、ついで縦にふって、パシュト語でそれに応じる。

「あなたの痛みに効くものを持ってきたと言っています」ゴールドが言った。

「どういうものなんだ?」

「煙草とアヘンを混合したものです」

「かついでいるんだろう」パースンは言った。

「あなたのためになります、少佐殿。彼女は、このあたりではいちばん医師に近いひとなんです」

「わたしを排除しようというんじゃないだろうな？」

「わたしはもっと大きなことがらを念頭に置いています、少佐殿。もしここが基地であれば、空軍の軍医が鎮痛剤《コデイン》を処方したところでしょう。これはそれに相当するものだと考えます」

「オーライ、試してみよう。わたしがばかなふるまいをしないよう、心がけてくれ」

「心がけておきます」

うん、そうだろうよ、とパースンは思った。それを証明する打ち身が、すでに顔にできている。

女が、パースンのかたわらの毛布の上に混合物のカップを置いた。彼はそれのひとつまみを、下唇の内側、舌の付け根に含んだ。素朴な煙草の味がしただけだったが、しばらくすると、温かさが全身にひろがり、それとともに、この状況にはまったく似つかわしくない幸福感が生じてきた。まだ痛みはあったが、どこか遠くにあるもののように感じられた。

パースンは目を閉じて、麻薬の作用に身をゆだねた。いつの間にか眠りこんでいて、目覚めると、女がフライトスーツのジッパーを開いて、胸の負傷箇所を調べているのがわかった。たぶん、一時間も眠ってはいなかっただろう。子羊の煮えるにおいがしていて、いまもまだ、アヘンが痛みをどこかへ押しやってくれていた。女が空のカップを手渡してきたので、彼はそのなかへ煙草との混合物の汁を吐き捨てた。

女が、Tシャツの血まみれの部分を切りとって、ベタジンのパッチをはがす。血と消毒剤の混じったものが、パッチのガーゼにへばりついていた。女が傷口をスポンジで拭い、湿布のようなものをそこに貼っていく。パースンには、その湿布薬のにおいが医薬品というより食品のように感じられた。空腹とアヘンの作用がそんなふうに感じさせるのだろう。

右腕を持ちあげると、眠っているあいだに、だれかが包帯と副木の処置をやりなおしていたことがわかった。女が、パースンのバックパックから救急キットを取りだしていた。そのなかの包帯の一部を女が切りとって、湿布の上に巻いていく。

彼女の背後へパースンが目をやると、その夫である男と少年が低いテーブルの前にすわっているのが見えた。家族のふたりは、彼らの言語でしゃべっているようだった。男がゴールドとパースンにうなずきかけ、身ぶりでテーブルを示した。

パースンは、混合物の嚙み滓をカップのなかへ吐きだし、舌の下に残っている切れはしを指先でほじくりだした。目をしばたきながら、五人がすわれるように置かれたテーブルの前へよろめき歩いて、あぐらをかく。ムッラーは椅子の上に、それに鎖でつながれてすわっていた。

「彼らは、彼には同じテーブルで食べさせたくないそうです」ゴールドが言った。「われわれが食べ終わったら、わたしが彼に食べさせることにします」

体が横にぐらついたので、パースンは右手で床を押して、身を押しもどした。手首に焼けるような痛みが走るのがわかった。ばか野郎。もし麻薬が効いていなかったら、死ぬほど痛い目にあっていたところだぞ。

女がライスとマトンをすくいとって、パースンの皿に盛ってくれた。彼は全員がすわるまで我慢してから、スプーンでその食べものを口に運んだ。これほどうまいものは食べたことがないと思った。それは、ちょっと香辛料のきいた子羊の肉だった。食器はスプーンしかなかったが、ナイフを使う必要はなかった。スプーンで触れただけで、肉が骨から外れる。この試練を乗りこえることができたら、と彼は思った。そのあと、自分はけっして熱い食べものを当たり前のものとして受けとめるようなことはしないだろう。ひどくがっついて食べたせいで、肉汁が顎からひげにまで垂れてしまった。

「失礼」と彼は言って、フライトスーツの袖で顔を拭った。「感謝の気持ちをどう表わせばいいかわからないほどだと、彼らに伝えてくれ」

ゴールドがパシュト語で通訳すると、男がほほえんで、それに答えた。そのあとまた、パシュト語でのやりとりがあった。

「彼らは、撃墜される前にわれわれがなにをしていたのかを知りたがっています」ゴールドが言った。

「知ったことが少ないほうが、彼らにとっては安全なんだ」パースンは言った。

「そのことは、すでに伝えています」

「それより、彼らにまつわる話は？　きみは、ここのひとびとはひどい目にあわされてきたと言ったな？」

「どこまで尋ねていいものかはわかりませんが、きいてみましょう」

長い会話があり、その間、ゴールドは何度も重々しくうなずいていた。

「彼の言うには、奥さんはタリバンに全滅させられた村から嫁いできたそうです」ゴールドが言った。「また、こんなことも言いました。彼はソ連軍が去ったあと、タリバンと戦ってきたと」

「彼はその戦争のなかでなにをしていたんだ？」

「知ったことが少ないほうが、われわれは安全だと言っています」

「ごもっとも」パースンは言った。

「タリバンは、彼のおじと三人のいとこを殺したそうです」

「どうやって？」

「投石処刑で」

「彼があのくそったれどもを憎むのは当然だな」

パースンは慎重に、こんどはぶじなほうの手で身を支えて、立ちあがった。自分のバックパックを見つけだし、そのなかを調べて、暗視ゴーグルと拳銃と救急キットがあることを確認する。なにか、この家族の役に立ちそうな予備の物品があればいいのだが。このバックパックは、もともとは機関士のものだった。機関士のルーク軍曹が外側のポケットにもなにかを入れていたかもしれないと思って、パースンはそれのジッパーを開いてみた。

「息子さんは学校に通ってるのかどうか、きいてみてくれ」パースンは言った。

「ときどき行ってるそうです」とゴールド。「読み書きができることは、さっき聞かされています」

パースンは、側面のパウチのなかに目当てのものを見つけだした。ルークの計算機。油性鉛筆に、クロスのボールペン。彼はそれらの物品をテーブルに並べた。

「パイロット・スクールの支給品だ」パースンは言った。「計算機の使いかたを実地に教えてやってくれ。電池切れになったら、日ざしの下で使うようにと伝えてくれ」

ゴールドが説明を終えると、一家の主が両手でパースンのぶじなほうの手を握って、ふりまわし、笑みを浮かべながら、パースンにはわけのわからないことをしゃべりだした。少年もしゃべりだし、掌を前に向ける古いイギリス軍スタイルの敬礼を送ってきた。パースンは弱々しい笑みを浮かべて、敬礼を返した。それがすむと、彼はサバイバル・ヴェストから無線機とGPS受信機を取りだして、ガラスのない窓のそばに膝をついた。イヤフォンを無線機につないで、耳にはめる。

「ブックシェルフへ」彼は呼びかけた。「こちらフラッシュ2-4・チャーリー」

空電の雑音だけ。

「すべてのステーションへ、こちらフラッシュ2－4・チャーリー」

「フラッシュ2－4・チャーリーへ」応答があった。「こちらフィーヴァー6－2。そちらの電波は弱いが、受信可能」

コールサインがフィーヴァーというのは、とパースンは思った。どこの所属なのか？応答してきたパイロットの声には、まちがいなくニューヨークなまりがあった。あ、そうか、思いだした。救出チームのハーク。ロングアイランドに本拠を置く、国家航空警備隊のHC－130輸送機だ。

「フィーヴァー6－2へ」彼は言った。「こちらの位置を伝達するから、受信に備えてくれ」

彼は今回も、機密基準点からの座標を知らせた。

「フィーヴァー6－2より、すべて受信した。そちらの現状については、ブリーフィングを受けている。ヘリコプターが出動して、そちらの近辺の上空に到達し、きみらを引きあげられるようになるのを待ってくれ」

「それはうれしい話だ」パースンは言った。「気象データはどうなってる？」

「よくない。コ・パイロットが気象報告書を持ってきたら、すぐにその詳細を知らせる。こちらには、友軍に関する情報も入って――」

ビービー、ガーガーと大きな騒音が割りこんできた。それに混じって、「アラー・アクバル、アラー・アクバル！」の声。

パースンは悪態をついて、イヤフォンを外した。無線を切る。ゴールドのほうへ目をやると、彼女はムッラーに食べさせるために猿轡を外していた。

「ライスとナンだけにしておけ」パースンは言った。「この家族の子羊の肉は、ひときれもやるんじゃない」

7

蹄の音がパースンの耳に届き、つぎに馬を駆る男たちの姿が見えた。早朝の霧をつらぬき、渦巻く雪に外套をなびかせて、馬を全力疾走させている。

アヘンの作用は消えており、窓辺での監視を交替してもらっているあいだに、睡眠がたっぷりととれていた。何日ぶりかで、飢えと寒さが頭の回転と反射神経を鈍らせる状態から脱していた。まともな将校に復活した気分だった。いや、それ以上だ。長年の訓練でたたきこまれたものがよみがえり、目と筋肉と神経がひとつに融合して、目標捕捉システムを形成していた。

彼はカラシニコフを肩づけして、先頭の騎兵に狙いをつけた。このAKにはスコープがついていなかったが、鉄製の照星と照門だけでいまはこと足りる。彼は照星に目の焦点を合わせた。その向こうで、男の胴体がぼやけて見えた。パースンは発砲した。そのゲリラ兵が、壁に激突したかのように後方へ転落する。

二番めの騎兵が馬を斜めに走らせて、落馬した男をまたぎこえた。手綱を握る男の体の上で、弾薬ベルトとグレネード・ランチャーがはずんでいる。パースンは、そのほんのわずか前方に狙いをつけて、撃った。男の胸部に銃弾が命中する。男は鞍から地面に転落して、動かなくなり、馬は乗り手があの世へ行ったことをすぐに察したように、身をまわして方向を変え、足取りをゆるめた。

残るふたりの騎兵が、家に迫り寄っていた。ひとりがAKを持ちあげて、構える。精確に狙っている余裕はなかったので、パースンはライフルを斉射して、そのふたりを撃ち倒した。

ほかにもまだゲリラ兵がいることをパースンが察知できずにいるうちに、背後の壁が爆発していた。ロケット推進擲弾《グレネード》が炸裂したのだ。彼は頭がぼうっとなって、横手へ倒れこんだ。後頭部に鈍い痛みがあり、冷たい空気が流れこんできたことが感じとれた。どこか遠くで悲鳴が聞こえたように思った。鈍い打撃音のような銃声。あらゆる音が、妙にこもって聞こえた。爆発した壁から舞いあがった塵が、目に突き刺さってくる。

胸がブーツで踏みつけられた。その衝撃で息がとまり、ひびが入っている肋骨から全身へ電流のような痛みが走った。息を吸うことができず、これでは窒息すると思った。ライフルへ手をのばす。舞いあがった埃を通して、ブーツがライフルを蹴り飛ばすのが見えた。のばした腕が、別のブーツによって床に踏みつけられた。だれかの手に服をひっつかまれて、ひきずり起こされた。目だし帽《バラクラバ》の穴から、双眼がにらみつけてくる。胃にパンチを食らわされて、また息ができなくなった。空気を求めてあがいているあいだに、こんどは顔面にパンチが打ちこまれてきた。パシュト語とアラビア語の怒号。銃声につぐ銃声。体が壁にたたきつけられた。目の前にある黒い帽子に包まれた顔がぼやけていって、意識が途絶えた。

意識が戻ると、後ろ手に縛られて、椅子に拘束されているのがわかった。右手首が焼けるように痛み、そこに当てていた副木が取りはらわれていた。ハザラ人家族の姿は、どこにも見えなかった。

二、三フィート離れたところに、ゴールドが同じく椅子に縛りつけられているのが見えた。黒い頭巾《ヒジャーブ》で髪が隠されている。目が閉じられ、その顔は、涙の跡がひと筋あるだけで、平静さを保っているように見えた。パースンは事態を悟り、地下牢の扉が閉ざされていくような衝撃を覚えた。ヌニェス。斬首を撮影したビデオ。思わず息が荒くなって、呼吸亢進状態になり始めた。イラクで軍事請負企業の要員が反政府軍に惨殺される映像を、ニュースで観たことを思いだした。ナイフが首にかかったところで、テレビ局は映像を中断したが、ラジオの放送はそのあとの音声を流しつづけた。悲鳴が三度、明瞭に聞こえ、永遠とも思える二十秒が過ぎた。地獄から放送されたような音声だった。

喘ぎが激しくなったが、それでもまだ空気が足りなかった。パニックに襲われているんだ、と彼は思った。そうか、これがヌニェスの身に、あの請負企業の要員の身に、パキスタンで敵にとらえられたあの記者の身に、降りかかったことなのか。こんどは、自分たちの番だ。

パースンはロープに縛られた身をもがいて、獣じみた長い声を発した。それは悲鳴というより、咆哮に近かった。ゴールドが目を開けて、こちらを見る。抑えろ、とパースンは思った。将校らしくふるまうようにしろ。また彼女を失望させるようなまねをしてはならない。もはや、おまえに残されているのは威厳だけなのだ。

どこか外国の軍の野戦服を着た男が、隣室から姿を現わした。携えていたドラグノフを、壁に立てかけた。そうか、おまえだったか、とパースンは思った。

「叫んでも、返事は来ない」そのゲリラ兵が言った。

完璧なイギリス英語だ。オリーヴ色の肌。ほかの反政府軍兵士たちよりもさらに短く刈りこんだ、黒い髪。肌や髪の色とは対照的に、その歯は真っ白で、ゆがみがなかった。その黒い目がパースンに向けられ、着衣や傷痕から情報を読みとろうとするように凝視する。

「わたしは任務を遂行しようとしているだけだ」パースンは言った。「それぐらいのことはわかっているはずだ」

「わかっている。わたしはわたしの任務を遂行している」

「おまえはだれなんだ？」

「マルワンと呼んでくれてけっこう」ゲリラ兵が言った。「で、おまえはだれなんだ?」

氏名、階級、認識番号を言えということか、とパースンは思った。

「マイケル・パースン少佐、アメリカ合衆国空軍」

「空軍の将校がアフガニスタンの荒野を歩いていたというのは、どういうわけだ?」

「その理由はわかってると思うが」

「それはわかってる」マルワンが言った。「しかし、もっとしゃべってもらわなくてはな」

パースンは目を閉じた。また息が苦しくなりそうな感じがした。

「おまえの当初の目的地はどこだった?」

パースンは空気を求めてあがいた。呼吸が速くなる。恐怖をあらわにしている自分に、彼は胸の内で悪態をついた。

「当初の目的地はどこだった?」

「天候が悪かったから」パースンは言った。「どこに着くことになるかはわかっていなかった」

「わたしの知性を軽んじてるな」

「それ以上のことは知らない」

「シャヒーン」マルワンが部下を呼んだ。

アラビア語による会話。パースンはゴールドに目をやった。

「われわれは国民に対する責任を担っています、少佐殿」彼女が言った。

「黙れ、女!」マルワンがどなりつけて、その頬を平手で打った。彼女の鼻から血がひと筋、滴り落ちる。「おまえとも、話しあうべきことは多々あるが、いまは男どうしが話をしている最中だ」

パースンの椅子の背後に、別の反政府軍兵士が立った。

「目的地はどこだったのだ、パースン少佐?」

「知らされていなかった」

「ほう、それではパイロットは仕事をするのが困難になるのではないか?」

マルワンがパースンの背後に立った男にうなずきかけ、その男がパースンの右手をつかんで、ひねった。手首に激痛が走り、その痛みが全身をつらぬく。末梢神経がこれほど猛烈な痛みを全身にもたらすとは、思いもよらなかった。パースンは甲高い悲鳴をあげて、わめいていた。ロープに縛られた体がそりかえる。

「多少は記憶がよみがえったか?」

パースンは、理性的に考えようとした。だが、恐怖と苦痛があらゆる思考、あらゆることばを圧倒していた。

「シーブ」彼は言った。「マスカットのシーブ国際空港だ」

「それはおおいに疑わしい」マルワンが言った。「あそこは民間空港だ。おまえたちの指導者は堕落してはいても、無能ではない。わたしも無能ではないぞ」

マルワンが銃剣を鞘から抜いて、その切っ先をゴールドの頬にあてがう。彼女は目を見開いたが、声は漏らさなかった。

「この売女にこれをやったら、女としては当然、もとの顔を取りもどしたいと思うだろうな」マルワンが言った。

もはや、パースンには打つ手がなかった。自分の顔が切り裂かれたのなら、それなりに対処はできるだろうが、彼女の顔を切り裂かせるわけにはいかない。

「マシラー島だ」彼は言った。「オマーンの沖にある」

「多少はフライトプランを思いだしたようだな？　マシラーから、どこかの秘密捕虜収容所へ移送することになっていたんだろう。つまり、オマーンを支配する強欲なイバーディ派は、いまなお異教徒どもとの協力を継続しているというわけだ。そんなことは、わたしには意外でもなんでもない」

くそ、この男はなんでもよく知っている、とパースンは思った。そもそも、こんなふうに英語が流暢にしゃべれるというのは、中東のどこかのマドラサで英語を学んだのではないのだろう。

マルワンが銃剣を鞘に戻し、パシュト語とアラビア語でなにかを命令する。

「さて」マルワンが言った。「これでおまえは、あと十五分ほどは醜態をさらさずにすむだろう」

この寒さにもかかわらず、パースンは汗をかき、ゆるみそうになる膀胱を抑えようと苦闘していた。反政府軍兵士たちが、全員がバラクラバかスカーフで顔を隠して、パースンとゴールドの背後に並んでいく。AKかグレネード・ランチャーのどちらかで武装した、テロリストどもだ。そのひとりが、金色の文字が記されている黒い旗を背後の壁に掲げた。パースンは気がくじけそうになったが、マルワンを見ると、銃剣は鞘におさめられたままだった。パースンの理性はまだそれなりに働いていて、彼らは少なくとも二本のビデオを撮影するつもりなのだろうと予測がついた。このビデオ撮影のなかで、自分が殺されることはなさそうだ。彼らは最初、応じるのは不可能な要求をするだろう。つぎに、パースンを、政府がその要求に応じなかったということで、殺す。それを記録したビデオがアルジャジーラや過激派のウェブサイトで流されて、ダウンロードされ、それがDVDに焼かれて、いかがわしいポルノ・ビデオのようにジハーディストの世界をめぐっていくのだ。

だが、そうではなく、彼らは二本のビデオを同時に撮影するつもりなのかもしれない、とパースンは思った。おそらく、それがヌニェスの身に降りかかったことだ。自分の運命は、自分を殺せば天国へ行けると考えている連中の手に完全にゆだねられているのだと思うと、たまらなく恐ろしくなって、体が震えた。

マルワンが右手にコーランを持って、ゴールドとパースンのあいだに立った。ゲリラ兵のひとりがビデオカメラをそれに向けて、ボタンを押す。

「慈悲深く、憐れみ深い、神の名において、アフガニスタン・イスラム首長国の真の政府であるタリバンの防衛省より、ホワイトハウスへ、このメッセージを伝える」マルワンが言った。「おまえたちはわれわれの最高位の宗教指導者のひとりを、おまえたちの拷問センターへ移送しようと試みた。だが、それは失敗に終わった。

神の戦士たちが、その航空機を空から撃ち落としたのだ。そして、神みずからが、ヘリコプターによる救出を妨げるために、強大なブリザードを送りたもうた。いま、われわれはそのムッラーを取りもどし、航空機の乗員たちを捕虜にしている。彼らは、われらが聖職者への不当な処遇に対して罰を受けるだろう。その〝大教主〟の安全は、すでに確保された。だが、おまえたちがCIAの収容所に収監されているすべてのムスリム（イスラム教徒自身が用いる〝イスラム教徒〟を意味することば）戦士を解放しなければ、彼らは処刑されるだろう。この要求に応じるための猶予期間は、二週間だ。応じなければ、われわれが捕虜にしたこの二名の異教徒の虐殺を目撃することになる。

おまえたちの唯一の平和への道は、イスラムに帰ることだ。この〝帰る〟は、故意に用いたことばだ。ひとはすべてムスリムとして生まれ、なかに、それにそむく者が出てくる。おまえたちは唯一の真の信仰に帰り、おまえたちの首都を壮大なモスクに変えなくてはならないのだ」

この男はそこまで狂っているのか？　パースンはいぶかしんだ。こんな論法で相手を納得させられると考えているのか？

「もしおまえたちがこれの解決をしくじれば」マルワンがつづけた。「ストームが到来するであろうと警告しておく。おまえたちの国ではいまだかつてだれも遭遇したことのない、ブリザードが吹き荒れる。それは、おまえたちの航空機をアフガニスタンで不時着させたこのストームよりさらに強大なブリザードだ。おまえたちが九月のあの日に目撃したストームよりさらに強大なブリザードだ。

恐ろしい裁きの神の名において、わたしは警告する。いまのことばを慎重に検討するように」

ビデオ撮影者が、カメラをさげた。パースンは、ふうっと大きく息を吐きだした。どうやら、彼らにはいま自分を殺すつもりはなさそうだ。だが、二週間後には？　どのみち、彼らは自分を殺すだろうし、それを待ちつづけるというのは恐ろしい。最初のビデオ撮影のあいだに殺してくれていれば、いまはもう、すべてが終わっていただろう。二十秒かそこらのうちに。

タリバンの戦士たちがぞろぞろと部屋を出ていき、あとにはマルワンだけが残った。

パースンは、訓練でたたきこまれたことを思いだそうとした。絆をつくる。彼らが自分を人間と見なすように持っていく。だが、そういうやりかたがジハーディストに通じた試しは一度もないのだ。

「どこで学んで、そんな流暢に英語が話せるようになったんだ？」

「イングランド」

「それは、そこの出身ということか？」

「おまえは良き兵士だ」マルワンが言った。「神の敵ではあれ。おまえは教えられた手法を使おうとしている。すばらしい。だが、それはおまえにもこの売女にも、なんの益ももたらさないだろう。これがどういう結末になるかは、だれもがわかっていると思う」

パースンは、膀胱がゆるみそうになるのを感じ、それを食いとめようと筋肉に力をこめた。それでも、温かい液体がフライトスーツの尻の部分を浸してきた。心臓が暴走していた。心もだ。

彼は考えようとした。どうして、このくそ野郎はこちらの考えを読みとれたのか？　こいつはイギリスでなにをやっていたのか？　そんなのはどうでもいい、とパースンは腹をくくった。無益だ。なにをしたところで、あの銃剣に、それがもたらす苦悶と血の惨劇に行き着くだけなのだ。

それでもなお、必死に考えようとしたが、うまくいかなかった。パースンはすすり泣きを押し殺し、せめて意気消沈したことを声に出さないようにと唇を噛みしめた。涙が頬を伝って、服の上に滴り落ちる。ゴールドが肩を震わせて、顔をそむけた。

「第一段階」マルワンが言った。「絶望」

「地獄へ行け」パースンは言った。

「そうはなりそうにない。おまえのほうが先にそこを見ることになるのは、たしかだろう。だが、おまえがそこへ行く前に、まだ話しあっておきたいことがある」

マルワンは、パースンとゴールドだけをその部屋に残して、隣室にいる兵士たちに合流した。

パースンはずっと前に、もっとも重要な祈りには返事が来ないものだと感じて、神に語りかけるのはやめていた。それがどうだというのか？ いまは祈るしかなかった。この悪夢から抜けだせますように。解放されますように。どうせなら、刃《やいば》ではなく、銃弾でありますように。目を閉じ、くりかえし頭をさげながら、心のなかでそのすべてを反復した。

手首の激痛は、その痛みだけでも悲鳴をあげたいほどひどかったが、その痛みですらも恐怖に圧倒されていた。これが人生の定めというものか、と思った。痛み、そして挫折。自分がしっかりと考えて、迅速に行動することができなかったために、恐ろしい死を招くことになったのだ。この任務自体も、勝利の寸前でかっさらわれて、敗北に至った。本来なら、いまごろはもうムッラーは尋問に付されていただろう。それなのに、とパースンは思った。あのターバン頭野郎が、帰還した英雄として栄光に輝き、さらにその名声を高めることになるとは。

そのころ、日ざしが薄れ始め、それだけをもとに、パースンは日が沈みつつあるようだと判断した。影が長くなるのが見えたわけではない。雪と霧のために、影はどこにもなかった。いつの間にか薄暗くなっていただけのことで、いずれはそれが真っ暗な闇に変じるだろう。隣室から、ムスリムたちが唱和する祈りの声が聞こえてきた。上空から、ターボプロップのエンジン音が届いてくる。自分を捜索に来たHC‐130が、無線で呼びかけながら飛行しているのにちがいなかった。

パースンは、自分の位置を伝えたことを思いだしたが、希望はひとかけらも持てなかった。雲底高度が、かぎりなくゼロに近いのだ。発見される望みはまったくない。航空機はこの上空を一日じゅうでも飛んでいられるが、そんなものは自分にはなんの意味もない。この悪天候では、外に設置しておいたストロボは地上からでないと見えないだろう。

この先もあったであろう人生を、彼は考えた。自分の未来は、ハリケーンに襲われた木の葉のようにむしりとられてしまった。これまで、おのれの死をそれほど深く考えたことはなかったし、まさかこんな死を迎えることになろうとは想像すらしなかった。ひとが死を乗りこえるには、いくつかの段階があるという話を聞いたことがある。拒絶、怒り、抵抗、受容。通常の状況であれば、そのようになるにちがいないと思った。なにしろ、自分はそのすべてを一挙に味わったのだ。まず恐怖に震え、その直後は現実を理解することができなかったが、すぐに怒りに襲われた。

しばらくして、反政府軍の兵士が二名、こちらにひきかえしてきた。ひとりがAKの銃口をパースンに向け、もうひとりが彼にライスを食べさせようとした。石油ランプのゆらめく光のなか、パースンはよごれたスプーンが口に近づいてくるのを見つめた。食欲がまったくなく、二、三口、むりやり流しこむことしかできなかった。それは、こういう状況に置かれた場合のために受けた訓練にそむくものだった。敵に食物を与えられたら、つぎはいつ食べさせてもらえるかはわからないのだから、それを食べろ。だが、どうしてもそれができなかった。ゴールドもやはり、食べていなかった。

またふたりだけになったとき、パースンは言った。

「どうやら、やつらはしばらくわれわれを生かしておくつもりらしい」

「長くはないでしょう」ゴールドが言った。

パースンは床に目を落として、疑問を口にした。

「あの家族はどうなったんだろう？」

「彼らに殺されたにちがいないです。銃声が聞こえました」

わたしがあの一家を巻きこんだのだ、とパースンは思った。どうせなら、わたしを撃ち殺してくれたらよかったのに。

足音が響いて、彼を悲嘆からひっぱりだした。マルワンが、あの家族の持ちものだった木の椅子を持って、部屋に入ってくる。それを床に置き、これからティーを楽しもうとでもするように、脚を組んですわった。銃剣を持っていないことを、パースンは見てとった。いまのところは、だが。

マルワンが野戦服のポケットからノートパッドを取りだして、なにかを書きつけ始めた。

「おまえはよくやっている」書きつけをしながら、マルワンが言った。

「なんだって?」パースンはきいた。

「おまえは落ち着いている。わたしは、こういう状況に置かれて取り乱す人間を数多く見てきた」

「そのことに失望したのか?」

「いや、まったく」とマルワン。「というより、斬首するには惜しい能力を持つ男だと考えるようになった。そういうわけで、おまえにひとつの提案を持ちかけようと考えて、ここに戻ってきたんだ」

「なにを言いだすつもりだ?」

「おまえがふたつのことをやってくれれば」とマルワンが言い、読書眼鏡のレンズごしに見つめてくる。「おまえとこの売女をすばやく、苦痛なく、この世から抹消してやることを約束する」

「それはどういうものだ?」

「その前に」とマルワン。「おまえのスピーチライターをすることは、わたしにとってまぎれもない名誉であることを言っておこう。おまえには、カメラの前で、ムスリムの各村を無差別爆撃したことを告白する声明をおこなってもらう」

マルワンはノートパッドを、パースンがそこに書きつけられたものが読みとれるように、掲げてみせた。流麗な字体で正確に書かれたその文章は、このように始まっていた。"わたしの任務は、可能なかぎり多数のムスリムの生命を奪うことにあった。これらの空爆による殺害は、新たな十字軍によるイスラムの殲滅という、より大きな作戦の一環だった。いまわたしは、神とその民人、イスラムの教徒たちに対して、罪の赦しを請わねばならない〟

「わたしは貨物を飛ばしていたんだぞ」パースンは言った。

「おいおい、少佐。心理作戦がどういうものかぐらいは理解しているはずだ」

「理解しているからこそ、そんなことはやりたくないね」

「いや、やる気になるだろうよ。わたしは刃を用いることを楽しんではいないが、アラーに仕える身として、それをやってきた。しかし、わたしの部下たちのなかには、それをおおいに楽しむ者もいて、彼らは時間をかけてやる方法を心得ているんだ」

パースンはゴールドに目を向けた。彼女は油紙が貼りつけられた窓の隙間から、外の闇を見つめていた。その心の内を知る手がかりは、なにもなかった。

「あとひとつ、おまえにやってもらう必要があるのは、無線交信をおこなうことだ」マルワンが言った。「天候が回復した時点で、ヘリコプターを呼びこめ。それが破壊される光景を、わたしが間近からビデオで撮影する。心理作戦であることは、おまえにも理解できるだろう」

「いい加減にしろ」

「最初はそう言うだろうと思っていたよ。明朝まで決断を待ってやろう。その時点で、どういう種類になるかはさておき、われわれはビデオを撮影することになる」

「くそくらえだ」

マルワンがノートパッドをたたんで、椅子から身を起こす。

「良き選択をな、少佐」マルワンは言った。

8

パースンは椅子に縛られたまま、まんじりともせず夜を明かすことになった。ゴールドに目をやると、彼女はじっと床を見つめていた。睡眠がとれないために、頭がうまくまわってくれない。筋道を立ててものを考えることができなくなっていた。まだときどき、上空を周回する航空機のエンジン音が聞こえていたが、そんなものは別の次元を飛行する航空機と変わりがない。いまの自分には、なんの助けにもなりようがなかった。乱れきった心に明瞭に刻まれているものは、恐怖と決意のみだった。

「彼になんとおっしゃるつもりですか?」かなりたってから、ゴールドが尋ねてきた。

「そんなことはしない、と」

「ご立派です」まっすぐに目を見据えて、ゴールドが言った。「ご立派です」

「仲間たちが殺されるのは、もうたくさんだ」

「あなたが殺させたわけではないんですよ」

「それはそうだが、ヘリコプターの乗員たちの命まで、やつにくれてやりたくない」パースンは言った。「くそったれのターバン頭め」

「少なくとも、われわれは正しいことをやろうとしてはいます」ゴールドが言った。

「そんなことはだれも知らずじまいになるさ」

「かまいません」

「きみは天国の存在を信じてるのかね、ゴールド軍曹？」

「はい、信じています」

彼女にとっては考えるまでもないことなのだ、とパースンは悟った。

窓の向こうが、黒から濃い灰色に変じてきた。夜明けの訪れを示すものはそれだけだった。大きな雪片が窓の油紙に当たって、解け、すりガラスのように窓枠の上にたまっていく。自分が太陽を見ることは二度とないにちがいない、とパースンは思った。

足音。パースンは、腋の下が汗ばんでくるのを感じた。

マルワンが、こんどもまた椅子とノートパッドを持って、入ってくる。パースンのそばに椅子を置き、その座面に片足をかけた格好で立った。膝にノートパッドをのせ、そこに記されたものを検分する。そのゲリラ部隊指揮官の手に、パースンは目をとめた。血管の浮きだした手の甲。なにかのクラスの記念指輪。ブライトリングの腕時計。いったいどういう種類のテロリストなんだ？

「決断は下したか、少佐？」マルワンが問いかけた。「おまえのために、すばらしい声明文を書きあげてやったぞ」

「おまえに手は貸せない」

マルワンが、眼鏡のレンズごしにパースンを見つめてくる。その凝視はパースンの血を凍りつかせた。

「本気か？」とマルワンが言って、ノートパッドを閉じる。「じつに嘆かわしい。きょうをおまえの悲鳴を聞く日にはしたくなかったのだが」

マルワンは椅子を蹴飛ばし、それが壁に当たって騒々しい音を立てた。

「シャヒーン！」と声をかけて、ずかずかと部屋を出ていく。

すぐに終わりが来る、とパースンは思った。すぐに終わりが来る。

気がくじけ、力が入らなくなった。自分はこれまで軍務のなかで、それが鋭い刃であれ、高速弾であれ、金属が人体になにをしでかすかをいやというほど見てきた。イラクに配属されていたときは、テロリストのキルクーク攻撃によって殺害された民間人たちの遺体を搬送する業務に従事した。貨物室に運びこまれた、血なまぐさい黒の死体袋。ひとびとの希望と夢と知性と能力のすべてが失われ、引き裂かれた動かぬ肉塊と化したのだ。建設は何十年もかかるが、破壊は一瞬で終わる。

汗が背中を滴り落ちるのが感じられた。脚が震えだした。わたしはもう死んだも同然だ、とパースンは思った。死んだも同然だから、こんなものはなんでもない。わたしはもうこの世にいないのだ。

部屋の外から、奇妙な音が届いた。なにかがはじけるか、砕けるような音だ。だれかが腹にパンチを食らったように、激しく息を吐きだして、うめき声を漏らした。ひとが倒れこんだような、ドサッという音。岩が投げつけられたような感じで、なにかが壁にたたきつけられてきた。また、砕けるような音。はじけるような音。

「床に倒れて」とゴールドが言い、体を横にふって、椅子ごと床に倒れこむ。

パースンは麻痺したようにそれを見ていた。恐怖のあまり錯乱したのか？

「ムハンマド？」と呼びかける声。

ドスッ。ドサッ。

「倒れてください！」ゴールドが叫んだ。

パースンは体を左へふって、倒れこんだ。よごれた床に、激しく頭がぶつかる。周囲一帯で、自動火器の銃声が響いていた。

窓が銃弾に引き裂かれた。壁に銃痕が一列に等間隔で刻まれて、土埃が舞いあがる。ふたたび、自動火器の連射。立てつづけの悲鳴。三種類の言語による叫び声があがり、そのなかには英語も含まれていた。

引き裂かれた窓から金属の物体が飛びこんできて、床を転がっていく。パースンは顔をゆがめて、破片の飛来に身構えた。

それが爆発し、彼はめまいに襲われた。猛烈な埃で、息が詰まる。目を開くと、鼻から血が床へ滴り落ちるのが見えた。ほかに負傷箇所はなかったが、スタン手榴弾《グレネード》（閃光と轟音で呆然とさせる手榴弾）の衝撃によって全身の力が抜けていた。パースンは咳きこみながら、目を細めてようすをうかがい、なにが起こっているのかを筋道立てて考えようとつとめた。転倒させた椅子に縛りつけられているせいで、身を転がすことすらできない。

ゲリラ兵がひとり、部屋に駆けこんできた。ゴールドが縛られている椅子の背もたれをつかんだ。彼女が蹴ったり、嚙みついたりして、抵抗する。だが、ロープで縛りつけられているために、なんの効果もなかった。ゲリラ兵が椅子ごと彼女をひきずって、裏口から部屋を出ていく。パースンはゴールドを見失うまいと、足で床を蹴って、身をまわした。彼女の姿は消えていた。

別の反政府軍兵士がパースンのそばにのしかかるように立って、拳銃を構え、声を出さずになにかを叫ぶ。

そのゲリラ兵の頭が粉砕され、血と脳漿がどっとほとばしった。パースンのかたわらに倒れこんだその男の頭部は、下顎しか残っていなかった。

兵士がひとり、散弾銃《ショットガン》を構えて、戸口に立っていた。スローモーションのように見える動きで、ベネリのショットガンのポンプを操作する。一二番径の空薬莢が飛びだして、床を転がった。男は、アフガニスタン国軍の野戦服と雪用迷彩のオーヴァーを着ていた。男が左方へ身を転じて、ふたたび発砲する。反動で、アフガン兵の頬と肩がねじれた。そのターゲットは、パースンには見えなかった。銃声も聞こえなかった。スタン手榴弾の衝撃による耳鳴りが残っていて、なにも聞こえないのだ。

男が、そのままにしていろとパースンに身ぶりを送って、姿を消した。パースンが戸口の向こうへ目をやると、何人かのブーツと脚が走りすぎるのが見えた。はるかかなたでドラムがたたかれているような、ライフルの銃声が聞こえたように思った。

別の男が戸口に出現した。

「けがはないか？」と男が叫び、その声がかろうじてパースンの耳に届く。

まだ呆然としたまま、パースンは男の軍服を見ていた。腕に、地味なアメリカ軍の旗章。もう一方の腕に、国際治安支援部隊《ISAF》の記章。大尉であることを示す階級章。将校だ。三色の沙漠迷彩塗装が施されたM-4カービンを携行している。

「アメリカ人がもうひとりいる」パースンは叫んだ。「女性だ。裏口から外へ連れだされた」

大尉が身を転じて、裏口へ走り、戸口の外で片膝をついて、セミオートで二度、発砲した。そして、もう一度。

「敵影なし《クリア》」部屋の外でだれかが叫んだ。

「クリア」また別のアメリカ人の声。

「クリア！」アフガンなまりの英語。

「なにがクリアだ！」パースンは叫んだ。「あの女性。彼女はどこなんだ？」

大尉が部屋にひきかえしてきた。ヤーボロー・ナイフ（アメリカ軍特殊部隊員に支給される狩猟用ナイフの名称）を抜いて、パースンを縛《いまし》めているロープを切った。ナイフは二度、動かされただけだった。パースンは椅子から身を転がして、あおむけになった。

「彼女を取りもどしたか？」彼は尋ねた。

手足の血行が戻ってきて、びりびりしてくる。パースンは横向きになり、片膝をついて、身を起こした。

「やつらは彼女を馬に乗せて、連れていきました」大尉が言った。「馬に命中させたと思いますが、馬はとまらず走っていきました。あまり遠くなると、撃つのは危険すぎますのでね」

パースンはよろよろと立ちあがった。この野郎、なぜじっとつったって、むだ話をしているんだ？

「彼女が殺されてしまうぞ」彼は叫んだ。胸がずきずき痛み、獣じみたパニックが襲いかかってくる。「行こう！　やつらを追わなくては」

「馬を駆るやつらに追いつくのはむりです、少佐殿」大尉が言った。「それに、やつらは、少なくとも当分は人質を生かしておきたいと考えるでしょう」

「きみはだれなんだ?」

「わたしの名はキャントレル。特殊部隊員です」

「キャントレル大尉」パースンは言った。「わたしはきみに直接命令を下しているんだぞ」

「よくお聞きください、少佐殿」キャントレルが言った。「われわれは、できるだけのことはします。やつらは負傷兵をかかえており、馬も何頭かが負傷しています。それほど遠くへは行けないでしょう」

キャントレルの言い分が正しい、とパースンは気がついた。いますぐゴールドの救出に向かえと本能がうるさく言いたてていたが、やみくもに突進すれば、彼女が殺されることになりかねない。狩猟の際に危険な動物を負傷させたとき、おまえはすぐにそれを追って藪につっこんでいったりはしないだろう。傷ついた動物が出血して、動けなくなるまで待つ。それから、そのあとを追うじゃないか。

だが、それでも逃げられてしまう場合が、ときにあるのだ。

「彼女まで死なせるわけにはいかない」両手をひろげ、掌を前に向けて、パースンは言った。

汗が目に入って、視野がぼやけてきた。よろよろとあとずさって、壁にもたれこむ。体のバランスがうまくとれないような感じだった。何時間も椅子に縛りつけられていたせいで、手足が麻痺していた。彼は壁に背中を滑らせて、すわりこんだ。膝に肘をついて、両手で頭をかかえこむ。狂信者の祈りのように、体が揺れた。

「乗員仲間の全員が死んだ」彼は言った。「輸送機に乗り組んでいた全員が。彼女だけが残った。彼女と、あのターバン頭だけが」

「そのターバン頭とは？」キャントレルが尋ねた。「少佐殿、意味が判じかねます」

パースンは特殊部隊員のキャントレルを見つめた。ひげ面、前後を逆にかぶった沙漠迷彩の野球帽。肩のところに、配管用テープが貼りつけられ、そこに黒のマーカーで手書きされた血液型表示――O＋POS。奇妙な兵士だ、とパースンは思った。敵ではないが、友でもない。友はみな、逝ってしまった。

ショットガンを携えたアフガン人が、部屋にひきかえしてきた。ついさっき、反政府軍兵士の頭をふっとばした、あの男だ。

「このひとりのみ？」男が問いかけた。

「うん」キャントレルが答えた。「やつらは女をひとり人質にして、連れていった。生け捕りにした敵兵は？」

「ネガティヴ」

「老人がひとりいる」パースンは言った。頭を働かせろ。考えるんだ。「高位のムッラーだ。われわれはその老人を輸送機でマシラーへ護送する途中だった」

「逃げられた」アフガン人が言った。「彼は負傷したものと考える」

「わたしが撃ったとき、あの連中のひとりがビデオカメラを持ちあげようとしていた」キャントレルが言った。

「きみらはどこから来たんだ？」パースンは尋ねた。

「警邏をしている最中に、このストームに襲われて、野宿をしていました。そのとき、衛星電話であなたがたのことを伝えられまして。で、最後の確認地点に向かうと、ストロボが見えたというわけです」

わたしのやった適切な行動はそれだけか、とパースンは思った。なんとか立ちあがると、頭がくらくらして、また片膝をついてしまった。彼は手首をつかんで、顔をしかめた。溺れかけている男に波が押し寄せるように、疲労と圧迫感が襲いかかってくる。胸中には、罪悪感と絶望しかなかった。自分以外の全員が死に、その自分が失敗をしでかしたのだ。パースンは床を見つめた。目の焦点が合わなかった。すべてが暗く変じていく。


目覚めると、ショック症状の処置をされているように、両足がだれかのバックパックの上にのせられているのが見えた。腕時計に目をやったが、どれくらいのあいだ意識を失っていたものか、さっぱり見当がつかなかった。

「わたしはどれくらいの時間、気絶していたんだ？」パースンは尋ねた。

なんとか立ちあがろうとしたが、なにも入っているはずのない胃の中身が逆流してくるような感じで、どうにもならなかった。

「ほんの数分です、少佐殿」キャントレルが言った。

大尉がパースンの頭を起こして、水筒をさしだしてくる。パースンは震える手でそれを受けとって、水を飲んだ。浄水タブレットの味がする水だった。

グリーンベレーの衛生兵が、モルフィネの注射をした。燃えるような感触がかすかにあり、その熱さが、ハザラ人の女にもらったアヘンをしがんだときのように全身にひろがっていくのがわかったが、これはあのアヘンよりもっと強力だった。それまでの痛みが、他人の痛みのように遠い感じになってくる。だが、心の苦悩はなにひとつ消えてはくれなかった。

衛生兵がパースンの手首に副木の処置を施し、そのあと別の注射器の蓋を開く。

「抗生物質です」衛生兵が言った。

パースンは肩をすくめてみせた。冷たい針が刺さるのを感じたが、痛みはまったくなかった。

「なにがなんでも、ゴールド軍曹を取りもどさなくてはならない」彼は言った。「やつらが彼女になにをしでかすものか、考えるだけでぞっとする」

「しかるべき時が来たら、やつらを追跡にかかります」アフガン人が言った。

「こちらはナジブ大尉」キャントレルが言った。「わたしのチームは、彼の部隊の支援にあたっています」

どう考えればいいものか、パースンにはわからなかった。ムスリムが指揮を執っているというのは？　ナジブがパースンにうなずきかけてきた。マルワンによく似た男だが、あの男よりは若い。黒いひげは、こざっぱりと手入れされていた。マルワンと同じように、英語がうまく話せたが、ナジブにはこの国特有のなまりがあった。鹿撃ち弾《バックショット》を装塡した安価なイタリア製ショットガンという武器の選択からして、この男は敵に接近して大きな打撃を与えたいと考えているのだろうと思われた。この男には、少なくとも度胸はあるのだと見なさなくてはならない。

パースンは立ちあがり、ぶじなほうの手を壁について、身を支えた。低酸素症にかかったように、視野が一面、灰色になっていた。高度室訓練を受けたとき、酸素の不足によって、すべての色が薄れていった記憶がよみがえってくる。しかし、血行が回復してくると、視野に色彩が戻ってきた。とはいっても、そこに見える色はたいしてなかった。床や壁に撒き散らされた血の赤。空薬莢の真鍮色。

足をひきずりながら、主室に入っていくと、アフガン‐アメリカン混合チームのほかの隊員たちが、死んだ反政府軍兵士たちの着衣を調べているのが見えた。アメリカ兵のひとりが、スコープと消音器《サプレッサー》のついたライフルを携行していた。パースンは死体を見まわしたが、そのなかにマルワンの死体はなかった。

自分の装備はどうなったかと見てみると、一部しか残っていなかった。壊れた椅子の背もたれにサバイバル・ヴェストがぶらさがっていたが、そのなかにあった、ホルスターにおさめた拳銃と無線機はなくなっていた。バックパックが見つかったので、そのなかを探ってみたところ、救急キットと暗視ゴーグルと予備の拳銃と防弾チョッキがまるごと消えていた。バックパックを手探りしていくと、サイドポケットに入れていたGPSが残っているのがわかった。これだけは、やつらに持っていかれなかったのだ。それと、ブーツナイフは発見されずにすんでいた。やつらは、フライトスーツの裾のジッパーを開いて内側を調べるということまではしなかったのだ。自分にはまだ、父に贈られたナイフと、ナヴィゲーションをするための手段は残されているということだ。衛星からの信号を受ける装置と、鋭い鋼鉄の刃が。

自分のパーカが見つかったので、それを着こむ。体が冷たく、べとべとしていた。フライトスーツが汗をたっぷりと吸いこんでいるためだ。そのせいで、ひっきりなしに痛みとは別の不快感が襲ってくる。それでも、いまは落ち着いて呼吸ができるようにはなっていた。この不快感に対処するすべを見つけなくてはならない、と彼は自分に言い聞かせた。職務を遂行しなくては。わが身がどうなるかは問題ではない。自分はこの状況を生きのびられそうにないということなどは、どうでもいい。大事なのは、ゴールドの身だ。彼女はわたしになにを求めるだろう？　わたしになにをやらせようとするだろう？　おそらく彼女は、精神を集中しろと言うだろう。怒りを覚えずにすまないのであれば、それをコントロールし、それを生かせと。怒りに身をゆだねてはならないと。オーライ、軍曹、やってみよう。

キャントレルが反政府軍兵士たちの死体を検分していた。頭部を撃ちぬかれたゲリラ兵がひとり、目を開いたまま、壁にぐったりともたれこんだ格好で死んでいる。生命を失ったその手にはまだビデオカメラが残っていて、慎重にそれを床に置こうとしていたように見えた。その死体のカーゴポケットのなかに、キャントレルが二枚のメモリカードを見つけだした。キャントレルが二枚のカードを取りあげ、カメラをバックパックのなかにおさめる。

「よし、みんな、情報価値のあるものはすべて回収してくれ」彼が言った。「移動に取りかかる」

ナジブがパシュト語で命令を発し、その部下たちが各自の武器を点検して、新しい弾倉を装填する。パースンは彼らを追って、外に出た。彼らは、茶と黒のまだら模様のある白いアノラックを着ているか、アメリカ軍支給の、毛皮の縁取りのあるフードがついたN-3Bパーカを着ているかで、部隊はほぼその冬景色に溶けこんでいた。パースンが手づくりしたスノーシューズは失われている。積雪に足を踏みだすなり、これはきつい歩行になるにちがいないと彼は思った。

ハザラ人家族の死体が、地所の裏手の雪の上に散在していた。あざみの毛のように宙を舞う細かな雪がそれに降りかかって、凍りついた顔が半透明の頭巾に包まれているように見えた。少年の飼っていた九官鳥が雪の上を跳ね、雪をついばんで、点々と小さな足跡を残している。

パースンは罪悪感に打ちのめされ、実際に冷たい手で心臓をわしづかみにされたような気分になった。自分が別の選択をしていれば、彼らはまだ生きていただろう。このハザラ人たちは、アフガニスタンではそれ以上は望むべくもない、しあわせな家族だっただろう。自分が彼らの家に入ったとき、自分は彼らが起こしたのではない戦乱の扉を開き、そのために、毒された空気が真空に流入するように戦乱がそこに襲いかかってきたのだ。ブラッド・チットのひと隅を切りとって、一家の主に手渡したときのことが思いだされた。切りとった布片に記されたシリアルナンバーが、彼らに報酬を、ことによると政治的亡命をもたらすはずだった。だが、そうはならず、命懸けの籤で悪い札を引くような結果を招いてしまった。自分がこの手で彼らを殺したような気がした。

ナジブが死体のそばにひざまずき、パースンには聞きとれない、ごく小さな声でなにかを言った。たぶん、祈りだろう。自分も同じことをすべきだろうか、ヌニェスにもそうすべきだったろうか、とパースンは思った。だが、なんのことばも思いつかなかった。どんな言語でなにを祈ろうが、彼らを生きかえらせることはできない。それはもう変えようのないことだ。まだ変えられることに、気持ちを向けよう。

ナジブの部隊の上級曹長が先頭に立って、二ダースの隊員からなる混合チームを地所の外へ導いていく。曹長のすぐ背後についたナジブが、身ぶりで部下たちに合図を送り、そのひとりにうなずきかけた。

そうか、彼は前に立って部隊を指揮する男なんだ、とパースンは思った。これは良き兆候だろう。とはいえ、ナジブとその部下のアフガン兵士たちをどこまで信用していいものか、確信は持てなかった。

何頭かの馬の足跡が、霧のなかへとつづいていた。それをたどっていって、あの家族の地所が見えなくなったころ、一行は、雪の上でもがく一頭の傷ついた馬に出くわした。馬が首をもたげ、見開いた黒い目でチームを見つめてくる。横腹を引き裂いた銃創から、血が噴きだしていた。

「こんな目にあわせてしまって、残念に思う」ナジブが言った。「この馬はなにも悪いことはしていないのに」

「わたしが引き受けよう」キャントレルが言った。

彼は馬の頭部にライフルを向け、その茶色い毛からほんの数インチのところまで銃口を近づけた。引き金を引くと、銃声が周囲の山々に響き渡った。こだまが咆哮のように長く尾を引いて、何度も行きつ戻りつし、徐々に消え薄れていく。馬は動かなくなっていた。

「出血したのは馬だけではない」ナジブが言った。

馬の向こうから先へのびている血の痕を指さす。パースンがそれを見分けるには、ちょっと時間を要した。血痕がパウダースノーのなかに沈みこんで、ピンク色を帯びた小さな穴ができている。ブーツの足跡に落ちた血痕だけは赤ワインのような色になっていて、パースンにもはっきりと見てとれた。ハンターの目でそれを見ると、動脈からほとばしる鮮やかな赤ではなく、静脈から徐々に滴り落ちる暗赤色の血だと判別がついた。だれかが負傷したのだが、それは重傷ではなさそうだ。

ナジブが地形図を取りだし、キャントレルと上級曹長とともにそれを調べる。航空地図とはあまり似ていなかったが、密に集まっている等高線が急勾配の地形を示していることぐらいはパースンにも理解できた。

「どういう作戦なんだ?」パースンは問いかけた。

「わたしはこの地域をよく知っています」ナジブが言った。「やつらが行けるところは、一カ所か二カ所しかない。やつらが停止した時点で、われわれはふたたび攻撃をかけます」

ナジブが方位コンパスを取りだして、パシュトゥ語で部下たちに指示を出す。チームはナジブにつづいて、霧と軽い降雪のなかへ入っていき、パースンが地図をもとに予測したとおり、向きを転じて、斜面を登り始めた。パースンは、雪と氷に覆われた灰色の大岩を支えにして、足を踏ん張った。足の下で岩屑《がんせつ》が崩れ、かけらが斜面を転がり落ちて、積雪のなかへ消えていく。不安定な足場だ。

ピッケルとロープとカラビナがあれば、と思う。武器と防弾チョッキを失ったせいで、丸裸になったような気分でもあった。はて、どうなんだろう、と彼は思った。地獄に行ったひとびとは、冷たい水をほしがるとか。いや、ことによると、地獄に行ったひとびとは、ピッケルとロープをほしがるのかもしれない。それに、暗視ゴーグルとライフルを。わたしはゴールドを取りもどしたい。くそ、もうこれ以上、だれも失いたくない。

高く登るにつれ、大きな雪片を運ぶ微風に吹かれて、霧が徐々に晴れていった。それでもまだ、雲が樹冠を隠しているのを見て、パースンは失望した。増援部隊がやってこられるまでに空が晴れて、ヘリコプターでゴールドのあとを追えるようになることを期待していたのだ。ブラックホークなら、まちがいなく馬より速く進めるのだが。ガンメタル色の空の下を、彼は歩きつづけた。

チームはやがて、老木が並んでいる場所へ入りこんだ。幹に雪がまみれついた、常緑樹の木立だ。パースンが見守るなか、ナジブがセイフティを解除したショットガンを構えて、一本の倒木のひねこびた根のかたまりへ近づいていく。もし自分が伏せて待ち受けるなら、あそこがその場所だ、とパースンは思った。だが、敵が出現することはなく、ナジブはコンパスをチェックして、前進を続行した。

その日も終わろうというころ、チームは尾根の頂《いただき》の下方にある茂った森のなかに入りこんで、前進を停止した。数名の兵士たちがバックパックをおろし、四人用の寒冷地用テントの設営に取りかかる。彼らがロープをほどいて、雨用フライシートをひろげていくのを、パースンは見守った。これなら、少なくとも尻が凍傷にかかることはなさそうだ。五、六名の兵士が周辺の監視に就き、双眼鏡やライフルのスコープで周囲一帯を調べていた。

テントに入ると、キャントレルが携帯口糧をさしだしてきた。パースンは茶色のプラスティック・スプーンを使って、口糧のアップルソース（スライスしたリンゴに砂糖と水を加えて煮たもの）を食べた。食べている気がせず、食べものの味も感じなかった。ナジブがテントに入ってきたので、パースンは、将校のふたりがまた自分になにかを尋ねようとしているのだろうと予想したが、食べているあいだ、ふたりは黙って待っていてくれた。また、キャントレルの軍服に貼りつけられている配管用テープに目が行った。そして、それは規則に基づく事務的処置なのだと思い当たった。〝これが自分の血液型だ。自分が出血したら、これを見て判断してくれ〟というわけだ。そういえば、同じようなマーカーを貼っているアメリカ兵を前にも見たことがある。

ナジブはそんなテープは貼っていなかった。運命や宿命の存在を信じているのかもしれない。〝自分が重傷を負うかどうかはさておき、どのみち、すぐそばに血液銀行があるわけじゃない〟といったところか。

一方は人間の命令や規則に従い、もう一方は自然律に従う。どちらの掟にも根拠はあるが、いまこのときには、指揮統制というものは遠いかなたにあり、生と死がごく間近にあるように思えた。

手首の痛みはまだ残ってはいるものの、モルフィネのおかげで鈍いうずき程度にやわらいでいた。ただ、麻薬の副作用で鼻や手の甲がむずむずするので、手袋を脱いで、素手で鼻をかいていると、将校のふたりが質問を投げかけてきた。

「あの男は、マルワンと名乗っていた」とパースンは答えた。

ナジブとキャントレルが目を見あわせる。

「わたしより流暢と言っていいほど、英語がうまかった」パースンはつづけた。「高価な腕時計。教育にもたっぷりカネをかけたにちがいない」

「そいつは紳士的だったと」キャントレルが言った。

「あんなアフガン人に出会ったのは、あれが初めてだ」パースンは言った。

「やつはアフガン人ではないです」ナジブが言った。

「アフガン人じゃない？」パースンは問いかけた。

「マルワンはかつてはパキスタン軍の中佐で、三軍統合情報局、ＩＳＩの将校でした」ナジブが説明する。「多数のインド軍指揮官が、やつのライフルによって射殺されました。

あなたがあの男に遭遇して、生き残れたというのは、幸運以外のなにものでもありません」

「やつに遭遇したら、生け捕りでも射殺でもよしと命令を出しておかなくては」キャントレルが言った。「やつがいつものライフルを持っているとすれば、こちらがやつを射殺するには、おそらく距離を詰めなくてはいけなくなるでしょう」

「なんにせよ、そのマルワンという男はやたらとなんでもよく知っている」パースンは言った。「わたしが受けた訓練の内容まで知っていたんだ。われわれが使用している基地のこともよく知っているように見えた」

「多国籍軍についても知悉しているでしょう」ナジブが言った。「あの男はイギリス軍との交換留学プログラムで陸軍士官学校《サンドハースト》に行き、イギリス陸軍特殊空挺部隊《SAS》で訓練を受けたんです」

そのナジブの口ぶりは、マルワンが受けた教育をうらやんでいるようにも聞こえた。

「おっと、くそ」パースンは言った。

これまでずっと、テロリストというのはみな狂犬のようなものだと思っていたのだ。無知蒙昧の極悪人どもだと。だが、思考をする敵がいたどころか、それがあれほど有能な男となれば、敵軍にも高度な秩序があると考えなくてはならない。この戦いのルールががらりと変わり、戦いに参加している全員が自分より、なんでもよく知っているような気がしてきた。

「やつはほかになにか言っていましたか？」ナジブが問いかけた。

「ビデオの撮影のなかで、アメリカがすべての捕虜を解放しなければ、われわれを殺すと言っていた。ストームが到来するとも言っていた。それと、9／11に関係することも」

「そのビデオを観てみましょう」ナジブが言って、キャントレルが死んだ反政府軍から回収していたビデオカメラを取りあげた。

キャントレルが二枚のメモリカードを手渡すと、ナジブはその一枚をカメラに挿入して、長方形のモニター画面を本体からのばした。操作ボタンをあれこれと押して、カメラの使いかたを確認していく。それを終えたところで、ナジブは言った。

「これは、パースン少佐およびゴールド軍曹についての声明です」

キャントレルにも見えるように、カメラを高く掲げる。パースンは、それから流れてくるマルワンのきびきびしたアクセントの英語を聞いて、身を震わせた。

そのちっぽけなモニター画面のなかに、ゴールドと並んですわらされている自分の姿が見えた。彼女のようすは、記憶にある以上に怯えているように見えた。その彼女が、いまもまだやつらといっしょにいるのだ。全身が汗ばんでくる。吐き気がしてきたが、彼はなんとか胃のざわめきを抑えこんだ。

ナジブがメニューをスクロールして、別のファイルをビデオのモニター画面で再生する。

パースンは、ナジブの肩ごしにそれを観た。ヌニェスがあのキャラヴァンサライのなかに、縛られてすわらされている姿が見えた。その背後にマルワンとその部下どもが立ち、テロリストのひとりがなたのような刃物をふりかざしていた。

「こんなものは見なくていい」パースンは言って、顔をそむけた。

「すみません、少佐殿」キャントレルが言った。「あなたに見せる必要はなかったです」

　パースンは、まだ吐き気と闘いながら、外に目をやった。マルワンがアラビア語でしゃべる声が聞こえてくる。

「つまり、これは別の相手に聞かせるためのものということだ」ナジブが言った。

「そうだったんだろうな」とキャントレル。

「わたしはアラビア語はあまり得意ではないので」ナジブが言った。「キャントレル大尉？」

「メモパッドを取りだすから、待ってくれ」とキャントレルが言い、防弾チョッキの前ポケットからペンを、脚のポケットからメモ用紙をひっぱりだす。

　マルワンの声が高まるのが聞こえ、それにつづいて、ほかの全員が「アラー・アクバル」とつぶやき始める声が聞こえた。

「その映像をとめてくれ」キャントレルが言った。「よし、もう一度、いまのを再生しよう。それをこっちにまわしてくれ」

キャントレルがカメラを受けとって、いまの声明の映像を再生し、数秒ごとに一時停止させて、メモをとっていく。

「奇妙きわまりない」彼が言った。

「なんと言っていたんだ？」パースンは尋ねた。

「アラーの強大な手がカーテンを引いた」顔をしかめてメモを見ながら、キャントレルが読みあげる。「アラーのみが、信仰のもたらす力を顕現させうるであろう。アラーの意志によって、季節はめぐり、ジハードの獅子たちがその檻からあふれ出る。殉教者たちは命令を待ち受ける」

「こういう抽象的な思考の伝達は、特定のだれかに対して意味を持つものであるにちがいない」ナジブが言った。

「前のビデオで語られていた話も？」とキャントレル。「アメリカ人がいまだかつて見たことのないブリザードがどうとかというやつも？」

「そうだ」ナジブが言った。

キャントレルが、テントのフラップの隙間から外を見やる。歯を使って、両手の手袋を外した。手袋をひとまとめにして、片手で握りしめた。ライフルの銃身にまわした手の指に、力がこもる。手の甲が白くなった。その手の甲に、ナイフで裂かれたような傷痕と、それに沿って並ぶ、戦場で至急に傷が縫合されたことを物語るような縫い目の痕が見えた。

「マルワンは、パキスタンの核爆弾のことを言っていたんだ」キャントレルが言った。

ナジブがうなずいた。

「なんだと」パースンは言った。「しかし、パキスタン政府は――」

「政府そのものですら、統制できていません」ナジブが言った。「ＩＳＩはほぼ公然と、原理主義者《ファンダメンタリスト》を支援しています」

ＩＳＩが国家への忠誠にそむいているという話は、パースンには初耳だった。自分が受けた情報関係のブリーフィングは、危険地帯、対空ミサイルが最近発射された地点、簡潔な暗号といった、飛行に必要なものに限定されていた。それでも、アフガニスタンに関するものはいろいろと読んだから、冬季には戦闘が中断されることぐらいは知っている。すべての経路が凍りついてしまうので、敵も味方もじっと待機して、武器の再装塡をすることになるのだ。

だが、いま、敵の連中は、じっと待っているつもりはないのにちがいなかった。やつらはムッラーを、その老人もろとも撃墜してしまいかねない手段を用いて、奪回した。尋問を受けることになるよりは、死んでもらったほうがいいというわけだ。どう考えればいいものか、パースンには見当もつかなかった。ゴールドなら、どう説明するだろう。パースンは外へ目をやって、木々のあいだを灰のように舞い落ちる雪を見つめた。

9

パースンはまんじりともせず、テントのなかで寝そべっていた。ナジブとキャントレルはよく眠っているように思えたが、パースンは眠れなかった。風のささやきと、テント仲間の寝息が聞こえていた。

ゴールド軍曹はどうなったのだろう？　痛めつけられているのか？　なんとか脱走することができた？　まだ生きているのか？　やつらが逃走する最中に、彼女を撃ち殺したかもしれない。ほかのさまざまな可能性を考えれば、もしかすると、それが望みうる最良の結末なのかもしれない。

少しのあいだ、うとうとして、目が覚めると、パースンはひとりきりになっていた。外はまだ暗い。本能的に拳銃を探り、すぐに、自分はもう銃を所持していないことを思いだした。外で、キャントレルが衛星電話を使って通話をしている声が聞こえてくる。

「はい、了解。指示に従って、作戦を進めます」キャントレルのささやき声。「もしもし？　聞こえますか？　こんちくしょう」

パースンは、テントのフラップを開けた。右手でジッパーのタブをひっぱると、また痛みが走って、彼は歯ぎしりをした。

「どうかしたか？」と問いかける。

「交信が途絶しまして」キャントレルが答えた。「バッテリーが尽きかけているんです」

「予備のバッテリーは？」パースンは問いかけた。

「いま使っているのがそれでして」とキャントレル。

「携行している無線機は？」

「MBITR（アメリカ軍が使用している無線機の名称）のみです」キャントレルが答えた。

そのMBITRという略語を、キャントレルは〝エムビッターズ〟と聞こえるような発音で言っていた。マルチバンド・インターチーム・ラジオの略だ。部隊間の交信に用いられるもので、電波の到達距離が短すぎるから、バグラムの航空作戦センター《AOC》とは交信できないのだ。

「弾薬と口糧も尽きかけています」キャントレルが言った。「昔から、よく言うでしょう？　なにもかもが尽きて、敵だけが残ったときに、戦闘が始まると」

「補給計画はどのようなものなんだ？」パースンは尋ねた。

「カンダハルに輸送機が待機しています」とキャントレル。「しかし、それはいま、地上に釘付けになっています。どこか別の基地で任務部隊《タスクフォース》が編制されて、物資の投下をすることになるでしょう」

「それに関しては、わたしが助けになれるだろう」パースンは言った。

ようやく、専門分野の仕事ができた。GPS誘導の可動パラシュートによる投下に際して、自分が正確な座標を指示することができるだろう。物資を投下するとき、その輸送機は、目標の地点から何マイルも離れた高空を飛んでいることになるかもしれない。

「あなたから話を通してもらって、向こうの作業の進行が速くなるようなら、ありがたい話です」キャントレルが言った。「戦闘と移動と通信に必要なものを入手しなくては」

「アフガニスタンのすべての基地が滑走路使用不可能となっていても」パースンは言った。「キルギスのマナスかカタールのアルウデイドから、輸送機が飛んでくるはずだ。空中給油が可能な場合でないかぎり、パキスタンのジャコババードかどこかにいったん着陸しなくてはならないだろうが」

「その線で行きましょう」キャントレルが言った。「この電話のバッテリーをちょっと休ませてやる。そのあと、あなたがAOCに電話を入れると。すぐにバッテリーが尽きるでしょうから、長話はしないようにしてください。最悪、あちらがノーと言う可能性もあるでしょうが」

キャントレルはバッテリーを外して、防弾チョッキの下、シャツの内側につっこんだ。有益な行動ができる機会が訪れたことで、パースンは力がみなぎってくるのを感じた。

自分は一個の機械の歯車であり、いま、その歯車の歯が本来あるべき場所にはまって、回転しだしたのだ。この兵士たちに力を貸すことができれば、それは神に力添えしたことになるだろう。自分の仲間の乗員たちはすでに全滅した。残っているのは、彼女だけだ。しっかりと頭を働かせて、彼女を助けだせ。バッテリーの回復を待つあいだに、自分にできることはなんだろう？ 彼は自問自答した。投下可能地点を見つけだすんだ。

東の空が白み始め、白黒写真のような木々のシルエットがゆっくりと浮かびあがってくる。この場所に空中投下させるのは好ましくないことがわかってきた。投下された物資が風に吹かれて、かなり遠くまで押しもどされることになれば、斜面を転がり落ちてしまうだろう。それでは、すべての物資を回収できたとしても、内部の備品が損傷していたということになりかねない。狙いどおりの場所に落下した場合、それは木々を縫って落ちてくることになる。物資を詰めたパレットはかなりの重量になるから、パラシュートが松の木々にひっかかっても、その枝をへし折って、地面まで届くだろうが、そうと断言することはできない。パースンは、そよ風に吹かれる干からびた骨のような、黒々とした木々の枝を見あげた。パラシュートのベルトを切断するために、この木によじのぼるというのは、きつい作業だろう。

ナジブの部下のひとりが雪の上に防水シートをひろげているのが見えた。ナジブが兵士たちに合流し、ウェビング（軍装のベルトや装具袋など）から水筒を外した。それの蓋をねじって開き、兵士たちの掌とタオルの上に水を注ぎ始めた。兵士たちが手を洗い、タオルで顔を拭う。ブーツと靴下を脱ぎ、また水をもらって、足を洗った。ナジブがコンパスを開いて、南西の方角へ身を向ける。彼と部下の兵士たちがそろって腰をかがめ、両手と両膝を地面につけた。彼らが立ちあがる。ふたたび、ひざまずき、ひたいがシートに触れるところまで平身低頭した。

パースンはあとずさって、彼らと距離を置いていた。処刑されるのを待っているときに聞こえていたのがアラビア語で、いま耳に届いてくるのもアラビア語とあって、身震いがした。あのときとちがうのは、この兵士たちはささやき声であることだけだ。いや、彼らは自分の命を救ってくれたんだぞ、と自分に言い聞かせる。なぜ、きみらはそんなことをしたんだ？　テロリストどもが祈るのと同じ神に祈る、きみらが。この野営地には、こんなにおおぜいのムスリムがいる。きみらは、もしその気になれば、夜のあいだに自分たちアメリカ人を皆殺しにすることができただろう。

彼らはなにを求めて祈っているのか？　それを言うなら、わたしはなにを求めて祈る？　わたしは神を求めて祈ろう。巧妙に、機敏に動けますようにと。機転をきかせられますようにと。どうか、失敗させないでくださいと。もうこれ以上、だれも失いたくない。

パースンは、いまから自分がする行動をキャントレルに説明し、遠くへは行かないと付け足しておいた。尾根の頂に沿って森がつづいているのが見え、その木々のために、それほど長くも歩かないうちに、野営地は視界から消えてしまった。防弾チョッキを失っていることを考えると、以前に増して自分が無防備であるように感じられた。

やがて、尾根筋が急に途切れて、地面がきつい下り斜面になっている場所に行き当たった。常緑樹が姿を消して、雪をかぶった貧相な低木の木立になっていた。遠くから望めば、それは植物ではなく、白いかたまりにしか見えないだろう。

パースンは尾根筋の最後の常緑樹の下に膝をついて、下方へのびる峡谷をのぞきこんだ。ここには、投下可能地点はない。峡谷の向こう側は、絶壁と言ってもよさそうなひどく険しい斜面になっていて、そこからまた尾根がのびていた。峡谷の底を小川が流れているにちがいない、とパースンは推測した。これほど深い谷を生みだしたのだから、それは速い流れであるはずだ。とはいっても、小川らしきものはどこにも見えなかった。尾根はすでに早朝のほの暗い光を受けてはいても、峡谷の底はまだ真夜中と同然なのだ。もしここに原始人が立ったら、とパースンは想像した。堰きとめられた黒い水のような谷を見て、死者の国《ハデス》への入口かなにかだと考えたかもしれない。この谷底には、真昼間になるまで、直射日光が入りこんでくることはないだろう。

パースンは木々のあいだから抜けだして、下り斜面を歩き、いちばん手近にある雪の吹きだまりをめざした。近くで見ると、それは雪をかぶった低木で、アメリカの南西部に生えているメスキートによく似ていた。わずかな遮蔽にしかならないその低木のそばで足をとめ、周囲の状況を調べてみる。物音ひとつなく、なんの足跡もなかった。それなのに、だれかに見られているような感じがした。どこからかはわからない。気のせいだ、と彼は自分に言い聞かせた。もしタリバンに見られているのなら、自分にはそれとわかるはずだ。気をたしかに持って、もう少し調べてみよう。

下方の斜面は、雪の吹きだまりや地面の盛りあがりが不規則に並んでいて、岩の散在する月面が雪に覆われた光景のように見えた。そこをおりていくと、低木ではなく、岩の上に雪が吹きだまったものもあることがわかった。冬が来て茶色く変じた細い草が基部の周囲に並んでいる吹きだまりのかたわらに、彼は身をかがめた。

まだ、だれかに見られている感じがあった。どれだけ遠くへ目をやっても、なにも見えないのに、その感触を拭い去ることができなかった。つぎの岩のほうへ移動していくと、斜面をひと足踏むごとに、ブーツがそれまでより深く雪に沈みこむようになった。古い雪だ、と彼は思った。この峡谷は直射日光を受けることがあまりないので、雪がなかなか解けないのだ。自分はひと足踏みだすごとに、その前の一歩より深く、このブリザードのなかへ入りこんでいるのかもしれないと思った。尻まで沈みこんでしまうほど深く雪が積もっていて、速く進むのが困難な場所もあった。

ほの暗い光のなか、谷底を黒いリボンのような小川が流れているのが見分けられるようになり、その水の立てるかすかなざわめきが聞こえてきた。小川の向こう側は、いまおりてきた斜面と同じような地形になっていた。ハンヴィー（アメリカ軍の高機動多目的装輪車輛の名称）ほどのサイズの、氷に覆われた大岩や、雪と氷をかぶった低木が点在し、上方には木々が並んでいる。

その大岩のひとつの陰でなにかが動いたような気がして、パースンは凍りついた。どじってしまった、と思った。自分はターバン頭野郎に血祭りにあげられ、チームの面々は任務を放棄して、自分を捜索するはめになってしまう。ゴールドを救える望みは断たれる。ライフルの銃口が、おそらくはAK－47の特徴的な照星が見えるだろう、と彼は予想した。だが、なにも見えなかった。が、そのときまた、動きがあった。黒い金属ではない。たぶん、着衣の一端。その直後、またもや大岩の上方にそれがちらっと現われた。それは、薄汚れた黄色い毛皮の一部だった。

大岩の基部から、同じ色をしたものが一本、現われた。なにかの動物の尾の先端が見えているのだ、とパースンは気がついた。そのとき、大岩の上に二本の脚が出現し、獣が頭部をのぞかせて、五十セント硬貨ほどのサイズのオレンジ色の双眼がこちらを凝視した。

雪豹だ。

つかの間、パースンは戦争のことを忘れて、その大きなネコ科の動物を感嘆の目でながめていた。かすかに開いた口、白い歯のあいだからのぞいているピンクの舌。黒い斑点のある尾は、体長と同じくらい長く、その尾が、計画を練ってでもいるように左右にゆらゆらと揺れている。たぶん、パースンを餌にしたものかどうかと考えているのだろう。

彼は万一に備え、下へ手をのばして、ブーツナイフを抜きだした。いざとなれば、応戦するまでだ。

雪豹がかすかな音を立てて、するりと大岩の上にあがった。頬ひげや背中に粉雪がまみれついていた。そのあと、豹は木々が並んでいるほうへ斜面を登り始めた。岩のあいだを縫っていくその動きは、流れるようになめらかだった。

ほう、おやつにするにはわたしはちょいと大きすぎたか、とパースンは思った。これほど多くのことを心にかかえこんでいなければ、もっと楽しんで雪豹を見ていられただろう。この酷烈な地にも、少しは良きものがあるということだ。パースンは豹に思いを寄せた。狩る者《ハンター》が狩られる者になることは、よくあるのだ。

豹の姿が風景に没したところで、パースンは流れる水を渡っていった。水の深さは数インチほどしかなかった。浅い水のなかを流れてきた薄い氷のかけらが、つるりとした小石のまわりをスチールの巻き線のようにまわっていた。山腹を登っていった豹のあとを追い、それがのっていた岩のところで立ちどまって、その上に残された足跡をほれぼれとながめる。豹は樺の木立のなかへ消えていったが、パースンはそこにうずくまって、しばらく待った。豹を刺激したくはなかったが、その木立の向こうの地形がどうなっているかは見ておきたかった。霧のせいで、見通すのは困難だったが、そこで尾根が平らになって、台地に変じているような気がした。もしその台地がじゅうぶんに広ければ、そこに空中投下をさせることができるだろう。空挺部隊を降下させるのに適した場所は、この近辺にはどこにもない。たとえ平らな場所であったとしても、点在する岩で脚や足首を折ってしまうおそれがあるからだ。それでも、補給物資のパレットを一個、投下させるぐらいのことはできるだろう。

二、三分、目と耳であたりのようすをうかがってから、パースンは身を起こし、フライトスーツの膝にまみれついた雪をはらい落とした。ゆっくりと山腹を登り、二十分ほどをかけて、樺の木立があるところに向かう。そこに近づくと、寒気のために木々の白い樹皮が引き裂けて、羊皮紙のようになっているのがわかった。豹の姿は、雪に溶けこんだように消え失せていた。足跡すらも見つからない。それはさておき、その先にはやはり、つぎの斜面とのあいだに、平らな地面が数百ヤードほどつづいていることがわかった。そこは、木の一本もない、ゆるやかに起伏する開けた台地になっていて、篩《ふるい》にかけられた小麦粉の上を歩いているような気分にさせられる、ひどく細かくて水気のない雪が積もっていた。

パースンは外套のポケットからGPS受信機を取りだして、起動した。いまはもう、フライトグローヴは相当に傷んでいて、親指のところのレザーパッドが布地からはがれかけていた。受信機が初期化されて、現在位置を示す座標が表示される。手袋を脱ぐまでもなく、パースンはむきだしになっている親指でSTOREボタンを押した。

これほど良好な地点はほかにない、と彼は判断した。この台地の座標を正確に捕捉できないような航空士は、おそらくアフガニスタンのどの座標も正確に捕捉できないだろう。もしこれが非常事態でなく、作戦計画を適切に記述できる時間のゆとりがあったとしたら、とパースンは考えた。自分はこの投下地点《DZ》をDZレパードと名づけていただろう。撃墜されてこのかた初めて、自分らしさが取りもどせたような気がした。過酷な状況をものともしないあの特殊部隊員たちとともにいると、自分は場違いな存在であるように感じてしまう。職務柄、自分は軍人というより技術者に近いのだ。とはいえ、特殊部隊員たちは猛烈に戦うだけではなく頭も切れることはわかっているし、自分が提供できるノウハウはなんであれ、よろこんで受けいれてくれるだろう。

野営地にひきかえすと、キャントレルが手袋を脱いだ両手で衛星電話のバッテリーをはさんで、転がしているのが見えた。そばにナジブがすわりこんで、ノートパッドになにかを書きつけている。

「いい場所が見つかりました？」キャントレルが問いかけてきた。

「うまくいきそうだ」とパースンが答えて、投下地点の座標を知らせると、キャントレルはバッテリーを衛星電話に挿入して、パースンに手渡してきた。

ナジブがノートパッドを手渡してくる。パースンはためらいがちに、そのパッドを受けとった。自分に読ませる戦争犯罪の告白文をマルワンが書いていたのを、思いだしたのだった。

「必要な物資のリストを作成していまして」ナジブが言った。「ほかになにか、思いつくものはおありですか？」

パースンはリストに目を通した。携帯口糧、水、M－4カービンとそれの弾薬。暗視ゴーグル、雪迷彩のパーカ。拳銃とそれの弾薬。寒冷地用寝袋。医療キット。Hook－112サバイバル無線機、数種類のバッテリー。

「これでいいだろうが」パースンは言った。「わたしは、長距離から敵を撃てる武器を一挺、付け足したい」

「なるほど」とキャントレル。「もし明敏さでやつらを出しぬくことができなければ、銃弾で始末してやろうってわけですな」

「そのとおり」パースンは言った。だれかを痛い目にあわせずにはいられない気分だった。

パースンは衛星電話のスイッチを入れて、航空作戦センターの番号を押した。

「こちらバグラムＡＯＣ」当直士官の声が返ってきた。

「こちらマイケル・パースン少佐。フラッシュ2－4・チャーリーだ。了解したか？」

「パースン？」相手の士官が言った。「そうか！　これは吉報だ。そちらはいまどこに？」

「この電話はもうすぐバッテリーが尽きる。ペンと紙を用意して、メモをとってくれ。準備はいいか？」

「どうぞ」

「わたしはいま、特殊部隊ＯＤＡ（陸軍第一特殊部隊分遣隊の最小構成単位で、リーダーである大尉を含む十二名からなり、Ａチームとも呼ばれる）とともにいる。〝荷物〟と乗客のゴールドは確保できていないが、彼らはまだ生存していると思われる。最優先要請を伝達する。緊急物資投下。投下ゾーンは狭く、ファイヤフライ（空中投下パラシュートのＧＰＳ誘導機構）が必要になるだろう」

パースンは〝ＤＺレパード〟の座標を伝え、物資のリストを読みあげた。

「ライフルも一挺、必要だ」彼は言った。「Ｍ‐40がいいが、Ｍ‐24でもかまわない。いずれにしても、スコープが装着されていること。ただ、その一挺のために投下が遅れることがあってはならない」

「了解」当直士官が言った。「いまここに、深刻な顔をした民間人が数名いて、そちらが必要とするものはなんでも与えるようにと言っている」

「通信装置のいくつかが失われた」パースンは言った。「まだ残っているものもバッテリーが尽きかけている。頭上に輸送機が来たときに、投下よしの合図を送ることができないかもしれない。その場合も、とにかく投下はしてもらわなくてはならない。いつと予想される？」

ＡＯＣのなかで話し合いがおこなわれる声が聞こえ、まもなく当直士官が電話に戻ってきて、言った。

「二十四時間後」

「もっと早くできないか？」とパースンは要請した。

そのとき、ビープ音が割りこんできた。パースンは電話器を耳から離して、画面を見た。メッセージが点滅していた。LOW BATT。

10

身を隠せて、少しでも暖がとれるようにと、パースンは投下ゾーンの雪の吹きだまりに穴を掘って、そのなかにうずくまっていた。ナジブとキャントレルも、やはり近くに穴を掘って、身を伏せている。DZの安全を確保するために、三人とは距離をとって、数名の特殊部隊員が周囲の警備に就いていた。パースンには彼らの姿は見えなかったが、そこにいてくれることがわかっているだけでも心強く感じられた。

航空機の音を求めて耳を澄ましても、聞こえるのは自分の心臓の鼓動だけだった。それと、左耳にはめたイヤフォンから届いてくる、かすかな電子的ノイズ。パースンはキャントレルからMBITRを渡されていて、それの周波数を243・0メガヘルツに合わせていた。衛星電話機は航空作戦センターと詳細を論じあう前に電力が尽きてしまったので、ほかの周波数をあたってみても意味がない。この緊急周波数を使うしかなかったし、あとは輸送機の乗員たちも同じ推測をしてくれることを願うのみだ。投下よしの合図が送れないかもしれないということばが、ちゃんと向こうの耳に届いていればいいのだが。徐々にイヤフォンの雑音がかすかになって、バッテリーが尽きかけているように思えたからだ。

そろそろ、乗員たちが乗り組んだ輸送機が上空に現われてもいいころなのだが。投下の予定が遅れていた。一分また一分と時が刻まれるにつれ、この作戦はむだ骨だったのではないかという思いが強まってくる。適切に運ぶには、乗りこえるべき困難が多すぎるのだ。複雑な要素を持つ作戦をネタにした古いジョークが頭に浮かんできた。〝そこには必ず、計画したよりもひとつ余分に、ばかげたことが起こる〟。いまは、笑っている場合でないのはたしかだった。そして、補給が受けられなければ、ゴールドは死ぬことになる。

キャントレルが無線で話をしているのが見えたが、なにを言っているのかは聞きとれなかった。キャントレルが別の周波数で交信して、周辺にいる部下たちと連絡を取りあっていることぐらいはわかる。ああいう特殊部隊員にとっては、こんなのは珍しくもない作戦行動なのかもしれない。世界の裏側で、食糧もなく、指令系統からも外れて行動するというのは。

そのとき、なにかがさえずるような音が無線機から聞こえてきた。パースンはボリュームをあげてみたが、なにも聞こえなかった。おそらく、ただの雑音障害だろう。太陽の黒点活動か、大気の擾乱か、ウズベキスタンのラジオ電波の干渉かなにかの。念のためと、彼はボリュームを最大にしてみた。すると、かろうじて、それはことばだと聞き分けられるようになった。

「フラッシュ2‐4・チャーリーへ、こちらリーチ6‐8‐3」

パースンは、無線機が揺れるほど激しく送信ボタンを押して、「リーチ6‐8‐3へ」と呼びかけた。「こちらフラッシュ2‐4・チャーリー。投下を開始してくれ。風は微風、地表に起伏あり」

また空電の雑音。そして――

「フラッシュ2‐4・チャーリーへ、こちらリーチ6‐8‐3。聞こえるか?」

パースンはそれに応答したが、返事は聞こえてこなかった。もう一度、呼びかけてみる。なにも聞こえない。

彼は雪を握りしめた。ゴールド軍曹を救出し、この作戦をやり遂げるのに必要な装備を入手するには、空のどこかにいる輸送機の指揮官に最後の命令を下させるようにしなくてはならない。その装備がなければ、救出できる見込みは薄いし、ましてや作戦の成功はありえない。

ターボプロップのエンジン音がかすかに聞こえた。この上空に来ている。キャントレルがこちらを見て、眉をあげてみせた。

「音が大きくなった」キャントレルがささやきかける。

エンジン音が薄れていって、聞こえなくなった。キャントレルが顔をしかめる。

「行ってしまった?」と問いかけてきた。

パースンは自分の唇に人さし指をあてがって、一心に耳を澄ました。頭上のどこかから、ナイロンが風にはためく音が聞こえてきた。

「いや」パースンは言った。

雲のなかから、一端にアンテナのついた、コーヒー缶のような金属の円筒が、小さなパラシュートにぶらさがって落ちてくる。パラシュートがついていても、その物体は、衝撃音がパースンにも聞きとれたほど激しく地表に落下して、雪のなかにめりこんだ。

「あれはどういう装置？」ナジブがささやいた。

「測風ゾンデだ」パースンは言った。

空中を落下してくるあいだに、風に関するデータを集めて送信する装置だとナジブに説明する。そのデータが輸送機に送られると、航空士が投下地点を設定するのだと。

この輸送機の航空士が自分と同じ水準の能力を持ちあわせていればいいのだが、とパースンは思った。

ふたたび、空が静かになっていく。そのあとは、小鳥のさえずりが一度、聞きとれただけだった。ナジブとキャントレルがこちらに目を向けてくる。パースンは親指と人さし指で輪をつくって、〝OK〟の合図を返した。あとは待つだけだ。投下飛行を開始するには、それなりの時間を要する。彼らがこの山脈のモデリング・データを持っていることを期待しよう。

航空機の音が戻ってきた。かすかに。それが徐々に大きくなっていく。パースンは、自分がそれに乗り組んでいる気持ちになり、口元を引きしめて、ひとりうなずいた。減速前点検。完了したか、航空士。よし、減速、減速だ。五、四、三、二、一。開始。

エンジン音が弱まり始めた。だが、今回は消えてしまうことはなかった。

またナイロンがはためく音がし、ガチャッとかヒューンとかという音がそれに伴った。パースンには判別がついた。あれはパラシュートの慣性リールがベルトをひっぱって、微妙にコースを変えた音だ。

暗く垂れこめた空から、雲そのものから生みだされたように、パラシュートが出現した。揺れ動く矩形のパラシュートから、貨物ネッティングで数個の箱がひとまとめに包まれたパレットがぶらさがっている。

パレットが地上に落ちて、ドンという音が聞こえた。パラシュートがぐしゃっとなって、毛布のようにひろがる。

「落下した」キャントレルが無線で伝える。「各自、持ち場を維持せよ」

キャントレルはライフルの銃身の上から、落下地点を見ていた。

空中投下が敵軍の注意を引いたかどうかを確認するために、彼らはしばらく待った。もっとも、それはありそうになかった。雲がひどく低く垂れこめているから、パラシュートは地表に落ちる前の三秒か四秒のあいだしか見えなかったはずだからだ。

　キャントレルがパースンに、親指を立ててみせる。パースンはナジブとキャントレルを伴って、貨物パレットのそばへ駆け寄った。その間もパースンは、隊員たちが周辺に就いていることがわかっていても、木々のあいだへ目をやっていた。このときばかりは、天候が悪いのがさいわいだったと思った。もしチョッパーが着陸できるほど天候が良ければ、自分たちがパレットを開いているあいだ、隊員たちが掩護をつづけるのは困難なことになっていただろう。

　パースンはひろがっているパラシュートをまとめて、たたみ、パレットのそばに置いた。それから、貨物ネッティングを取り外そうとした。だが、クリップを外そうとしても、手が冷えきっていて、思うように動かなかったので、そのやりかたは断念した。方針を変え、ブーツナイフを抜きだして、ネッティングを切り裂いていく。

「荷物を木立のなかへ運んでいこう」パースンは言った。

　物資は、大半がペリカンケース（ペリカンプロダクツ社製の堅牢な防水耐熱ケース）に収納されていたが、弾薬は木製の梱包、食糧は段ボール箱におさめられていた。パースンはぶじなほうの手を使って、細長いケースの持ち手を——ライフルが入っていることを願いながら——つかんだ。別のケースを右手で持つと、手首にひどい痛みが来たので、それは置きなおす。細長いケースをかかえて、彼は木立のなかへ入りこんだ。あとの荷物は、ナジブとキャントレルが運びこんでくれた。

パースンはケースを開いた。なかには黒い発泡材が詰まっていて、それを取りのぞくと、シュミット・アンド・ベンダーのスコープが装着されたM－40ライフルが見えた。銃身の先にサプレッサーがついている。レミントンM700の軍用モデルであるその銃は、ガン・オイルのにおいを漂わせていた。ライフルを取りだして、持ってみると、なじんだ感触が伝わってきた。これとは口径が異なるが、M700は前に所持していたことがある。自分が持っていたレミントンは、鹿を撃つのに適した二四三口径だった。だが、前途に待ち受けている仕事を考えれば、それより威力のある七・六二ミリ口径であってくれてよかったのだ。

ケースには、手書きのメモも添えられていた。〝このライフルは五百ヤードに零点規正されている。合衆国海兵隊《USMC》精密兵器部。つねに忠誠を《センパーファイ》〟

よおし、とパースンは思った。わたしを支援してくれる人間がいる。いや、ひとりではなく、おおぜいのひとびとが、この投下がうまくいくように助力してくれたのだ。

物資のなかには、レーザー測距装置《レンジファインダー》と暗視ゴーグルとHook－112サバイバル無線機も入っていた。そして、各種装置のためのバッテリー。冬季用迷彩のパーカが二着。スノーシューズ。木枠でつくられた通常型のスノーシューズではなく、ステンレススチールとナイテックス（キャンヴァスに近い質感と高い強度を持つナイロン素材）でつくられた最新型のものだった。

「あなたは今年、善行を積んできたのにちがいないですな」キャントレルが言った。

「こんなに速く、これほどの物資をそろえられたとは、信じがたいほどだ」パースンは言った。

細かな塵のような雪が舞い落ちて、粉をふりまくように積もっていく。パースンは装備のいくつかをバックパックにおさめた。それから、キャントレルとともに、食糧や弾薬やバッテリーを、アメリカ軍とＡＮＡの兵士たちへ手渡していく。無線機は、パースンが自分のサバイバル・ヴェストの空ポケットにおさめた。スノーシューズをブーツにバックル留めし、あとのスノーシューズを兵士たちに配っていく。それがすんだところで、よごれた沙漠用のパーカを脱いで、雪迷彩のパーカを着こんだ。寒冷地用寝袋をバックパックにくくりつける。

別のケースを開けると、拳銃が一挺、入っていた。空軍制式の九ミリ拳銃ではなく、四五口径のコルトだった。かつて父が支給され、三世代ほどにわたってＧＩたちが使ってきたのと同じ、モデル１９１１。その拳銃を手に持つと、一本の鉛の棒でできた物体のように堅固な感触が伝わってきた。

パースンは弾倉を取りあげた。実包は、親指の先ほどの太さがある。彼はコルトの銃把のなかへ弾倉を挿入し、ぶじなほうの手の付け根で、所定の位置までしっかりと押しこんだ。遊底を引いて、一発を薬室に送りこむ。それは、痛みと快い感触の両方をもたらした。拳銃をサバイバル・ヴェストの空のホルスターにおさめ、スリングをつかんでライフルを取りあげる。流れるような一動作で、彼はＭ－40を肩づけして構えた。

「オーライ」パースンは言った。「彼女の救出に取りかかろう」

ナジブの先導で、チームは投下ゾーンの奥にある常緑樹の木立に入っていった。木々の数はたいしてないので、あまり遮蔽にはならない場所だ。まもなく、白い外套を着こんだチームの全員が、低木や岩の陰に身を隠した。開けた台地に霧が漂ってきて、パースンはその半透明のヴェールを通して、垂直に近い斜面を見つめた。

「あれを登れる体力はありますか？」ナジブがささやきかけてきた。

「ああ」とパースンは答えたが、それをやりたい気分かとはきいてくれるなと思った。なんでもいいから、とにかく行動をつづけよう。ぐずぐずしていたら、やつらが彼女の首を斬った直後に、そこにたどり着くことになってしまうのではないか？

「向こう側の斜面の先に、村があります」ナジブが言った。「子どものころから、よく知っている村です。馬に乗っている連中は、遠い側の谷を通って、そこへ接近するでしょう」

「つまり、別の方角からそこへ入ろうというわけか」パースンは言った。

「そのとおりです」とナジブ。「マルワンは、コブラのような男です。冷血で、危険きわまりない。われわれはマングースのように抜け目なく行動しなくてはなりません」

パースンは、マングースのたとえが気に入った。あれは、鋭い歯と爪を持つ好戦的な生きものだ。つねに戦闘態勢にある。かっとすれば、蛇の牙や毒をものともしない。マングースのような力を奮い起こしてこの山腹を登ってやろう、とパースンは思った。

モルフィネの作用が消えて、手首がたまらなく痛かったが、それでも、それなりの作戦に基づいて行動できるというのは気分がいいものだ。その斜面は、低い茂みと大岩があるだけで、遮蔽になるものはろくになかった。これほど体が露出する地形の土地を進むというのは、サバイバル・スクールで学んだあらゆるルールにそむいている。だが、いまはそれを回避することはできなかった。こちらは追う立場なのだ。それに、当面は、地形が提供してくれないものを霧が補ってくれている。視界はほんの数ヤードしかなさそうだった。

山腹の全面を乱れのない積雪が覆っていて、山羊の足跡すら、ろくになかった。スノーシューズを履いていても、積もったパウダースノーに膝近くまで脚がもぐりこみ、その下の荒地に転がっているであろう小石を見てとることすらできなかった。滑落することのないよう、慎重に足を置いていく。そのうち、傾斜がひどくきつくなって、スノーシューズは助けになるどころか、歩行を妨げるものになってきた。パースンはスノーシューズを外して、バックパックの上へかつぎあげた。兵士たちに遅れまいと必死に登り、彼らは二度、足をとめて、こちらが追いついてくるのを待ってくれた。

道案内《ナヴィゲーション》はアフガン人のナジブがやっていて、いまはもうコンパスで方角を確認しなくてもチームを導けるようになっていることに、パースンは気づいていた。つまり、彼はほんとうにこのあたりで育ったということだ。たぶん、自分と同じように、ハンターとしてこの山地を歩きまわっていたのだろう。ゴールドがこの国の文化に詳しいのと同じくらい、ナジブがこの土地を知悉しているのであれば、彼の率いる部隊が特殊部隊に編入されていることを不審に思う理由はない。

パースンは、空中投下で支給された水のボトルの蓋を開けた。殺菌用の化学物質を使う必要のない水があることに感謝しながら、たっぷりと飲む。不純物のないきれいな水の味がしたが、心からその味を楽しむ気にはなれなかった。ゴールドはいま水を切実に必要としているであろうことがわかっていたからだ。自分はほかにまだ三個、水のボトルを持っている。それは彼女のために取っておくことにしよう。彼は空になったボトルに雪を詰めこんで、蓋をし、パーカのポケットに押しこんだ。

光が薄れ始め、パースンは気温の低下を感じて身震いした。新たに支給されたこのパーカには、ジッパーのタブに小さな温度計が吊るされている。見ると、マイナス八℃に近かった。指を温めようと、彼は手袋をはめた手を握りしめた。降雪が断続的になり、顔をなぶる微風が風向きの微妙な変化を伝えてくる。一瞬、雪がやむのかもしれない、と思った。が、すぐに風が強まって、突風降雪《スノースコール》が山腹を包みこんだ。ホワイトアウト（猛吹雪で周囲が一面真っ白になってしまうこと）が生じて、視界があっという間に失われ、パースンは、時速三百ノット——五百キロ——で雲海に突入したときのことを思い起こした。雪が幕のように顔にたたきつけてくるので、顔をそむけないと息ができなかった。

かすかな影のようにしか見えなくなったナジブが、立ちどまって、片手をかざし、こちらに掌を向けてくる。チームは前進を停止した。小休止をとることができるほど大きな岩棚をナジブが見つけだし、隊員たちがそこに背の低いテントを設営する。数名の兵士が、テントの外にとどまった。彼らがゴーグルをはめて、白いポンチョを着こみ、周囲の三方に位置して、警戒態勢をとる。彼らの姿が消え失せ、白と灰色以外なにもない外へ向けられたM-4の太い銃身だけが残ったように見えた。

パースンは、歩兵の戦術についてはろくになにも知らない。視界がほぼ完全に失われたなかで、チームがいっせいに停止し、単一の有機体と化したように、無言のうちにしかるべき防御地点に位置どることができるというのは、驚きでしかなかった。キャントレルがテントの設営を終えたところで、パースンは衛星電話を取りだして、バグラムAOCに連絡を入れた。

「こちらはまだ生きのびている」と当直士官に呼びかける。「フラッシュ2-4・チャーリーより」

そのあと、パースンは現在の座標を伝え、空中投下が成功したことを知らせた。

「こちらは、きみらを回収するために、ありとあらゆる部門の落下傘救助要員を待機させている」当直士官が言った。「チョッパーが出動態勢をとっている。あとは、天候の一時的な回復を待つのみだ」

「予報はどうなってる?」パースンは尋ねた。

「よくなっていない。気象部は、これは百年に一度のブリザードだと言っている。少なくともあと四日はつづくだろうと予測している」

パースンは鼻梁に人さし指を押しつけて、目を閉じた。

「そちらの高度計の表示はどうなってる?」彼は問いかけた。

「あー、2-7-5-6だ」

二千七百五十六フィートの高度に相当する気圧とは。パースンは、地上でそれほど低い気圧に出くわしたことはなかった。列車がぶつかってくるようなスノースコールになっても、不思議はない。直接、気象部と話をして、もっと詳しいことを知りたいと思ったが、けっきょくはそこで交信を終了することにした。役にも立たないことのためにバッテリーを消費するのは、意味がない。

キャントレルのテントのなかで、彼は自分の寝袋をひろげた。ブーツとサバイバル・ヴェストは脱がない。寝袋の足もとにバックパックを置き、それにライフルをもたせかけた。四五口径のコルトをホルスターから抜きだして、自分のかたわらに置いておく。コルトに手をかけたまま、すぐに眠りこんでしまった。

肩をゆすられて、パースンは目を覚ました。湖の凍えるような水中から氷を割って出ていくような感じで、意識が戻ってくる。考えがまとまらず、手には拳銃の感触があった。

「落ち着いてください」キャントレルが言った。「まもなく出発します」

「そうか」

まだ暗く、まだ雪が降っていたが、いまは降雪はそれほど激しくはなかった。外には、さらにまた五インチほどパウダースノーが積もっていた。パースンは寝袋を丸めて収納してから、外に這いだし、ライフルとバックパックをかついだ。ポケットからボトルを出して、雪が解けた水をひとくち飲む。その水で口をすすいで、吐きだした。

周囲には、真っ暗な土地がひろがっていた。ランプの光ひとつなく、住民がいる気配もない。地球の最初の夜のようだ、と思った。いや、最後の夜か。

チームが粛々とテントをたたんでいく。ふたたび、ナジブとその上級曹長が先頭に立って、部下たちがあとにつづき、チームは不揃いな隊列をなして、山腹を登り始めた。パースンは暗視ゴーグルのスイッチを入れた。爆発したパルサーの細かな星屑が地表へ落下するように、勢いよく渦巻いて降りしきる雪が、緑色に輝いて見えた。

手首にはまだ痛みがあったが、きのうほどひどくはなかった。肋骨にひびが入っているのと、肺に吸いこむ空気がおそろしく冷たいのがあいまって、胸にも痛みが走る。内側から寒気が襲いかかってくるような感じだった。顔の感覚が失われていた。口に手をあてて息を吐いてみたが、吐いた息が頬を温めてくれることはほとんどなかった。

山腹を登りながら、彼は考えた。戦争とストームのために、自分はこんな原始的な状況に置かれてしまった。乗り組んでいた何百万ドルもする航空機は、スクラップのかたまりと化した。衛星シグナルや、レーザービームや、マイクロウェーヴ無線機で、こんな世界におかれた自分の状況を伝えたところで、ろくになんの助けにもならない。負傷し、怒りにとらわれ、異民族のやつらを殺したいと思うばかり。自分という人格がむしりとられて、核だけになってしまった気がする。こんな状況に置かれれば、そんなふうになってしまうものなのだろう。

やがて、斜面がさらに険しさを増し、この苛烈な高地で生命にしがみついている低木の枝をつかんで、身を引きあげるしかなくなってきた。雪のなかへ手をつっこんでは、つかめるものを探すという努力をしなくてはならないせいで、登るのが遅くなり、両腕が雪まみれになった。藪のような常緑樹の小枝をつかんだとき、いやなにおいが漂ってくることに気がついた。パースンは顔をしかめ、手袋をパーカで拭った。

「リパッドを見つけましたね」ナジブが言った。「わが国のひとびとのなかには、その植物は悪霊から守ってくれると信じている者もいるんです」

「助けになるものはなんでも、いただいておくことにしよう」パースンは言った。

東のかたの濃い闇のなかに、ほのかな灰色の光が現われてきた。その灰色の光が徐々にひろがっていき、やがて、NVGを使わなくても降る雪が見えるようになった。頭上の雲は、いまなお手で触れられそうに思えるほど、低い。その雲の下にあっても、視界は前夜よりはよかった。

前方の上方へ目をやると、ナジブがうずくまっていた。掌を下方、地面のほうへ向けて、合図を送っている。兵士たちが雪の上に伏せた。パースンは最初、ナジブが敵を発見したのかと思ったが、ナジブは警戒しているようには見えなかった。そのうち、あれはチームが尾根筋に達したからだとわかってきた。尾根の頂に兵士たちの姿がシルエットで浮かぶのは、望ましくないというわけだ。

パースンは前方へ這っていって、そこから山を見おろした。また山が、そして、さらなる雪と岩が、見えただけだった。だが、ナジブはなにかに注目しているように見えた。パースンは双眼鏡を取りだして、その斜面をのぞきこんだ。

一マイルほど先の地点で、ひと筋の煙が立ち昇って、雲のなかへ混じりこんでいる。その煙がなければ、パースンにはそこに村があることすら見分けられなかっただろう。それでも、双眼鏡で詳しく見ていくと、遠い雪原のなかに平らな面がいくつかあることがわかってきた。屋根を葺いている平たい面だ。動きはない。動物の姿もない。くすんだ泥煉瓦の壁。村そのものが失血死して、生命も色彩も失われたのかと思えるほどだった。

11

チームは一時間ほどをかけて、その村を観察した。なんの変化もなく、ただ、あの煙が徐々に薄れて、パースンには雪や霧と見分けがつかないようになっただけだった。なにを燃やしていたにせよ、燃やすものがなくなったということだろう。あそこの住居のどこかで、ゴールドを、あるいはゴールドの亡骸を発見することになるのだろうか。

ナジブとキャントレルが、チームを分隊に分割した。兵士たちが四方から村へ接近していく。パースンはナジブの率いる分隊に従い、村からこちらの姿が見られないようにするために斜面を逆戻りしていった。そうやって、村の南側までまわりこんでから、尾根の頂を越え、そこでふたたび停止して、ようすをうかがう。

この角度から見ても、変化はなにもなかった。MBITRのヘッドセットを、口の前に小さなマイクロフォンが来るように装着したナジブが、歩いてくる。彼が「ネガティヴ」とささやく声がパースンの耳に届いた。

あいかわらず、積雪の上に雪が降りつづけていた。水平感覚が損なわれそうになるほど斜めに、雪片が落ちてくる。内耳の平衡感覚器官がその影響を受けたものか、パースンはちょっとめまいを覚え、よろめいて、片膝をついた。

「だいじょうぶですか?」ナジブがささやきかけた。

パースンはうなずいた。ナジブが片手をさしだし、その手をつかんだパースンをひっぱって、立ちあがらせてくれた。フライトスーツの足に雪がまみれついていたが、それはすぐに落ちた。

チームが四方からいっせいに村へ進み始めたが、ほかの三個分隊の姿はパースンの目にはまったく映らなかった。途中、ナジブが分隊を停止させて、「ここで待機してくださ い」と言ってきたので、パースンは雪の上に伏せて、ライフルのスコープごしにようすをうかがうことにした。

ナジブが分隊を率いて匍匐前進していく。そのときになってやっと、泥煉瓦の家屋群の左右にほかの分隊が来ているのがパースンにも見てとれるようになった。全分隊が村に侵入していくあいだ、周辺の監視と警備をしていてくれということなのだろう、とパースンは推測した。親指でセイフティ・レヴァーを操作して、FIREをセレクトし、スコープごしにあちらの戸口、こちらの裏道と、ようすをうかがっていく。

ナジブが小さな木枠の窓の下に膝をついて、手榴弾のピンを抜くのが見えた。なかへ投入はせず、じっと耳を澄ましているように見える。ひとりの兵士がドアを蹴り開け、ライフルを構えて突入した。ほかの二名がすぐその背後につづき、屋内の左右の隅へ銃口を向ける。

銃声があがるのを、パースンは待ち受けた。が、銃声はあがらなかった。チームがほかの住居のドアを蹴り開けて、屋内へ突入していく。発砲は一度もなかった。ナジブが、抜いたピンを手榴弾に挿入しなおした。

一軒の住居の背後にキャントレルが現われ、ナジブと協議をして、ある地点を指さす。デジタルカメラを取りだして、そこの雪面にあるなにかを写真に撮った。情報価値のあるものを発見したのだろうか、とパースンは思い、すぐに別のことが頭に浮かんできて、思わず、手首に痛みが走るほど強くライフルを握りしめていた。あれはゴールドなのか？

ナジブが部下たちに、こちらに来いと身ぶりを送った。パースンは雪面から立ちあがり、ライフルを胸の前に掲げた格好で、小走りに村へ向かった。立っている兵士たちのようすから、そこでなにがあったのかが察せられた。彼は足を速め、荒い息をつきながら、兵士たちのそばへ駆け寄っていった。

キャントレルの足もとに、ほとんど雪に覆われた四体の死体が転がっていた。ナジブがそばに膝をついて、死体の顔に積もったパウダースノーをはらいのける。すべてアフガン人で、目が開いたままだった。血が乾き、凍りついていた。ナジブが指先でそっと触れて、それぞれのまぶたを閉じていく。

「魂が肉体を離れるとき、目はそれに従う、と預言者は言った」ナジブが言い、ショットガンの銃床を雪面について、身を起こす。「この悪行を働いた者どもに神の呪いが降りかかりますように」

その弾帯からショットガンの実包が一個、落下し、彼はそれを拾いあげて、指の上で転がした。

「知ったひとたちだったのか？」パースンは尋ねた。

「遠縁の者たちです」

「ほかにもある」キャントレルが言った。

ひとつの住居の外に、六体の死体が並んでいた。十代の少女も含まれている。まだほかにもいくつか、死体のグループがあった。パースンが数えると、つごう十九体あった。男の死体が各一体、別々の地点で見つかった。たぶん、そのふたりの男たちは戦うために外に出て、殺され、ほかのひとびとは捕らえられて、処刑されたのだろう。横腹に多数の銃弾を水平に浴びて死んでいる馬が、一頭。フルオートの連射を受けたのにちがいない。アメリカ人女性がいる気配はなかった。

「どうやら、やつらはこの村人を皆殺しにしたようだ」キャントレルが言った。

「いったいなんのために？」パースンは問いかけた。

キャントレルは首をふっただけだった。

そのときパースンは、灯油の煙のようなにおいがしていることに気がついた。そこにある、黒ずんだごみの山のように見えるものは、焚火の残骸だとわかった。その灰のなかに、黒焦げになった毛布が一枚、見つかった。黒焦げになって、濡れていて、捨てられた獣皮のように見える。段ボール箱の、燃え残った隅の部分がひとつ。熱で変形したり、蓋だけが燃え残ったりしている、プラスティックの小瓶が数個。アルミチューブに貼られている英語の表記はすこし焦げていたが、読みとることはできた――バシトラシン亜鉛華軟膏ＥＸＰ　使用期限２０１１年12月。火に焼かれたあと、雪で濡れそぼった、陸軍支給のパーカが一着。焦げた部分が雪に接しているあたりが、灰色に変じていた。

焚火の残骸をブーツでつついてみると、なにか固いものに触れた。その固いもののまわりにへばりついている濡れた灰を削ぎ落すと、それはスチールの板だとわかった。板の背に、文字が刷りこまれている――合衆国空軍《USAF》所有物。

救援物資の一部だ。パースンは、輸送機に乗り組んで救援物資を投下したことが何度もあった。辺鄙な村々が冬との戦いを生きのびるための、食糧や衣類や医薬品だ。そのすべてを、あのくそったれ野郎どもは燃やしてしまったのだ。

「これはなにを意味すると考える？」パースンは尋ねた。

「タリバンは外部からの援助を禁じています」ナジブが言った。「以前にも、やつらが救援物資を破壊するのを見たことがあります。しかし、村ひとつを全滅させるというのは、それ以外にもなにか理由があったんでしょう」

キャントレルが片手で拳銃を、もう一方の手でシュアファイアのフラッシュライトを取りだした。

「全面捜索」と命令を叫ぶ。「ブービー・トラップに気をつけろ」

すべての住居へ、兵士たちがひとりまたひとりと入っていく。足音や、なにかを打つ音が届いてきたが、警戒させるような音はなにも聞こえなかった。パースンは雪面に残っている足跡と蹄の跡を調べて、それがなにを物語るのかと考えた。雪面の乱れや、凍った地面の踏み跡だったり、凍りかけている焚火の残滓のそばにある泥と血の混ざりあったものだったりというのが、ほとんどだった。

小さな地下室のようなところから、キャントレルが姿を現わした。

「ナジブ大尉」と呼びかける。「あんたにもこれを見てもらったほうがいいだろう」

ナジブを追って、パースンも階段をおりていった。部屋の隅へ、キャントレルがライトの光を向ける。口を開いて震えている、十二歳ぐらいの少年の姿が浮かびあがった。罠にかかった動物のように見える、とパースンは思った。戦うことも逃げることもできず、仕留められるのを待っている動物のように。

「防水シートの下に隠れているのを見つけたんだ」キャントレルが言った。

「メー・ウィリガー」ナジブが言った。

同じことばをくりかえして、片手をさしだした。少年がその手をつかみ、ナジブに連れられて、階段をのぼっていく。並んでいる兵士たちを見つめて、少年は目をしばたいた。

「診てやってくれ」キャントレルが衛生兵に指示した。「口糧を開けて、彼が食べられそうかどうか、たしかめてくれ」

兵士たちのひとりが緑色の毛布を取りだして、少年の肩にかけてやった。毛布の折り返しのところに、〝US〟の黒い文字が記されていた。外の惨殺の場が目に入らないようにと、兵士たちが少年を一軒の住居のなかへ連れていった。衛生兵がフラッシュライトで少年の目を照らし、手足や腹部を触診していく。

「ここが痛いかどうか、きいてください」衛生兵が言った。

ナジブが通訳をすると、少年は涙で頬を濡らしながらも、首を横にふってみせた。

「ツォク？」ナジブが問いかけた。「ケラー？」

少年が早口にしゃべりだす。一度、ことばをとめて、泣きだしたが、またすぐに話をつづけた。

ひとりの兵士が袋入りのキャロットケーキを取りだし、袋を裂いてから、少年に与える。少年はそれをひとくち食べ、そのあと袋を持ったまま泣きだした。舌と顔が、ケーキの屑にまみれた。ナジブが慰めのことばに聞こえるようなことをしゃべったが、パースンには、こんなときに慰藉になるようなことばがあるとは思えなかった。

「タリバンがイギリスの女兵士をひとり連れて、やってきたと、彼は言っています」ナジブが言った。「村の年長者たちは彼らの入村を望まなかった。その結果はご覧のとおりです」

「その女性はぶじだったかどうか、きいてみてくれ」パースンは言った。

「やつらに連れていかれたときは、生きていたそうです。タリバンの数名が、彼女を連れて去ったと言っています」

「それは、やつらがふた手に分かれたという意味か？」キャントレルが尋ねた。

ナジブがまた、パシュトゥ語で少年に問いかける。

「馬に乗った聖者がひとりいて、兵士たちの大半は彼とともに去ったと言っている」

「マルワンはどうしたんだ？」パースンは問いかけた。

「マルワンはムッラーといっしょに行ったにちがいないと断言できます」ナジブが言った。

「なぜ、やつらはゴールド軍曹を別にしたんだろう？」

「おそらく、より速く移動して」とナジブ。「われわれの仕事を困難なものにするためでしょう。理由はたいした問題ではありません。やつらはすでにそうしたのですから」

「少なくとも、まだ彼女は殺されてはいなかった」キャントレルが言った。「やつらが彼女を生かしているのは、プロパガンダか身代金が目当てでしょう。もっとまずいことかもしれませんが」

パースンは外に出て、ドアをバシンと閉めようとした。が、それは思いとどまった。あの少年を怯えさせるんじゃない、このばか。ただでさえ、あの少年は死ぬほど怖い思いをさせられたんだ。パースンはドアの上部に手をかけて、もう一方の手をライフルのスリングへ滑らせた。落ち着け。

降る雪のなかへ足を踏みだして、もう一度、雪面を調べてみる。村じゅうの雪面が乱れていたが、それはなにも語ってはくれなかった。それでも、焚火の残骸の向こうへ目をやると、何組かのブーツの足跡と一頭の馬の蹄の跡が、はるかかなたへとつづいているのが見えた。つまり、それらの足跡は、スノースコールが吹きやんだあとで残されたものというわけだ。だが、そのあとふたたび雪がはらはらと降りだしたために、それらの足跡は癒えつつある傷痕のような感じに見え始めていた。キャントレルの分隊が村に入ってくる際に残した、新しい足跡も見つかった。そしてまた別の足跡が、ふたたび降り始めた雪によって、いくぶんぼやけてはいるが、外へつづいていることもわかった。足跡は三組、いや、四組だ。人数は四名。馬はない。ひと組の足跡が、小さい。よかった。やつらにどうされているにせよ、彼女はまだ自力で歩けるのだ。

パースンはその足跡をキャントレルに見せた。

「足跡は刻々と薄れていく」パースンは言った。「われわれが彼女の奪回に向かい、別のチームが、天候が回復したときに、残りの連中を追いかけるということができるのではないか」

キャントレルが通信軍曹に指示を送る。

「シャドーファイア（AN／PSC-5 軍用無線機の名称）を用意してくれ。タスクフォースと協議する必要がある」

軍曹がバックパックをおろし、黒い金属フレームの装置を取りだして、四枚のパネルがついた支持アームを巨大な蜘蛛のようにひろげた。同軸ケーブルをそれに接続する。極秘通信用の装置で連絡をとるというのは、彼らはマルワンがもくろんでいることを深刻に受けとめているのにちがいない、とパースンは思った。

キャントレルがヘッドセットを取りあげて、呼びかける。

「バイヨネットへ、こちらレーザー1-6」ひと呼吸置いて、キャントレルはつづけた。「裁定を仰ぐべき問題が生じました」虐殺がおこなわれたこと、少年をひとり保護したこと、そして、雪の上に足跡が残されていることを伝えて、指示を待つ。「それは理解しています」

パースンはやりとりの内容を窺い知ろうとして、キャントレルの顔をじっと見つめた。キャントレルがうなずきながら、話に耳をかたむけ、パースンに目を向け、降りつづける雪に目をやった。

「そのようにします」キャントレルが言った。偏頭痛でも起こしたように、目を閉じて、ヘッドセットのコードを握りしめる。「たしかに、厳しい決断ではありますが。以後も連絡を絶やさないようにします。レーザー1‐6、通信終了《アウト》」

「それで？」パースンは問いかけた。

「ストームがやみしだいゴールド軍曹の救出にあたれるよう、バグラムに別のクルーが緊急配備されているそうだ」キャントレルが言った。「しかし、タスクフォース指揮官は、マルワンと捕虜の追跡を続行することを求めている」

「ストームがやみしだい？」パースンは言った。「まだ何日もつづくかもしれないんだぞ」

「わたしにとっても気に染まない裁定です、少佐殿。しかし、あの連中がもくろんでいることがわれわれの想定しているとおりのことであって、やつらがそれをやってのけた場合、多数の民間人の生命が失われるおそれがあるんです」

「つまり、ゴールドは犠牲になってもしょうがないということか」

キャントレルがため息をついて、パースンの顔から目をそらす。

「わたしはそうは言いたくないですが、あの大佐はそのせりふを言いましたね」

つまり、タスクフォースは彼女の救出をあきらめたということだ。こんな裁定にはなってほしくないとパースンは願っていたが、心の隅には、どちらが重要かを量る思いもあったので、こうなったことを意外とは感じなかった。これまで軍務に就いてきたなかで、軍の規定が遵守されるのは、それどころか、それが読まれることすら、まれであることは身にしみてわかっていた。ペンタゴンで用いられる冷徹な表現に従うなら、彼らは、要員の救出については考慮しない範疇の任務であると設定したということだ。そうだとしても、自分はそのことを考慮するのをやめるつもりはない。

「もう一度、連絡をとってくれ」パースンは言った。「その大佐と直接、話がしたい」

「そんなことをしても意味はないですよ、少佐」キャントレルが言った。

ナジブが外に出てきた。キャントレルが彼に、タスクフォースからの指示を伝える。ナジブがパースンの肩に手を置いた。

「すでに、できるかぎりのことをなさったんです」ナジブが言った。「あなたは良き兵士です」

「彼女も良き兵士なんだ」

「われわれはみな、仲間を失った経験があります」ナジブが言った。「この戦争が終わるまでに、さらに多数を失うことになるでしょう」

それはたしかだ、とパースンは思った。もしわたしが助けになれなければ、そうなるだろう。彼はゴールドの足跡のそばにしゃがみこみ、降りしきる雪のなかへ消えていく足跡を目でたどった。

「わたしはゴールド軍曹を追う」彼は言った。

「それはむちゃです」とキャントレル。「それに、われわれは命令を受けています」

「きみは、命令を受けている」パースンは言った。「きみらは、ひとつの任務に就いている部隊だ。わたしは撃墜された空軍将校であるにすぎない。やりたいことはなんでもやれる立場なんだ」

「われわれに同行されなければ」とキャントレル。「命を落とすことになりますよ。一巻の終わりです」

「気持ちはわかります」ナジブが言った。「あなたは敵を憎んでいるが、それ以上に仲間たちを愛している」

「そんなふうに考えたことはないが」パースンは言った。

「少佐を勇気づけないように」キャントレルが言った。

「勇気づけているんじゃない」とナジブ。「気持ちを理解しようとしているだけだ。わたし自身も、おおぜいの友人を死なせてしまったからな」

それで、こちらの気持ちが理解できるというわけか、とパースンは思った。すばらしい。きみはわかってくれている。

パースンは一軒の住居のなかへ足を運び、バックパックをおろして、テーブルの上に置いた。バックパックのなかを探って、収納されている物資を点検する。ナジブとキャントレルも、住居のなかに入ってきた。

「携帯口糧を一個か二個、まわしてもらえるか？」彼は尋ねた。

ナジブが彼のバックパックから食糧パウチを取りだして、パースンの前に置く。キャントレルは無言で首をふった。

「単二《ダブルA》の乾電池《バッテリー》が必要以上にたくさん入っていた」パースンは言った。「よぶんなやつを持っていってくれ」

彼は不要なバッテリーをテーブルに置いた。

「ライフルにカモフラージュを施す必要がありますね」ナジブが言った。

ポケットのひとつから白いテープを取りだし、パースンのM-40を取りあげて、そのテープを銃身から先台《フォアエンド》、銃床へと螺旋状に巻いていく。その作業が終わったとき、ライフルは、銃全体がテープで覆われたわけではなかったが、それらしい形状には見えなくなって、ナジブの雪迷彩のアノラックに完全に溶けこんでしまう状態になっていた。

「ほう、やるもんだ」キャントレルが言った。「よく聞いてください。当面、あなたを無理強いして、歩兵になってもらうことはできないようです。たとえそれができたとしても、これが常軌を逸した事態であることに変わりはないんですが。なんにせよ、ひそかに行動することだけは忘れないようにしてください。そうしないかぎり、ありとあらゆる要素があなたにとって不利になってきます」階級のちがいを無視し、訓練を受けている新兵を相手にしているように、パースンを指さした。「敵に接近したら、けっして急がないように。

時間をかけるんです。あなたの頼みの綱は、遠方からの待ち伏せ射撃です。少なくとも、それに必要な武器だけはあるわけですから」

パースンはライフルの弾倉をチェックした。すべての弾倉が装塡ずみになっていて、弾薬はたっぷりとある。Ｈｏｏｋ‐112無線機用の予備バッテリーも一個あった。キャントレルがその無線機を点検する。

「周波数を常時、２４３に合わせておいてください」彼が言った。

「きみも了承してくれたんだな」パースンは言った。「しかし、敵の連中は、われわれのサバイバル無線機を少なくとも一台は持っている。やつらはこちらの無線を盗聴するだろうと想定しなくてはならない」

「ほんとうですか？」キャントレルは無線機の側面を指先でぽんとたたいた。「あの手が使えますな。戦術的偽装」

「どんな偽装だ？」

「まだ思いつきません。そのうち、なにか考えつくでしょうが」

「安全に交信ができないというのはまずい」パースンは言った。

「次善の策なら採れますな」とキャントレル。「毎回、２４３で交信を開始する。しかし、われわれのほうから〝デルタ〟という語をそちらに送ったら、２８２・８に周波数を切り換えるんです」

「うまい手だな」パースンは言った。「これまでさんざん、この無線機がもとでやつらに痛い目にあわされてきたんだ。ちょっとした仕返しができるというのは気分がいい」

キャントレルがテーブルに地形図をひろげる。

「開始地点がどこになるか、見分けがつきますか？」彼が問いかけた。

パースンは地形図を調べた。その地図は、なじみのある緯度と経度による表示はされていなかった。空軍用ではなく、陸軍が用いるグリッド照合システム（地図上の方眼の数字によって位置を照合するシステム）だ。その数字を識別するのに一分ほど時間を要したものの、それでもなんとか、全滅させられたばかりのこの村を擁する渓谷の位置を見つけだすことができた。地図にペンで書きこみをするわけにいかないことは、わかっていた。もし捕虜になった場合、敵軍に情報を与えてしまうおそれがあるからだ。それでもパースンは、地図のその地点を親指の爪で浅くへこませておいた。

「このへんだな」彼は言った。

「近いですね」とキャントレル。「この地図を持っていってください。地図はまだほかにもありますので」

パースンはテーブルの縁に身をあずけて、スノーシューズを履いた。ナジブから、自分のM‐40を受けとる。

「きみらがよくしてくれたことに対して、感謝する」彼は言った。「これまできみらが同行してくれていなければ、ひどい朝を迎えることになっていただろう」

開け放たれた戸口から、雪が吹きこんでくるようになっていた。埃のように細かな雪が、床に落ちていく。これは凶兆だとパースンは受けとめた。往年の野外生活者たちの語るところでは、大きな雪片はまもなく雪がやむことを意味する。小さな雪片は、さらに降りつづくことを意味するのだ。それが真実かどうかを気象部の連中にきいてみようと考えたことは、一度もないが。

ナジブの部下たちが数名、なかに入ってきた。彼らはおそらく、パースンがやろうとしていることを察知し、自殺的行為に取りかかろうとしているクレイジーな異教徒の空軍軍人に最後の一瞥をくれておこうとしているのだろう。

「神があなたとともに在《あ》りますように」ナジブが言った。

パースンはバックパックをかついで、ストラップを締め、ストームのなかへと足を踏みだした。

12

暴風がたたきつけてくる雪を縫って、パースンは足跡をたどった。足跡は、かすかな大地の盛りあがりへとつづいており、その上には、肋骨がむきだしになった巨人の死骸を思わせる、幹も枝も白い樺の木が並んでいた。やがて、三組の大きな足跡と、ひと組の小さな足跡が、狭い範囲に集まっている地点が見つかった。そこの積雪が踏み荒らされていた。血痕はない。なにか小競り合いがあったのだろう、とパースンは推測した。彼女が、だれかの金的を蹴飛ばしたとか。

足跡はそこから先へと、山の霧が舞い降りて集まったように見える狭い谷を、ほぼまっすぐに通ってつづいていた。視程がゼロ近くまで落ちた。霧と細かな降雪が日ざしをさえぎっているために、夜が間近になったように思えたが、腕時計を見ると、まだ午後の二時を過ぎたばかりだった。もちろん、腕時計の時間帯は、とうにグリニッジ標準時からアフガニスタン時間に切り換えてある。蛍光塗料の文字盤が遠い月のようにおぼろに光っているそれを、パースンはふたたびパーカの袖で覆い隠した。

足をとめて、周囲に目をやる。霧に包まれているせいで、地形の特徴を見分けることがまったくできなかった。足もとの雪面が、そして雪と凍雨をちりばめて渦巻く霧が見えるだけだ。あの村と特殊作戦チームは、すでに四マイル後方になっていた。

寒気がして、ちょっと身が震えた。いや、これは寒さというより、恐怖によるおののきだ。まさか、ひとりきりでこんな行動をするはめになるとは、考えたこともなかった。それも、国を遠く離れた場所で。だが、少なくともやるべきことはわかっている。目的を見失うよりは、安楽さを失うほうがまだましだ。

彼は堅牢、高性能の軍用方位磁石、レンザティック・コンパスの蓋を開いて、方位を確認した。足跡は、ほぼ二三〇度の方角へとつづいていたが、見てとれるのは四歩先が限界だった。なぜ南西へ？　やつらは彼女をどこへ連れていこうとしているのか。やみくもに逃げているのか？　おそらく、そうではない。そうではないと思いたかった。四人がそろって凍死しているのを発見することになったのでは、なんの意味もない。

パースンは足跡をたどって、一歩ずつ、視程がよくなってくれることを願いながら足を運んだが、先を見通すことはまったくできなかった。そのうち、前方に、ぶあつい霧の壁のようなものが見えてきた。さらに何歩か足を運ぶと、それは堅固なものに変じてきた。泥煉瓦造りの小屋の壁だった。

パースンはその場に凍りついた。撃たれることを予期した。

おまえはどうしようもないばか野郎だ、と思った。とはいえ、こちらから向こうがろくに見えないということは、向こうからもこちらはろくに見えないということでもある。

地面に伏せたいと思った。だが、いま動けば、自分がここにいることを露呈するだけだ。彼は息を詰めて、ライフルを構えた。親指でセイフティを操作すると、それが解除される音が雷鳴のように響いた。

前方で、物音があがったり、動きが生じたりすることはなかった。もし敵の姿が見えたら、とっさに速射をすることにしよう。彼は飛び立つ雉をショットガンで狙うときのような感じで、M－40を肩づけした。うまく撃つんだぞ、と自分に命じる。もし撃ち損じたら、ボルトを操作してつぎの弾を薬室へ送りこんでいるあいだに、やつらのフルオート射撃を浴びるはめになる。そして、瞬時に射殺されてしまうのだ。

秒が、分が、永遠とも思えるほど長く引きのばされて、過ぎていく。敵兵の姿は現われず、足跡がつづいているのが見えるだけだった。パースンは緊張を解いて、片膝をついた。ひとがいる気配はない。彼はライフルを肩にかつぎなおして、コルトを抜いた。四五口径拳銃の撃鉄を起こし、手首の痛みを無視して、両手持ちで構えた。その姿勢で、壁のほうへ近寄っていく。

足跡はそこでふた手に分かれ、一方は左手から、もう一方は右手から、その家の向こうへとまわりこんでいた。耳を澄ましてみたが、なにも聞こえない。彼は発砲の構えをとって、左手へ歩いた。

足跡が、泥煉瓦造りの家の側面に沿ってつづいている。いや、家というより、その廃墟の側面に沿ってだ。屋根が爆撃でふっとばされ、壁の一部も同じくふっとばされているのが見えた。内部の瓦礫を雪が覆っていた。

足跡は、隣家のほうへつづいている。その家もまた、爆撃でふっとばされて、内部があらわになっていた。壁のひとつが、いまにも倒れそうにかしいでいる。パースンは拳銃を構えてその家の戸口を抜け、内部に銃口をめぐらせた。やはり屋根がなくなって、薄い日ざしが入りこんでいるので、なかのようすはよく見えた。なにもない。

そこには五軒の住居があり、そのすべてが破壊されて、とうの昔に遺棄されているようだった。ふた手に分かれていた足跡が、その家の向こう側で合流し、上り斜面へとつづいていた。反政府軍兵士どもは被害の度合いがましで、一時しのぎの避難所に使える家を探し、望みの家を見つけだしたのだろう、と彼は推測した。

万が一に備え、破壊された家の戸口の陰に身を隠す。周囲の状況を検分にかかると、自分の吐いた息が凝結して、霧のなかへ漂っていくのが見えた。ここに住んでいた貧しいひとびとは、いったいなにがもとでタリバンに爆撃されることになったのだろう？　タリバンのくそったれめ。だが、どんな恐怖がここに降りかかったにせよ、それはかなり前のことのようだった。人間の死体も、動物の死体もなく、価値のあるような物品もない。

壁の三カ所に穴が開いているのが見えた。屋根が、その壁の上の部分だけは残っていて、雪が入りこんでいなかったので、穴の形状がはっきりと見分けられた。いずれも、こぶし大の穴で、角度的には上方からの攻撃によるものだった。

考えをまとめるのに、ちょっと時間がかかった。穴の形状からして、これはやつらではなく、われわれの軍のしわざだ。空爆。これらの穴は、A－10近接対地支援攻撃機の三〇ミリ機首機関砲が残すものに対応しているように見える。あの機関砲は、戦車を貫通するように設計された劣化ウラン弾をばらまくのだ。ここになにがあり、だれがいたにせよ、すべてが掃討されていただろう。

つまり、ここはかなり以前、二〇〇一年ごろにタリバンの隠れ家として使われていたということか。いや、そうではないのかもしれない。近接航空支援任務に就いた経験のあるパースンは、その任務が多国籍軍部隊を助けて、テロリストどもを粉砕しはしたが、その一方、民間のひとびとを殺す悲惨な誤爆もあったことを知っていた。戦闘機のパイロットたちは、正確な照準システムによってピンポイントの攻撃ができることを吹聴するが、狙う相手をまちがっていたら、そんなシステムはなんの助けにもならない。

パースンは、特殊部隊からもらった地形図を取りだした。その地図にはこの村は表示されていなかったが、そこが現在の自分の位置として、爪で印をつけておく。この地図にすべての集落が表示されているとは、もともと予想していなかった。最新のアメリカ軍の地図には、宇宙空間からレーダーによって集められた地形データが反映されているが、たとえNASAであっても、アフガニスタンの地表レベルにある生命の動静を完全に捕捉することはできないのだ。

キャントレルと連絡をとっておくことにしよう。パースンはHook‐112にイヤフォンのプラグを挿しこもうとしたが、寒さで指がひどくかじかんでいるために、二度も挿入に失敗してしまった。ようやくプラグが挿入できたところで、無線機のスイッチを入れる。

「レーザー1‐6へ」小声で呼びかける。「こちらフラッシュ2‐4・チャーリー。無線機のチェックをしたい」

「フラッシュ2‐4・チャーリーへ、こちらレーザー1‐6。大きく明瞭《ファイヴ・バイ・ファイヴ》に聞こえる。こちらの声はどうか？」

「大きく明瞭だ。フラッシュ2‐4・チャーリー、アウト」

少なくともここまでは計画がうまくいっているということか、とパースンは思った。ではあっても、いまはもう、情報源は、そして、たぶん連絡の中継役は、あの兵士たちだけになってしまった。彼らには任務があるのだから、もし自分がへまをやっても、助けに来てはくれないだろう。パースンは無線機のスイッチを切って、立ちあがった。

それからしばらく、足跡をたどって山腹をくだっていくと、さらに雪が深く積もっている開けた平原に出た。そこを渡るのは、足を一歩運ぶだけでも骨が折れた。ときどき立ちどまって、耳を澄まし、周囲を観察する。視程がこれほど悪いとなれば、うっかりすると、もろになにかに出くわすおそれがあるから、そんなへまはやらかしたくなかった。

足跡は、ふたたび山腹をくだって、つづいていた。勾配が徐々に急になって、足が滑りやすくなる。片方のスノーシューズが岩にぶつかって、体のバランスが崩れた。重いバックパックを支えきれなくなり、痛めている手首を本能的に守ろうとしたために、パースンは横ざまに倒れこんで、転がった。気がつくと、雪の上にうつぶせになっていた。数日前にマルワンの銃弾を浴びて、ひびの入った肋骨が、また痛み始めた。

こんちくしょう。手首の負傷を悪化させなかったのがせめてもの救いだと思いながら、彼は身を起こした。ライフルをチェックする。見たかぎりでは、銃に損傷はなく、スコープのレンズも無傷だった。パーカの内側と手袋の内側に冷たい粉雪が入りこんだ感じがあった。その雪をできるだけ降り落とし、体にまみれついた雪をはらう。さらに冷えてきた。動きつづけなくては、と思った。そうすれば、自然に体が温まるだろう。

足跡が、細い唐松からなる、まばらな木立のなかへ入りこんでいた。ゴールドがまた抵抗や反抗を試みた形跡はないだろうかと、足跡のようすを調べてみる。そんな形跡はなにもなく、ブーツの足跡が整然と並んでいるだけだった。

また立ちどまって、耳を澄ましていると、身の震えが抑えきれなくなった。指の感触が失われている。パースンはその場にひざまずき、かなり苦労しながら、手袋を脱いだ。手袋の内側が濡れていた。さっき倒れたあと、フライトグローヴのなかに入りこんだ雪を降り落としきっていなかったために、それが解けて、内側を濡らしたのだ。そうなるに決まっているではないか。両手を合わせて、息を吹きこむと、指が唇に触れて、氷にキスをしたような気分にさせられた。

手袋を乾かしてやらなくてはならない、と彼は思った。だが、そんなことをしている時間はない。ゴールドを救出しなくてはいけないのだ。いや、待て、キャントレルはなんと言ったか？ 時間をかけろ。彼女の安否のいかんにかかわらず、ここで失策を犯せば、自分もすぐに死ぬことになるだろう。凍傷にかかるとかどうとかして。

こうなったら、火を熾す以外に選択肢はない。いまもまだ霧が深く立ちこめているから、少なくとも煙が見られることはないだろう。だが、燃やすものがろくになかった。特殊部隊のチームと別れる前に、ぼろ布かなにかを村から拝借しておけばよかったのだが。

パースンは樺の木の枝を折り、それを膝にたたきつけて半分に裂いた。手首にちょっと痛みが走った。そのあと、彼はブーツナイフを抜き、それを使って、樺の樹皮を剝いだ。自分が知っているなかでは、もっとも煙が目立ちにくい方法、ダコタ・ファイア（地面に、薪などを燃やすための主穴と、そこへ空気を吸入するための斜め穴を掘って、煙があまり出ないようにする焚火のやりかたで、ダコタ族が得意としていた）で焚火をすることに決めた。通常なら、そこの土を掘るところだが、それに使えるような道具の持ち合わせはなく、凍りついた地面を掘れるほどの体力もなかった。ここはひとつ、雪を掘るだけでやってみよう。

雪が解けて崩れたら、そのときはそのときだ。

彼は手袋をはめなおし、両手を使って、一本の木のそばに穴を掘った。どのみち、手袋の内側は濡れているのだし、また雪が入ってもそう変わりはない。霧が隠しきれない煙を、頭上の木の枝が分散してくれればと思った。さしわたし二フィートほどの穴を掘ったところで、こぶし大の石を三個、穴の底へ置き、その上に樹皮を敷いてから、小枝と大枝を並べていく。その側方にもうひとつ、空気吸入用の穴を斜めに掘って、焚火用の穴とつないだ。

凍りついている小枝と大枝がうまく燃えてくれるかどうか、あまり確信が持てなかったので、別のものを付け足すことにした。サバイバル・ヴェストの内側を手探りし、銀色の長方形で、サイズはライターほどのマグネシウム発火具を取りだす。またブーツナイフを使おうかと思ったが、刃を鈍らせたくないので、やめておくことにした。それに代わるものとして、ヴェストから七つ道具を取りだして、それのナイフを開く。それを使って、マグネシウムのかたまりを削りとっていった。手の震えがひどく、自分の手を切ってしまいそうだった。このままでは低体温症になるのはまちがいないのだから、いまは、たとえ時間がかかったところで、火を熾すしかなかっただろう。

薪材の上にまんべんなくマグネシウムを削り落とし、そのあと、そのまんなかにマグネシウムの剝片を積みあげる。点火棒を、一度、二度、三度と打ちあわせた。マグネシウムの剥片が発火して、溶接の炎のように燃えあがる。パースンは目をすがめて、顔をそむけた。

マグネシウムの炎が、紙のように薄い樺の樹皮に火をつける。薪材に火が移って、羽毛のような炎が立ち昇った。ときおり、マグネシウムの剥片が、炎上する都市のなかを飛翔する曳光弾《トレイサー》のように跳ね飛んでいた。ちっぽけな焦土作戦の場でくりひろげられる銃撃戦だ。

焚火の煙はいいにおいだったが、そのにおいがどこまで届くかが気になった。彼は頭上へ目をやった。煙は枝に分散されて、霧のなかに溶けこんでいるように見えた。炎は雪面より下にとどまっていて、ほんの数ヤードの距離からでも見てとれないだろう。焚火穴の底の雪が解け、かすかな音を立てながら下方の岩のあいだへ水が浸みこんでいく。

彼は濡れた手袋を脱ぎ、穴の上方に先端がくるように雪に突き刺した枝にひっかけた。焚火の上に両手をかざし、こぶしを握ったり開いたりする。血行が回復するにつれて、指がうずきだした。指が蠟のように白くなっていないかどうかを、たしかめてみる。白くなるのが凍傷の最初の徴候であり、それがやがて黒ずんで、壊死するのだ。いまのところは、だいじょうぶだ。どの指も赤く、痛みが感じとれる。

凍傷の危険が予想されたので、彼はつぎの作業に取りかかることにした。すわりこんで、スノーシューズを外し、ブーツの紐を解く。ブーツを脱いで、靴下に触れると、それもまた濡れていた。黒い靴下を両方とも脱いで、手袋といっしょに枝にひっかける。脱いだブーツは、焚火のそばへ移しておく。

四五口径の撃鉄を起こして、バックパックの上に置く。両足の爪先をのぞきこんでみると、足の指もだいじょうぶだとわかった。温まるにつれ、足の指も痛くなってきた。

携帯口糧のクラッカーを食べながら、手袋と靴下が乾くのを待つ。眠気が襲ってきたので、首をふって、懸命にふりはらった。

やがて、全部が乾いたところで、からっとなった手袋をはめ、靴下を穿く。温かくて心地よかったが、いまはすべての安楽さを拒否しなくてはならないのだとパースンは自分を戒めた。ブーツを履いて、紐を結び、スノーシューズを装着する。

もう一度、キャントレルと連絡がとれるかどうかを確認しておこう。彼は無線機のスイッチを入れ、イヤピースを挿入した。

「レーザー1‐6へ」と呼びかける。「こちらフラッシュ2‐4・チャーリー」

「どうぞ、フラッシュ2‐4・チャーリー」

「これはただのチェックだ。説明したとおりの行動を継続する」

「了解した」とキャントレルが応じ、ちょっと間を置いて、つづける。「貴官用の計画を変更する。こちらは全員、撤収のためにLZへ向かう。天候が回復したら、チョッパーがわれわれを回収しに来る予定。着陸地点デルタへ向かうよう。くりかえす、着陸地点デルタへ」

彼はいったい、なんの話をしているんだ？　パースンはいぶかしんだ。が、はたと思いだした。そして、周波数を変更した。

「フラッシュ2－4・チャーリーへ、周波数を変更したか？」キャントレルが呼びかけてきた。

「大きく明瞭に聞こえる」ささやき声でパースンは言った。「どうぞ」

「われわれもまた、説明したとおりの行動を継続中。やつらがさっきのやりとりを盗聴していたら、われわれは離脱するつもりだと考えるだろう。それでもし、やつらが逃走を中止すれば、われわれは山また山をこえて、くそ野郎どもを追跡する必要がなくなる」

「了解《ラジャー》」パースンは言った。「納得した」

あれは抜け目のない男だ。パースンは無線機をポケットにおさめ、コルトの撃鉄をおろして、ホルスターに戻した。雪を蹴って、残り火が消えてしまうまで、穴のなかへ落とす。さらに雪を蹴りこんで、灰を隠した。バックパックを閉じて、背中にかつぐ。ライフルを取りあげて、彼は前進を再開した。

そろそろ、足跡をたどるのが困難になってきた。降りつづける雪が足跡を埋めていき、ブーツの跡というよりは、たんなる雪面の窪みにしか見えないようになっていた。足跡が開けた台地の上に出て、霧のなかへと没している。パースンはその台地をゆっくりと歩いていった。観察し、耳を澄ます。またもや、疲労と睡眠不足の徴候が出てきた。足をとめて、ひざまずき、目を閉じて、耳を澄ましていると、いつの間にか、うとうとしているということもあった。

休みたかったが、進みつづけていないと足跡を完全に見失ってしまうのではないかと案じられた。そういえば、何年か前、凍るような雨のなかで、傷ついた鹿を追ったことがあった。赤い血痕をたどっていくうちに、疲れと寒さに襲われて、こんなことなら撃たなければよかったと思うようになった。だが、動物を撃った以上、自分にはとどめをさしてやる責任があると感じた。なおも追っていくと、やがて雨が血痕を消し去ってしまった。ようやく、とある空き地のなかで鹿を見つけると、鹿は死に、冷たくなっていたのだった。だが、いまのわたしは、あのときほど疲れてはいない、と彼は思った。あのときほど、寒さと苦痛を覚えてはいない。

ついに、氷の結晶のような粉雪が絶え間なくパーカにたたきつけてくるようになった。これほど大量の水分を含んだストームがありうるというのは、驚きだった。アラビア海の水蒸気の半分ほどを集めたモンスーンが氷結して、アフガニスタンに雪を降らせているのにちがいない。高層大気には、それをよそへ移動させる流れがなく、すべての雪がこの自分をめがけて降っているように思えた。

これほど完全な孤立状態に陥るというのは、妙な感じだった。合衆国の軍人の例に漏れず、パースンも、テクノロジーの面で敵を大きく凌駕する立場にあることに慣れきっていたからだ。たとえヘリコプターはやってこられなくても、通常なら、別の救出隊が回収に来てくれていただろう。無人飛行機《ドローン》が来てくれることもありえよう。無線で、〈カンファレンス・スカイフック〉（飛行に関する諸問題に対して助言や支援を与えるシステム）と連絡をとれば、ネヴァダの基地にいる操縦員が、こちらが教えた敵の所在地へドローンのプレデターを正確に飛ばしてくれるはずだ。さらに言うなら、もしそれがリーパーのような武装ドローンであれば、敵の部隊を退却させるということまでやってくれるだろう。その結果は、ビデオ・スクリーンに黒い煙が映しだされるだけだ。だが、このいまいましいブリザードが、すべての策を無効にしていた。GPSがあることをのぞけば、いまの自分と、一八四〇年にこの地で敗走したイギリス軍とのちがいは、ライフルの装弾を銃尾からするか、銃口からするかの一点しかない。

青味を帯びた暗い空の下、彼は懸命に足を運んでいた。周囲には一面、乱れのない雪が積もっていて、その白い雪面のところどころに、地面の窪みを物語る浅いへこみがあるだけだった。夕暮れの到来を示す最初の徴候が現われて、彼はかすかなパニックを覚えた。もしきょうのうちに敵を発見できず、この雪がやんでくれなければ、彼女を救うことはできずじまいになるだろう。やつらがもし彼女をすぐに殺さなくても、彼女を連れて国境をこえてしまうことになる。そうなれば、認識票《ドッグタグ》すら回収できなくなるだろう。戦闘後行方《MI》

不明兵を偲ぶブレスレットにゴールドの名が刻まれて、それでおしまいだ。そんな末路にさせてはならない。

光が薄れ始めると、足跡を見分けるのは不可能に近くなった。パースンはバックパックをおろして、そのなかの暗視ゴーグルを手探りで取りだした。ゴーグルをはめて、スイッチを入れ、それを通して見ると、周囲は緑一色でしかなかった。まだ空に明るさがかなり残っているのだ。これを役立てるには、夜が来て、真っ暗になるのを待つしかないとわかった。そして、夜はまちがいなく、すぐに訪れるだろう。

ゴーグルを外して、ふたたび足跡を探してみたが、なにも見つからなかった。裸眼で見るには、暗すぎた。暗視ゴーグルを使っても、まだ足跡を探せるほどの解像度は得られない。彼は、ここまでのブーツの足跡が導く先はどこかと、心のなかで見当をつけてみた。この状況ではコンパスや衛星はなんの役にも立たないぞ、航空士、と自分に言い聞かせる。直観を頼りに、進路を探るしかない。聞いてくれる相手がいるものなら、祈ってもいいかもしれない。彼女の死をあなたがお望みでなければ、今夜だけでも自分を導いてくださいと。

これは、また別のテストかもしれない、と思った。ムッラーを焼き殺しそうになるという失敗をしでかした、あのときと同じような。今回は、もっとうまくやってのけたかった。いや、なにがなんでも、うまくやってのけなくてはならない。このブリザードは、このとてつもない苦境は、自分の魂の核心にあるものをえぐりだそうとしているように思えた。

パースンは重い足をひきずって、やみくもに直進していった。大地が盛りあがっていく感触があり、木々のぼうっとした輪郭が見えてきた。それ以外は、なにも見分けがつかない。しゃにむに斜面を登っていき、ここが頂上だと感じた地点で、足をとめる。その先には、純然たる真っ暗闇がひろがっていた。大昔のひとびとが想像したように、自分は地球の端に到着して、奈落の底をのぞきこんでいるのかもしれない。

NVGを働かせてやるべき時が来た、と彼は思った。ふたたびそれをはめて、スイッチを入れると、渓谷を見渡していることがわかった。そこには、ここまでと同じヒンズークシの雪と岩があるだけで、ほかにはなにもないように見えた。かつては集落が形成されていて、いまは無人となった、こういう村の上空を飛行したことが何度もある。ゴーグルをはめた目でそこを見渡すと、下り斜面が前方にのびているのが見えただけだった。NVGのおかげで、近距離にあるものは霧を通して見ることができたが、遠くに焦点を合わせようとすると、点々と散乱光が見えるだけで、ろくになにも見分けることができなかった。このゴーグルはあらゆる光源を極限まで増幅してくれるのだが、そこには実際、なにも見当たらなかった。いや、左方へ顔を向けるまでは、だ。そこに、夜の海の暗い水面を照らす燐光のように、明るい緑色の光点が輝いているのが見えたのだ。

やったぞ、とパースンは思った。ここにいたか。ここにいたのか。あれは、石油ランプかフラッシュライトの光にちがいない。そして、やつらのものにちがいない。ここには、ほかにだれもいないはずなのだ。

その光のありかは、せいぜいが一マイルほど先だろうとパースンは判断したが、それはおおざっぱな見当でしかないとわかっていた。暗視ゴーグルを通しての距離感は、好天の場合でもつかみにくいし、まして、いまのような霧と雪のなかでは、あまりあてにはできないのだ。

光のほうへ突進したくなる衝動を、彼は必死に抑えこんだ。かといって、暗いなかで、これほどの長射程となると、M‐40を使うこともできない。このスコープには、赤外線暗視装置のようなものはついていないのだ。それに、やつらは当面、動くつもりはなさそうだった。やつらはまだ、どこへも行かない。やつらに撃たれるのではなく、こちらがやつらを撃てるような計画を、いまのうちに考えておいたほうがいい。そして、彼女を救出する計画を。

とある大岩の風上側にできた深い雪の吹きだまりに、彼は雪穴を掘っていった。こんどは、手袋の内側に粉雪が入りこまないようにと、袖をしっかりと手袋の上にかぶせておいた。掘った雪穴のなかに身をのばして、うつぶせになり、NVGのスイッチを入れて、ふたたびあの光に目を向ける。それはまだ、そこにあった。

パースンは雪を詰めておいたボトルをポケットから取りだし、解けた水をすべて飲みほした。ボトルに雪を詰めなおして、パーカの内側に押しこみ、それが解けると、またすべてを飲みほした。それほど喉が渇いていたわけではなく、たらふく水を飲めば目覚まし時計の代用になると考えたのだ。こうしておけば、夜明けが近づいたころ、尿意を催して、自然に目が覚めるだろう。昔の罠猟師がよく使った手だ。

彼は銃口に雪が入りこまないように、ライフルの銃身側が上になるようにしてバックパックの上に置いた。それから、寝袋をひろげて、そのなかにもぐりこみ、ジッパーを閉じた。左手は寝袋の外に出して、コルトを握り、撃鉄に親指をかけておく。

あす、これに決着をつけるのだ、と思った。それで、自分と、あの部隊の望みがかなう。時間をかけろというキャントレルの警告と、マングースのように鋭敏であれというナジブの忠告が思いだされた。マングースの譬《たと》えは気に入った。なんといっても、マングースはひとつのことしか眼中になく、それは自分も同じだからだ。あの蛇を仕留めてやるぞ。

13

もくろみどおり、膀胱が目を覚まさせてくれた。腕時計を見ると、四時間ほど眠っていたのがわかった。暗視ゴーグルのスイッチを入れると、あの光はまだ同じ場所にあった。雪穴から這いだし、ジッパーを開けて、小用をすませる。それから、寝袋を巻きあげ、スノーシューズをつけて、装備を整えた。雪を蹴って、雪穴をつぶす。ライフルを肩にかつぎ、片手にコルト、片手にNVGを持った。きょうこそ、おまえらを地獄行きにしてやるぞ、とパースンは思った。

間断なく降りしきる雪が、つぶてのようにパーカにたたきつけてくる。彼は光があるほうへ、数歩ごとに足をとめて、ゴーグルを通してようすをうかがいながら、尾根筋に沿って移動していった。地面に近いところの霧は、いくぶん晴れていた。あの光は、きのう目にした、空爆を受けたあとの住居とよく似た、泥煉瓦造りの小さな住居からなる集落の、どれかの屋内から漏れていることが見てとれた。それ以上のことは、この距離からでは判別がつかなかった。

まばらに生えている榛の木や、トネリコのように見える木のあいだを、ひそかに歩きぬけていく。下方の谷床には木が生えていないので、あの小屋にどの方角から接近するにしても、遮蔽に使えるものはないことがわかった。しかし、接近するつもりはない。少なくとも、最初は。キャントレルに教えられたように、より大きな軍勢に打ち勝つには、遠方からの待ち伏せ射撃をするしかない。遠方から、敵に甚大な被害を与えるのだ。

膝まで埋まる雪を踏んで尾根筋を進んでいくと、泥煉瓦の小さな小屋が斜面の真下になる地点にたどり着いた。ターゲットをその上方の尾根筋から狙えるというのは、射撃地点としては理想に近い。彼はバックパックを下におろし、その周囲の雪をかき分けて、押しやった。それから、身を沈めて、伏射の姿勢をとり、NVGを使って、バックパックごしに下方をのぞきこんだ。

エメラルドのように輝く視界のなかに、反政府軍兵士たちの姿が見てとれた。四軒の小屋のうちの唯一、無傷で残った一軒を選んで、そこに入りこんでいる。ほかの三軒は屋根がふっとんでいて、壁も一部が失われていた。生きた家畜のいる小屋はひとつもない。おそらく、そこもまた、かなり以前に廃村になったのだろう。この角度からでは光は見えなかったが、自分が目を覚ましたのちにその家を離れた者はいないはずだった。

パースンは、バックパックの上にライフルをのせた。薬室に弾が装塡されていることを確認した。バックパックを下に押して、雪にもぐりこませ、ライフルで下方の村をむりなく狙えるようにする。これで、バックパックをベンチレスト代わりに使って、ライフルを安定させ、腕の疲れを軽減することができるようになった。

任務を果たすのに必要なツールのすべてを、このときになって初めて手にしたような気分だった。彼はパーカのポケットからレーザー・レンジファインダーを取りだし、それをバックパックの上、NVGのかたわらに据えた。NVGで下方の動きを観察する。そして、夜が明けるのを待った。

やがて、曙光の最初のひと筋が射してきて、NVGなしで小屋の輪郭が見分けられるようになったので、彼はレンジファインダーごしに村をのぞきこみ、測距ボタンを押した。液晶画面が、五百三十二ヤードと距離を表示した。添付されていたメモによれば、このライフルは五百ヤードに零点規正がなされている。支援の海兵隊員がやってくれた零点規正に近い距離だ。着弾のドロップを補正するための調整をおこなう必要はない。

パースンは、おのれの射撃の精度には限界があることを心得ていた。本物のスナイパーなら、この種類のライフルを何千回と撃った経験があって、それに特有の微妙な要素をよく把握しているから、ターゲットの頭部の中心に銃弾をたたきこむことができるだろう。パースンも射撃の腕はいいのだが、これまで一度も撃ったことのないライフルで、そんな離れ業めいた射撃をやってのけることはできない。体のど真ん中を狙って撃ち、あとは、秒速二千フィートをこえる高速で飛んでいく被甲弾にゆだねるしかない。

いまはまだ、スコープを使うには暗すぎた。かろうじてクロスヘアが見分けられる程度だった。調整ターレットを操作して、照明レティクル《イルミネイティッド》のスイッチを入れる。これで、クロスヘアははっきりと見えるようになったが、それ以外のものはろくに見えなかった。このドイツ製のスコープは、一般に買える昼間用光学装置としては最高のものではあるが、それでも最低限、わずかでも光は必要とする。それでオーケイ、とパースンは思った。まだ一日が始まったばかりなのだ。

小屋の周囲に、灰色の煙が現われてきた。煙がまっすぐ上に立ち昇って、低く垂れこめた雲のなかへ消えていく。

「ご親切なことだ」パースンはひとりごとをつぶやいた。やつらが煙を出してくれたおかげで、風向きが判別できる。これで、風向ダイヤル《ウインデージ》を調整する必要はないことがわかった。

体が震え始めた。位置を変えたくないのはやまやまだったが、どうせ動くなら、あとでするよりいまのほうがいい。パースンは身を起こして、寝袋を解いた。巻いてあった寝袋をひろげて、そのなかに両足をつっこむ。その格好で、身を転がして、ふたたび伏射の姿勢をとった。少しは体が温まった感じがした。これで、少なくともライフルを安定して構えられるようにはなった。

パースンは、勝算の見積もりにかかった。ブーツの足跡は、四組と考えられる。そのひと組はゴールドとすれば、最善のケースとしては、そこにいる反政府軍兵士は三名となる。だが、それは、やつらがあそこでほかの連中と合流していなければの話だ。それはありえないとまでは言えないが、ありそうにない。やつらがあそこで停止したのは、一夜を明かすためだけだったのか、それともなにか目的があってのことだったのか？　そのどちらなのかは、キャントレルが仕掛けた無線のトリックをやつらが盗聴したかどうかにかかっているだろう。答えを知るすべはなかった。

そんなことはどうでもいい、このばか、と彼は自分に言い聞かせた。いま、あそこにやつらがいて、これが襲撃をかける唯一のチャンスであることはわかっているだろう。こんなチャンスが得られたのは、もっけのさいわいだったと考えるんだ。

ふたたび、スコープをのぞきこむ。さっきよりよく見えるようになっていた。ミルドット・レティクルを通して、村の構造物が明確に見分けられた。推測していたことが確認できた。村は、その一軒をのぞいて、壊滅していた。その住居もまた、損傷をこうむっている。壁のひとつに、ひとひとりが通りぬけられるほどの大穴が開いていた。

そこからだれかが出てきて、やあ、と言いそうな感じだ、とパースンは思った。少なくとも訪れた相手がこの自分だとは、やつらは考えないだろう。やがて、ぶあつい雲にさえぎられてはいても、完全に日が昇ったことがわかったが、それでもなお、なんの動きも見てとれなかった。かなりたってから、ようやくドアが開いた。それが見えたのは、ライフルの上から、そこをのぞきこんでいるときだった。パースンは銃床に頬をあてがい、スコープを通してそこを見た。クロスヘアで四分割されたドアが、裸眼より大きく見てとれる。まだ、ほかの動きはなかった。セイフティを解除する。引き金に指をかける。手首がうずいていた。冷静になれ、と彼は思った。猟の初心者の興奮《バック・フィーヴァー》を味わっている場合じゃないぞ。

男がひとり、戸口から出てきて、雪の上に足を踏みだした。パースンはスコープごしに、その姿を追った。男はオリーヴグリーンのアノラックを着て、頭部と顔面を灰色のシュマグ（兵士が頭部の保護に用いるマフラーのようなもので、アフガンストールとも呼ばれる）で覆っていた。そういえば、あの種の装備品は、イラクとクウェートとサウジアラビアで見たことがある。おい、いまのおまえはそういう国の上空じゃなく、ここの地上にいるんだから、そんなことは関係ないぞ。よけいなことを考えるんじゃない。パースンは左目を閉じた。

出てきた反政府軍兵士が、雪の上をあちこちと歩きまわっている。たぶん、なにか燃やせるものを探しているのだろう。兵士が腰をかがめて、地上にあるものを検分にかかる。そいつが身を起こしたとき、パースンはレティクルのクロスヘアをその胸の中央部に重ねた。わずかに狙いを修正した。息を吐いた。引き金を絞った。

消音されたライフルが、コーラの缶を開けたときのようなパスッという音をかすかに発し、音速の壁をこえたことを物語る衝撃音を残して銃弾が飛翔する。兵士が、その足もとで罠がだしぬけに口を開いたような感じで崩れ落ち、雪だまりの陰に倒れこんだ。

パースンは空薬莢を排出した。精密に調整されているボルトが、摩擦を感じさせないなめらかさで動いて、真鍮製の薬莢が雪の上に転がった。次弾が薬室に送りこまれて、ボルトが閉じる。彼はスコープをのぞいた。ひとつ、まばたきをする。

煙が立ち昇っているだけで、動くものはなかった。撃ち倒した男は、なんの音も発していない。パースンは待ち、さらに待った。寒いのに変わりはないが、いまは身の震えはなかった。腕時計が秒を刻んでいく。

住居のなかから小さな声があがるのが聞こえた。警戒しているのではなく、いらだっているような声だ。パースンは推測した。どうした？　なにをそんなにぐずぐずしているんだ？　あいつはどこへ行った？　よし、ちょっと外に出て、ようすを見てみよう。そんなところだろう。

ふたたびドアが開き、別の男が出てきた。黒いオーヴァーに、平たい帽子という格好だ。仲間が倒れているのを見つけたらしく、兵士が足をとめた。名を呼んだ。倒れている男のほうへ、まっすぐ歩いていく。

いいぞ、とパースンは思った。銃声が聞こえなかったんだな？

男がまた、こんどは血を見たらしく、足をとめた。身をひるがえして、周囲を見やった。へまをやらかしたと悟ってのことだろう。それが最後のへまだぞ。パースンは発砲した。

さっきほどうまくは撃てなかった。男が倒れて、身もだえする。血が噴出している射出口の場所から判断するに、腹部に命中したようだとパースンは思った。

男が、うめきとも悲鳴ともつかない大声をあげる。

「アシュハドゥーーーーー！」声がつぶれていた。

信仰告白のことば、シャハーダを言おうとしたのか、とパースンは推察した。負傷したために、それを最後まで言いきれなかったのだろう。

ついで、男が別のことばを発した。

「ママーーーー……」

仲間の名を呼んだのだろう、とパースンは思った。いや、母親をか？　痰がからんだような咳の音。

パースンは、憐れみのような感情をいだいた。もう少し上を撃ってやるべきだったと思った。それなら、即死させられただろう。そいつのうめき声を聞きながら、薬室にまた弾を送りこむ。くそ、あんな目にはあわせたくなかった。きれいに死なせてやりたかったのに。

集中しろ、とパースンはみずからに言い聞かせた。銃床にしっかりと頬をあてがって、スコープをのぞきこむ。三人めがばかみたいにあわてふためいて、飛びだしてくるかもしれない。

負傷した男があおむけに身を転がし、震える片手を空に向かって突きだしていた。指も腕も、赤黒い血にまみれている。スコープごしにそれを見たパースンは、その赤い液体が男の指先から滴っていることに気づいた。とどめをさしてやりたかったが、頭部を見てとることができなかった。つぎの戦術を思いつくこともできなかった。そのうち、あの悲鳴がつぎのターゲットを呼び寄せるかもしれないが。

負傷した兵士が、つぶれた声で、またなにかを言おうとした。

「イラアーーーー……」ことばが途切れて、咳の発作が始まる。

パースンは吐き気を覚えた。頼むから、口を閉じて、さっさと死んでくれ。いや、まだ死ぬな。助けを呼べ。仲間を呼ぶんだ。

仲間は出てこなかった。そいつはそれほどのばかではないということか、とパースンは思った。まずいぞ。

壁の穴から、AK‐47の銃身が姿を現わす。銃を構えている男が、なまりのある英語で叫んだ。パースンに聞きとれたのは、「異教徒め!」の語だけだった。

男が長い連射をした。銃弾が立てつづけに雪を撃って、点々と弾痕を刻みつけたが、パースンの近辺に弾が飛来することはなかった。

いったい、なにを狙って撃ってるんだ? パースンはそう思いながら、銃を撃っている男にスコープのクロスヘアを合わせにかかった。その調子でやってくれていたら、あっさりと仕留められそうだ。が、男は住居のなかへ姿を消した。くそ。なるほど、あっさり仕留められるつもりはないということか。

負傷したゲリラ兵がまた叫びだし、喉にからんだような声が甲高い悲鳴になって、途絶えた。ちくしょう、黙ってろ、とパースンは思った。こっちは集中しようとしているんだぞ。パースンはライフルの銃口をめぐらせて、その男の姿をふたたびスコープごしにとらえた。両足と、胴体の一部が見えていた。どこもかしこも血まみれだ。やはり、頭部は見てとれない。

なにはともあれ、もう一度、あいつを撃とうかとパースンは考えた。たとえテロリストでも、あんな死にかたをしていいわけはない。体のどこにでもいいから弾を撃ちこめば、早くこの世におさらばさせてやれるかもしれない。だが、それをすれば、こちらの位置を露呈するおそれもある。そして、もちろん、そうなれば、自分は殺されることになってもおかしくないのだ。

やらなければならないことに気持ちを向けろ、とパースンは自分に命じた。おまえを殺す能力を備えている男のほうへ、スコープを向けるんだ。彼は壁の穴にクロスヘアを重ねた。そこにはだれもいなかった。

内部にいる男がゴールドを射殺するのではないかと案じられた。もしそいつがいずれは射殺するつもりでいたのなら、いまがまさにそのときだろう。どうか、神よ、あのなかから銃声があがりませんように。いや、もしかすると、やつらは、つぎのビデオ撮りができるように、彼女を生かしておけと命じられているかもしれない。そうであってくれれば、そして、あいつがこの自分よりも上官を恐れていてくれればいいのだが。

雪はまだ、絶え間なく降っていた。ライフルの銃身に落ちた雪片が、いまの発砲で熱を持っているそのスチールに触れて、即座に解け、水滴と化していく。パースンは観察をつづけた。なにも起こらない。

どちらが我慢強いかが試される競争になったか、とパースンは思った。こっちはいつまででも待ってやるぞ、くそ野郎。わたしの人生に残された役割は、じっとここで待ち受けて、おまえに弾をぶちこんでやることだけだ。わたし自身が兵器システムになっているんだ。

谷床の雪面から、またうめき声が届いた。さっきより弱々しい。そうか、まだおまえはこの世にいたのか、とパースンは思った。こんなに長いあいだ、そんな苦痛に耐えていたとは。彼は、負傷した反政府軍兵士にスコープを向けた。兵士の片足が雪のなかにつっこまれ、その踵が前後に動いていた。

パースンは引き金に指をかけた。いや、待て、撃つな。屋内にいるやつは、こちらがどこにいるかを知らないんだぞ、と自分に言い聞かせる。こちらの唯一の優位性を失ってはならない。慈悲というものは、どこかにはあるのだろうが、ここにはない。やつらがヌニェスにどんな慈悲を示したというのか？　そもそも、こんなことはしたくなかった。いまごろはもうマシラーに着いて、ビールを飲んでいるはずだった。それなのに、いっしょにビールを飲むつもりでいたひとびとは、全員が死んでしまったのだ。

注意を怠ったら、自分もすぐその仲間入りをすることになるんだ、とパースンは思った。もう一度、小屋にクロスヘアを合わせる。変化はなかった。あの野郎、なにをたくらんでいるんだ？

まあいい。あのようすなら、やつはやはり、彼女を生かしておけと命じられているんだろう。そうでなければ、とうに彼女を射殺していたはずだ。とはいっても、いま以上に怖気づかせたら、あいつは上官の命令に従ってはいられなくなるだろう。もしあいつが、上官はこんな事態は予想していなかったのだから、受けた命令はもはや無効だと判断したら？　あの種の連中はそんなふうに考えるものだとか？――だとすれば、時間はこちらの味方ではない。

負傷した兵士が、また叫んだ。こんどは、喉をふりしぼった悲鳴だった。パースンは身震いして、スコープをそちらへ向け、大きく上下する胸にクロスヘアを重ねた。頼むから、息をするのをやめてくれないか？　パースンは引き金を引き、発砲の反動を感じた。そいつの胴体が痙攣して、動かなくなり、静かになる。

衝動を抑えきれなかった自分に、パースンは悪態をついた。ばかなまねを。内部にいるやつに、こちらの居どころを知るチャンスを与えてしまったぞ。彼は空薬莢を排出して、次弾を薬室に送りこんだ。

なかにいるテロリストがいまの銃声を聞きつけたかどうかを判断する手がかりはなかった。だが、ここはこんなに静かなのだ、とパースンは思った。これほど静かな野外の空間があるだろうか。

くそ、このままではうまくいくわけがないに決まっている。あの男は暖かい屋内にいて、自制を完全に失ってしまわないかぎり、外に出てくることはないだろう。しかも、狂乱すれば、あいつは彼女を撃ってしまうことになりそうだ。

パースンはスコープごしに、小屋のようすを観察した。なにより、あの反政府軍兵士がこちらを見ているかどうかを知りたかった。だが、穴の向こうにはだれもいなかった。どこにも人影が見えない。

彼は寝袋から足を引きだして、身を起こし、四つん這いになった。それから、片腕にライフルをかけて、ゆっくりとあとずさる。小屋が尾根筋の向こうに隠れてしまうまで、そこから目を離さずにいた。全身が粉雪まみれになった。

寝袋とバックパックは、そこに置いていく。よけいなものがないほうが、こちらの姿を小さくできるし、うまく動けるだろう。作戦が成功したら、取りに戻ってくればいいのだ。もし失敗すれば、そんなものは要らなくなる。

彼は、つねに自分と小村のあいだに尾根筋があるようにしながら、尾根沿いの下り斜面をたどって、村から離れた位置にあたる山の肩へと懸命に進んでいった。遠く離れたところまで行って、谷床へおりていくのをあの集落から見られないようにしたかったのだ。それを見こしたかのように、雪が真正面から吹きつけてきた。雲の層が低く垂れこめているために、夜がまだ明けきらず、頭上に居残っているように感じられた。スノーシューズをひきずって、半時間ほどくだったのち、ふたたび尾根をめざして上り斜面を進んでいく。

尾根に着いて、向こうを見ると、思ったほど村との距離がとれていなかったことがわかって、パースンは落胆した。大きく村をまわりこんでから、谷床へとくだっていき、破壊された小屋が並んでいるところへ側面から接近するつもりだった。その方角からなら、あの敵兵が屋内にとどまっているかぎり、こちらを見てとることはできないだろうと考えていたのだが。彼は双眼鏡を使って、そこを見た。薪の煙がひと筋。ほかにはなにもなかった。

パースンは尾根のこちら側に退却し、凍りついた木々を縫って、さらに前進した。ふたたび尾根の上へ顔を出して、またもう一度、廃村のようすをうかがい見る。いまは、村はかなり右手に遠ざかっていて、双眼鏡を通しても小さく見え、降りしきる雪のヴェールがその光景をぼやけさせていた。そのヴェールがこちらのつぎの動きも隠してくれることを願おう。

彼は小屋の上方から、村をめざして斜面をくだり始めた。二、三歩、進むと、木々がなくなって、山腹に姿をさらすことになった。遮蔽の役に立ってくれそうなのは距離の遠さと降雪しかなかったが、それでも身をかがめたりはせずに歩いた。もし生き残りの反政府軍兵士に発見されることがあるすれば、それはこの忍び寄りの局面においてだろう。しかし、身を覆っているのは冬季用迷彩のパーカであり、ライフルには白いテープが巻かれているから、自分の姿はこの雪と氷からなる地形に溶けこんでくれるはずだ。もしうまくいかなければ、銃弾を食らうことになるにちがいなかったが。

斜面を下までおりきると、村の光景は見えなくなった。パースンは元気づいた。ここの地形は頭に入っている。集落がどこにあるかは、わかっていた。とにかく、こちらから村が見えないということは、村からもこちらが見えないということだ——いまのところは。

谷床に着いたと判断した時点で、彼は東へ方向を転じて、小屋のある場所をめざした。

五分あまり歩いたところで、片膝をつき、双眼鏡を使って前方にひろがる光景を確認する。ふたたび村が見えたが、この角度からでは、見えるのはほとんどがその残骸だった。ここもまた空爆を受けたのだろうか、とパースンは思った。数機のウォートホグ——A-10——が同じ方角から、低空、高速でいっせいに飛来して、機関砲からチェーンソーの轟音を思わせる猛烈な射撃を浴びせかける光景が、頭に浮かんでくる。しばらく村を観察したあと、彼は立ちあがって、前進を再開した。

小屋まで二千ヤードほどの距離になったところで、ふたたび足をとめる。片膝をついた。それから、雪の上に伏せた。双眼鏡を使うのはやめて、ライフルのスコープごしにようすを見た。相手がこちらの射程内にいるとすれば、もしそいつの射撃の腕がいいようなら、こちらも相手の射程内にいることになる。だが、スコープをのぞいたかぎりでは、かなり以前に破壊されて、いまは雪をかぶっている壁がいくつか見てとれるだけだった。

彼はふたたび立ちあがって、また何分か徒歩で前進した。足をとめる。雪の上に伏せて、スコープでようすをうかがう。まだ、クロスヘアが生命の気配をとらえることはなかった。同じ手順をさらに二度くりかえすと、ようやく、泥煉瓦の廃墟までわずか二百ヤードの距離にまで近づいた。その地点でスノーシューズを外して、そこに残し、腹這いで前進にかかった。ダウンの羽のように滑るパウダースノーの上を、低く這っていく。

着衣のなかに雪が入りこんできたが、いまはそんなことにかまってはいられない。この作戦が成功したら、屋内に入って、身を乾かすことができるだろう。もしうまくいかなければ、低体温症になるよりずっと先に、別の原因で命を落とすことになるのだ。じっと耳を澄ましてみたが、なんの音も聞こえなかった。恐れるべきは蹄の音だ。前方にいる敵兵は無線を持っていて、支援を求めただろうか。

廃墟から目を離さず、パースンは匍匐前進をつづけた。なんの音も聞こえず、なんの動きも見えない。あいかわらず煙が立ち昇っているだけだ。村の外周をなしている塀、というより、塀であったもののそばにたどり着いたところで、その残骸にライフルを立てかけておく。この武器を使うには、距離が近すぎるのだ。パースンはコルトを抜いて、撃鉄を起こした。そして、銃を右手で持った。まだ痛みはあるが、耐えられる程度になっていた。

こぶし大の石を一個、左手で拾いあげる。

身を低くかがめ、数軒の小屋を取り巻いているその塀に沿って、歩いた。そのあたりの部分の塀は、それほどひどい損傷はこうむっていなかった。塀に沿って、向こうのようすをうかがい見たが、人影は見えなかった。音も聞こえない。膝までもぐりこむ雪を一歩一歩踏みしめて、パースンはまっすぐに歩いていった。瓦礫を踏まないように用心しながらだ。いまはもう、敵のいるところと数ヤードしか離れていないわけだから、できるかぎり物音を立てないようにしたかった。

塀の外れあたりまで進むと、さっきゲリラ兵が屋内からAK‐47を乱射した、あの壁の穴のそばにたどり着いた。パースンはその泥煉瓦の壁に、背中をぴたりと押しつけた。呼吸を整えて、耳を澄ます。後ろ手に石を放り投げると、それがなにかにぶつかる音が聞こえた。

AK‐47が銃火を開く。発砲地点は、ここからは見えなかった。

パースンは駆けだした。壁の穴の前で、身をかがめる。両手で拳銃を構えて、内部に銃口を向けた。

戸口に男がいて、外に向かって撃っていた。男が向きを変えて、銃口をめぐらせる。戸枠のこちら側へ銃口を持ってくるのに、半秒ほどの時間がかかった。それだけの時間がかかれば、こっちにはじゅうぶんだ。パースンは二度、発砲した。

男の腕から血が噴出する。ＡＫを取り落として、倒れた。パースンはふたたび発砲した。男が痙攣する。パースンは、椅子に縛りつけられた女性の姿を目の隅にとらえた。

瓦礫を踏んで、壁の穴からなかへ突進する。三歩で部屋を横切って、倒れたテロリストのそばに立った。男は呆然としているようにしか見えなかった。その目はまだ動いている。

パースンが発砲するのと同時に、男が両足で蹴りつけてきた。パースンの腕が蹴られて、銃弾が泥煉瓦の壁に当たる。片足の踵が、パースンの脛を蹴りつけてきた。もう一方のブーツの底が、膝の内側をとらえた。男の上に倒れこんだパースンは、相手が防弾チョッキをつけていることに気がついた。

男がぶじなほうの手で、パースンのコルトの銃身をつかんだ。パースンは痛めているほうの手で銃を握りしめて、左手で相手の手をつかんだ。男が、撃たれた腕を持ちあげてくる。引き金の用心鉄の内側に、むりやり指をつっこんできた。四本の手が銃をつかんで、奪い合いになる。手首に痛みが走って、パースンは歯ぎしりをした。

見開かれた目と、憎悪のこもったまなざしがあった。パースンが全身全霊をこめているにもかかわらず、銃口の向きが変わっていく。銃身の内側に刻まれている腔線が見えた。パースンはセイフティに指をかけようとしたが、むりだった。そこで、発砲ができなくなるように、スライドを押し戻そうとした。だが、男の握力が強すぎて、どうにもならない。ついに、銃口がもろにこちらの左目に向けられてきた。目の下、二インチほどのところからだ。パースンの鼻から噴きだした冷や汗が、銃身の上に落ちる。男が撃鉄を起こそうと、親指をのばした。そのとき、パースンの背後で物音がした。なにかが降ってくるような音が。

ひとまとめに縛られた二本のブーツの足が、男の顔面を打ちつけた。男の手が拳銃から離れる。パースンは横手へ身を転がして、両手で四五口径を構えた。反政府軍兵士の手が、AKへのびる。

パースンは撃った。間近とあって、血が自分の顔に飛び散ってきた。熱い血が目に降りかかって、刺すような痛みが走る。まばたきをすると、ドアに脳漿がへばりついているのが見えた。男の体が、こちらの肩にぐったりともたれかかってきた。パースンは手の付け根と拳銃の銃把の台尻で、死体を押し離した。反政府軍兵士の死体は家畜のようなにおいがしていて、パースンは、自分の体も同じような悪臭を放っているのだろうかと思った。

ゴールドが、後ろ手に縛られたままの格好で、あおむけに倒れているのが見えた。足も縛りあわされている。口に猿轡がかまされていた。髪の生え際のすぐ下、こめかみのところの静脈が脈打っている。

ふたりのあいだの床の上に、四五口径の空薬莢が一個、転がっていた。その空薬莢から、ひと筋の薄い煙が渦巻いて、消えていく。雷管《プライマー》の、撃針に打たれた箇所がはっきりと見てとれた。両手が震えていた。パースンは拳銃のセイフティをかけた。

14

パースンはブーツナイフを抜いて、小屋の床の上に倒れているゴールドのそばに膝をついた。粗い布から切りとられたものが、ヒジャーブ代わりに彼女の頭に巻かれていた。

「三名だけか？」彼は尋ねた。

彼女がうなずく。

パースンは猿轡を外し、ブーツと腿を縛っていたロープを切断した。彼女が膝立ちになり、両手の縛めを解いてもらえるようにと、背中を向ける。彼はダマスク鋼の刃で、ナイロン製のロープを断ち切った。彼女の指の先が赤むけになって、肉が露出しているのが目にとまった。ゴールドはすべての爪を失っていたのだ。

パースンは彼女の前にまわりこみ、手首のあたりを軽くつかんで、その両手を持ちあげた。

「やつらがやったのは——」と言いかけて、彼は自制した。どこまで尋ねていいものか、わからなかったからだ。

「これだけです」ゴールドが言った。

これだけではなさそうだが、とパースンは思った。そもそも、なにもきくべきではなかったのだろう。

「治療が必要だ」彼は言った。

ゴールドが頭からヒジャーブを引きはがして、投げ捨てる。床の上にあぐらをかき、顔を伏せて、自分の体を強く抱きしめ、身を揺すり始めた。そのあと、片手をもう一方の手に重ねたが、その両手は震えていた。その目が指先をじっと見つめる。周囲に目をやってから、彼女は尋ねた。

「チームはどこに？」

「チームはいない。わたしだけだ」パースンは言った。「われわれがとらえられていたあの家を襲撃したのは、特殊部隊だった。彼らはいま、マルワンとムッラーを追っている」

ゴールドが目を離して、彼女を捕縛していた男の死体を見やる。彼女が考えていることを、パースンは想像しようとした。われわれはみな、任務が優先であることを心得ているはずだと思った。自分たち将兵はみな、消耗品であることを。とはいえ、本気でそれを信じている者はいないだろうが。

「尾根の上にバックパックを置いてきた。あのなかに救急キットが入っているんだ」パースンは言った。「そこまで歩くことができるか？」

「歩いても歩かなくても、この痛みは同じでしょうから」

「モルフィネかなにかがあればいいんだが、あのキットには消毒薬と包帯しかないんだ」

「我慢できます」ゴールドが言った。

「ほんとうに、だいじょうぶなのか？」

ゴールドが、自分自身も信じきってはいないことをみずからに納得させようとするような調子で、ゆっくりとうなずく。パースンも、彼女がだいじょうぶだとは信じきれなかったが、ほかに打つ手がないことはたしかだった。行動をともにするか、死ぬか。

渓流の石を用いて造られている暖炉で、小さな火が燃えていた。ゲリラ兵たちがどこで薪になる木を見つけだしたものか、パースンには見当もつかなかった。どこで見つけたにせよ、それは水分を含む青い木だったにちがいない。暖炉はプップッ、シューシューとつぶやきながら、貧弱な炎をあげているだけだった。そんな火ではあっても、パースンはパーカと手袋を乾かすために、暖炉の前にひろげた。温かさを感じとれないほど冷えきっていたせいで、あやうく指を炎に触れさせてしまいそうになった。

なにを言えばいいものか、どう感じればいいものか、よくわからなかった。それなりの達成感を覚えてもいいはずだった。ゴールドを救出し、敵兵を殺したのだから。だが、気分はよくなかった。そもそも、自分がもっと良い判断をしていれば、ゴールドがこんな目にあうことはなかったかもしれないのだ。

「あの連中はアラブ人だったのか？」彼は尋ねた。

「ひとりはそうでした。あとは、アフガン人と、チェチェン人」

「やつらは無線を使っていた？」

彼女がうなずく。

「声はよく聞こえなかったですが」

むりもない、とパースンは思った。十本の指の爪がはがされている最中に、無線の声に耳を澄ましてなどはいられなかったのだろう。

無線を使っていたとなれば、自分とゴールドは移動する必要があるが、パーカはまだ濡れたままだ。この泥煉瓦の小屋でぐずぐずしていたくはないが、いま濡れたままのパーカを着れば、銃弾を浴びるのと同じく、速やかに命を落とすことになるだろう。彼はフライトスーツの胸のところに触れてみた。そこもまた、濡れていた。彼はまずブーツを脱いだ。それから、フライトスーツのジッパーを開いて、それも脱ぎ、Tシャツと防寒用下着だけの姿になった。

暖炉の火の前に、フライトスーツを掲げる。寒さで体が震えた。暖炉の火がノーメックスの生地を照らして、それについた血糊を浮かびあがらせる。マルワンの銃弾を浴びた部分に穴が開いていた。古いロシア軍のキャンプ地でワイヤにひっかけた部分が裂けている。肩のところに、少佐を表わす、オークの葉をかたどった階級章。それが自分であり、自分はその立場として行動してきて、これからもそうしなくてはならないのだ、と彼は思った。穴を繕っておきたかったが、縫うための糸の持ち合わせがなかった。

暖炉のそばに立って、彼は考えた。ほかの敵兵どもは、どれくらい間近にいるのだろう。火の前に服を掲げた半裸の状態のときに撃たれるというのは、なんとしても願い下げにしたい。ゴールドはなにも語らず、目を合わせようともしなかった。両手をひろげて、見つめている。慰めてやりたいとパースンは思ったが、こえてはならない一線がどこにあるかがよくわからなかった。もしかすると、拷問をやったやつは、体のほかの部分には手出しをする必要を感じなかったのかもしれないが。

彼は最終的に、職務としてことを運ぶかぎりは、問題はないだろうと判断した。生地がとても薄くて、ほかのものよりも早く乾いたフライトスーツを着こむ。それから、彼女のかたわらに膝をついて、その両肩に手を置いた。

「ゴールド軍曹」彼は言った。「きみは陸軍の誉れだ」

「ありがとうございます、少佐殿」彼女が言った。

その声は、パイロットが緊張を強いられる飛行の最中に酸素マスクごしに発するもののように、固く張りつめていたので、彼女は激しい苦痛に耐えているのにちがいないとパースンは推察した。

ほかの衣類が乾いたところで、彼はブーツを履いた。水気が抜けて、温かくなっていた。

パーカと手袋を身に着ける。ゲリラ兵の死体をまたぎこえて、戸口から表へ目をやった。外に転がっている二体の死体の上に、いまは薄く雪が積もっていた。赤い液体の流出は、すでに途絶えている。すべて、流れ出てしまったのだろう。もちろん、そうに決まっている。以前に歩兵部隊のだれかから聞いた話を思いだした。こういうのを好きにならなくたっていい。やるだけのことだ。

パースンは、小屋のなかで射殺した反政府軍兵士の防弾チョッキを奪うことにしたが、やってみると、それは意外に面倒な作業だった。その男は、防弾チョッキの上に外套を着ていた。彼はまず、死体を転がして、両腕を袖から引き抜こうとした。死体ほど重いものは、またとない。開いたままの目が、こちらをあざけっているように見えた。その目の上、ひたいのところに、射入口があった。

ようやく、被弾したほうの腕を外套の袖から抜きとることができた。パースンが発砲した拳銃弾は、上腕骨を砕いていた。生命を失った腕が袖から抜け、食肉処理場で解体される肉のように床へ落ちる。ゴールドに目をやると、彼女は無表情にそれをながめていた。手伝ってくれと言いかけて、パースンは思いとどまった。ふたたび死体を転がして、もう一本の腕を抜く。防弾チョッキのスナップを外す。アメリカ軍の防弾チョッキだったので、脱がせかたはわかった。死体の肩と尻を押して、もう一度、転がす。そろそろ、汗ばんできた。チョッキのストラップを外していく。チョッキが脱げて、死体から離れたが、まだ一本のストラップがゲリラ兵の胸の下部に残っていた。パースンはそれも外して、死体を蹴りやった。脱がせた防弾チョッキを持ちあげる。

「これを着用するように」彼は言った。

ゴールドが無言で首をふる。

「なぜ？」

彼女は顔をそむけただけだった。パースンはパーカを脱いで、そのチョッキを着用した。胸の側が、すべてが新しいものではないが、血でよごれていた。その上から、ふたたびパーカを着こむ。それから、床に落ちていたAK-47を拾いあげた。そのライフルをゴールドに渡す。彼女はこちらを見ずに、それを受けとった。

「外に置いてきたものがあるんだ」パースンは言った。「それを取ってくるから、ここで待っていてくれ」

「いやです。どうしても、ここから出たいんです」

ゴールドはポケットから手袋を取りだした。顔をしかめながら、両手に手袋をはめていく。

ゴールドが外の死体を目にして、なにかを言いかけた。パースンはことばが出てくるのを待ったが、彼女はなにも言わなかった。壁の穴から、彼は外をのぞき見た。穴をくぐって、外に出ると、パースンはゴールドを導いて廃墟の塀沿いに進み、ライフルを残しておいた地点にたどり着いた。そのM‐40を取りあげて、胸の前に携える。ゴールドが当惑顔で、それを見つめた。

「いまは説明している時間がないが」パースンは言った。「いくつかの物資を空中投下してもらったんだ」

彼女はそのいきさつを問わなかった。

パースンは、来た道をたどって、村をあとにした。途中で、ふりかえって、ゴールドのようすを見る。彼女は足もとがおぼつかない歩きかたをしていて、一度はバランスを崩して転びそうになった。しばらく進むと、置いていったスノーシューズが見つかったので、パースンはそれを彼女に手渡した。

彼女が雪の上に膝をついて、スノーシューズを取りつけていく。片足の装着が終わったところで、手をとめて、目を閉じた。腿の上に両手を置いて、指をのばす。ひとつ深呼吸をしてから、もう一方のスノーシューズを取りつけにかかった。パースンはそばにかがみこんで、ビンディングの留めつけを手伝った。

それがすむと、彼は双眼鏡を使って、谷間の土地と上方の尾根を見やった。敵が迫ってくる気配はなかった。この任務は終わってはいない。まだ用心を怠ってはならないのだ。ほかにも反政府軍兵士がどこかにいるかもしれないのだから、ゴールドがもっと速く歩いてくれればいいのだが。だが、あまり急きたてたくはなかった。低い雲の層が頭上に移動してきて、池に張った氷のような灰色をしていた空が、冷たい鉄を思わせる色へ変じていく。

彼は先に立って、来た道をたどり、谷床を離れて、尾根筋へとひきかえしていった。登っていく途中、ゴールドが立ちどまって、常緑樹に身をもたせかけた。頭の後ろでまとめていた髪がなかばほどけて、ほつれ髪になっていた。ブロンドのほつれ髪と頬に、雪がひらひらと舞い落ちている。彼女がほつれた髪をわきへはらおうとしないので、顔に点々と雪がつもり始めていた。パースンはその手首を、指に触れないように注意しながら、つかんだ。ひっぱってやれば、多少はペースを速められるだろう。彼女が足に力をこめなおして、また登り始める。

やがて、バックパックと寝袋を置いていった地点に着くと、パースンはバックパックの雪をはらって、なかを探り、残っている水のボトルを一本、取りだした。蓋をねじって開いてから、それをゴールドに手渡す。彼女は半分ほどを一気に飲んだところで、ボトルを返そうとした。パースンが手をふってみせると、彼女はボトルの水を飲みほした。彼が別のボトルを開けてやると、その水も飲みほした。そのあと、ゴールドは山腹の下方、自分が捕縛されていた村を見おろした。

パースンは救急キットを開けて、ベタジンの容器を取りだした。

「手を見せてくれ」と彼は言った。

ゴールドが、ちょっとためらったのち、左手の手袋をそろそろと脱いで、指を見せる。彼女が固く目を閉じたので、パースンは、このささやかな医療処置にはそれほどつらい思いをさせてまでするほどの価値はあるのだろうかと思ってしまった。彼女が同じやりかたで、ゆっくりと右手の手袋も脱いでいく。そして、その場にしゃがみこみ、膝にAKを置いて、その銃床の上に手をのせ、指をひろげた。

その無残なありさまを見て、パースンは身震いした。ゴールドの指先はすべて、皮がはがれた馬か牛の足先にドレッシングをまみれつかせたような様相を呈していたのだ。何本かの指の、爪がはがされた裂傷のところから出血が見られた。ナイフをこじ入れて、その鋭い切っ先で爪をえぐりとったのだろうと彼は推察した。あの反政府軍兵士どもは、情報がほしかったのか、それともたんなる病的な楽しみでやったのか。情報を求めていたとすれば、それを引きだすのは困難な仕事であったにちがいない、とパースンは想像した。そうでなければ、十本の指すべての爪をはがす必要はなかっただろう。

彼は消毒薬の容器を開き、蓋に付属している塗布棒を引きぬいた。それに消毒薬を浸して、ゴールドの指先の血液と損傷した体組織の上に塗ると、そこの部分が黄色くなった。ゴールドは身を縮めたが、声を漏らすことはなかった。彼は白い医療テープを、歯で切りとった。それを短く切り分け、ゴールドの指先のそれぞれにガーゼを当てて、テープで留めていく。

右手の処置がすんで、左手の処置に取りかかろうとすると、彼女は雪を少しすくいとって、掌に置いた。白い雪と、白い包帯が巻かれた五本の指。そのようすは、暑い地方から来た子どもが初めて雪を見た光景をパースンに思い起こさせた。そよ風が吹いて、その掌から雪を少しかっさらった。

「わたしが救ってやれたのは、きみだけだ」彼は言った。「きみはもう、わが乗員のひとりだ」

パースンは携帯口糧を開けた。

「食べられそうにありません」ゴールドが言った。

「クラッカーみたいなものなら食べられそうか？」

「かもしれません」

パースンは、自分の手ほどに大きなウエハースを一枚、取りだした。この巨大なウエハースは、見るたびに、南北戦争時代の糧食に使われていた堅パンを連想させられるが、味のほうはいける。塩気が足りないだけで。彼はそれを半分に割って、二枚ともをゴールドに手渡した。彼女が食べているあいだに、パースンはバックパックから無線機をひっぱりだした。もう一度、キャントレルと無線のチェックをしておきたかった。

手袋を脱ぎ、息を吹きかけて手を温めようとしたが、ものの役に立たなかった。しかたなく、手袋をはめなおし、Ｈｏｏｋ‐112無線機のスイッチを入れて、イヤピースを挿入する。雪片がつぎつぎに無線機に落ちてきたが、解けることはなかった。

「レーザー1-6へ」と彼は呼びかけた。「こちらフラッシュ2-4・チャーリー」

応答がない。彼はくりかえした。

「レーザー1-6へ、こちらフラッシュ2-4・チャーリー」

長い間があった。そのあと、パースンは無線に耳を澄まさなくてはいけなくなった。キャントレルがささやき声で応答してきたからだ。

「フラッシュ2-4・チャーリーへ、どうぞ」

「こちらはLZデルタで待機する」パースンは言った。

周波数を変更して、応答に耳を澄ます。

「彼女を発見したのか？」キャントレルが問いかけてきた。

「うん、いまはいっしょにいる。そちらはどこに？」

何秒間か、空電の音だけが聞こえていた。パースンは、自分がやってのけたことをキャントレルが信じていないのだろうかといぶかしんだ。

「こちらはやつらを追って、洞穴地帯に来ている」ようやくキャントレルが口を開いて、その位置を座標で伝えてきた。

パースンは手袋を脱いで、ボールペンのキャップを外した。数カ月前、任務の合間に宿泊したホテルの部屋からちょうだいしてきたそのペンには、ホテルの名が記されていた。

クウェートのリージェンシー・マリオット。あそこは暖かくて、豪奢で、料理のメニューが多彩だった。彼はペンの先を口のなかにつっこんで、温めた。唾を吐いてから、教えられた数字を左の掌に書きこむ。ペン先が掌に痛かった。

「フラッシュ2‐4・チャーリー、すべてコピー」とパースンは応じて、交信を終了し、そのあとゴールドに向かって、言った。「彼らがいる場所をめざすべきだろうな」

わかっているかぎりでは、もっとも手近にいる多国籍軍はキャントレルの部隊だ。それに合流するのが、もっとも安全だろう。あの廃墟と化した村から、遠く離れたいという思いもあった。無線交信があったとゴールドが言ったわけだから、あそこにいた反政府軍兵士どもは支援を要請したのかもしれない。

掌に書きつけた数字、寒さで震える手の皮膚に記されたその黒い数字を、パースンは見つめた。地図をひろげて、親指で方眼《グリッド》の線をたどっていく。北を上にして地図を置き、方位を確認する。しばらく暗算をすると、解答が出た。ナヴィゲーションというのは、つまるところ数学的確定だ。方位、進路、風向、北極星との角距離。数字はどこにいようと役に立つものであり、彼にとっては最大の指針だった。

パースンは、ゴールドのために開けてやった携帯口糧から、スライスハムをひときれ取りだした。バックパックを肩にかける。ハムを四口で胃におさめて、パーカで手を拭った。

「方位、一時五十分」彼は言った。「距離は五マイルとちょっとだ」

寝袋を丸めて、結び、バックパックに収納する。そして、ライフルを取りあげた。パースンは先に立って歩きだし、まず狭い谷間をめざしたが、らくな道行きが長つづきしないことはわかっていた。降雪と霧を通して、つぎの尾根が壁のようにそびえたっているのが行く手に見えていたのだ。ゴールドはどこまで耐えられるだろうか。歩きつづけようとする意志があるのは見てとれたが、速く歩くことはできないようだった。

急な下り斜面を、彼らは歩くというより、滑りおりていった。深い雪のなかに刻まれていくその痕跡は、足跡ではなく溝のように見えただろう。追跡部隊が敵の居どころを把握する問題を解決したことは、すでにわかっている。そして、その敵兵どもは、自分と同様、この極寒のなか、山脈をこえていかなくてはならないのだ。

谷床に着くと、積雪はパースンの腿まで埋まってしまうほど深くなっていた。ゴールドは、二、三歩あとを必死についてきている。パースンは、取りおいていた最後の水のボトルを開けて、彼女に手渡した。彼女が水を少し飲んで、ボトルを返してくる。パースンは残りを飲みほし、ボトルに雪を詰めて、蓋をしてから、ポケットのなかに戻した。

「だいじょうぶか？」彼は問いかけた。

彼女が無言で肩をすくめる。

「まだチャンスはあるんだ」と彼は言った。ほかになにを言えばいいものか、わからなかった。

双眼鏡を取りだして、峰々を検分する。人間がいそうな気配はどこにもなかった。大聖堂の尖塔のように、峰々がそびえたっているだけだ。点在するビャクシンの枝が雪の重みで垂れていて、なかには折れかけているものもあった。あたりの空気は、このうえなく澄みきった水を飲んだときのようなもので、なんのにおいもなかった。聞こえてくるのは、きつい歩行によって高鳴っている自分の動悸だけだ。地獄がこんなに美しいとは、だれが考えただろうか？　彼は、ゆるんできたバックパックのストラップを締めなおした。足を一歩また一歩と、前に出していく。フライトスーツに包まれた体が汗ばんできたものの、両手はあいかわらず寒さで麻痺していた。

谷の向こう側の上り斜面は、急勾配だった。山を登ることになるとは予想していなかったから、空中投下の際に要請した多数の物資のなかに、登山装備は含まれていなかった。ロープも滑車《プーリー》もない。パースンとゴールドは、一歩ごとに足がかりを探して、ゆっくりと登っていくしかなかった。木の低い枝をつかんで身を引きあげようとしたところ、水晶のように凍りついた雪をかぶるはめになって、氷の粒が目に飛びこんできた。ゴールドが足がかりも手がかりも見つけられずに立ち往生すると、パースンはライフルのスリングを外し、彼女のほうへぶらさげて、引きあげてやった。それには両手を使う必要があったので、また右手首に激痛が走ることになった。

左手のどこかから、拳銃の銃声のようなものが聞こえてきた。パースンがそちらへライフルの銃口を向けると、一本の木が白い雪をシャワーのようにふりまきながら倒れていくのが見えた。折れ残った幹の先端が、開放骨折の断面のように突き立っていた。パースンはライフルを肩にかけなおして、前進を再開した。

三時間がかりで、ようやく尾根にたどり着いた。その先はふたたび下りになっていたが、そこまでの斜面ほど峻険ではなかった。行く手の山腹は勾配がもっとなだらかで、かつては段々畑であったようだとパースンは見てとった。少なくとも、ここ二年ほどは耕作されていないようだ。作物の枯れ穂は見当たらず、生を失った雑草が雪のなかから突きだしているだけだった。この畑でなにが栽培されていたにせよ、戦争がそれに終止符を打ったのだ。

パースンは双眼鏡を使って、遺棄された畑を見まわした。尾根のそちら側も、反対側と同様、無人の地であることがわかった。畑の片側にある打ち棄てられた果樹園に、痩せこけた低い木が並んでいるのが見える。ノブをまわして焦点を合わせ、そこの木々が明瞭に見えるようにすると、そのすべての枝に、小さくちぎった鳥の羽のような細かい粉雪がみっしりと積もっているのがわかった。この国の食糧事情に関するブリーフィングを受けているから、あれはクルミの木か、もしかするとピスタチオの木であろうと推測されたが、いずれにせよ、いまはなんの役にも立ってくれない。ゴールドは腿に両手を置いて、息を整えようとしていた。

ふたりが小休止をしているあいだに、集中的な豪雪が山腹に降りそそいできた。白い柱のように雪が降ってきて、視程が数ヤードほどに断ち切られてしまう。頭上を通過して、山腹をくだっていくその白い柱に目をやると、それは低く垂れこめている、モスリンの布のような帯状をした灰色の雲が降らせていることがわかった。

彼らは重い足取りで斜面をくだっていき、最初の畑に出た。苦労してそこを渡っていくと、雪のなかから突きだしている四つの塚に行き当たった。そこは、その四つの盛り上がりがある以外は、鏝《こて》で均《なら》したように白い雪原がひろがっているだけだった。その塚のひとつのとっかかりに、パースンは足を置いた。積もっている雪が砕けて、崩れ、ブーツの下で石が動く感触が伝わってきた。その上の粉雪を蹴りよけると、さしわたし五フィートほどの石塚が姿を現わした。

「墓石です」ゴールドが言った。

久しぶりに彼女の声を耳にして、パースンはぎょっとしそうになった。

彼女が小石を一個、拾いあげた。それは層状をした頁岩が砕かれてできた、かけらだった。彼女が手袋を脱ぎ、白い包帯が巻かれた指先が触れないようにしながら、その石を掌にのせる。

「ここのひとびとになにが降りかかったと考えられる?」パースンは問いかけた。

彼女は首をふって、頁岩のかけらを投げ捨てた。小石が雪のなかへ没し、それがもぐりこんだ跡だけが残った。

ひとつの家族の大半が死ぬかどうかしたのだろう、とパースンは推測した。暴力が原因でないとすれば、なにかの疫病で。そして、いまはだれもいない。自分の仲間たちと同じく、永遠に去ってしまった。これまでゴールドの救出に専念していたおかげで、乗員仲間たちのことは考えずにいられた。だが、墓石を見たために、また彼らのことを思いだすことになった。彼らは別の任務に就いたのではない。しばらくしたら基地に帰れるという身ではなくなった。彼らが基地のクラブで、自分の帰りを待っていることはない。みんな、死んでしまった。彼らはまもなくそれぞれの墓地に葬られ、長く、いや、いつまでもそこにいることになるのだ。

仲間たちのことを考えたのがもとで、自分の父がいかに生き、いかに死んでいったかを思いだすことになった。おやじは選択徴兵制で空軍に入り、湾岸戦争の〈沙漠の嵐作戦《デザートストーム》〉が決行されたときは、国家航空警備隊の大佐に昇進していた。開戦まもないころのある夜、おやじはF-4Gワイルドウィーゼルのバックシートに乗り組んで飛行していた。パースンはその夜のニュースで、トリプルA対空砲がバグダッドの夜空を蛍の大群のように爆発的に染める光景を見ていた。おやじとフロントシートのパイロットはそのまっただなかを飛行して、HARM《ハーム》ミサイルを敵の防空レーダー・サイトへ撃ちこんだ。

機がターゲットから離脱しようとしたとき、炸裂した砲弾の破片がキャノピーを突き破って、パイロットを負傷させ、おやじがジェットの操縦を引き継いだ。脱出することもできただろうが、それをすれば、あの闇のなかで、無力になったパイロットが医療処置も施されぬまま、敵地に不時着することになっただろう。そこで、おやじは損傷した戦闘爆撃機を操縦して、プリンス・スルタン航空基地に帰還させた。着陸の際に着陸装置が壊れ、ジェットは火花を撒き散らしながら、滑走路から飛びだしていった。そして、やわらかな砂地にぶつかって、回転し、爆発したのだった。

腕にゴールドの手が置かれたのを感じて、パースンはぎくっとした。目をあげると、潤んだ視野を通して、そばに立っている彼女の姿が見えた。

ほんとうはわたしがきみを気遣っていなくてはいけなかったのだ、とパースンは思った。これでは、立場が逆だ。しっかり職務に励め、と彼は自分に言い聞かせた。

ゴールドはなにも言わなかった。ここに彼女がいることを思いださせようとしただけのように見えた。そのふるまいようを、パースンはありがたく思った。そして、その沈黙も。ゴールドはこちらを、彼女はなにを考えているのだろうと思わせるような目で見ているだけだった。なにを考えているにせよ、裁くような目付きでないことはたしかだ。

と、その目が遠いところを見るような感じになった。彼女がひどくつらい思いをしてきたことを考えれば、いまのわたしは追憶にふけっている場合ではないのだ、とパースンは思った。が、そのとき、彼女の目が焦点を結んだ。ぼうっとどこかをながめるのではなく、なにかを調べている。特定のなにかをだ。

「双眼鏡をお借りできます？」彼女が問いかけてきた。

パースンはツァイスの双眼鏡を手渡した。彼女がそれをのぞきこんで、調節リングをまわす。

「なにか見えるか？」ささやき声で彼は尋ねた。

「動物が」とゴールド。「たぶん、犬です」

「人間でないことは、まちがいない？」

ゴールドがうなずいて、パースンに双眼鏡をかえした。ひと息ついて、両手で髪を後ろへ撫でつけ、しっかりとひとまとめに結びつける。

前進を再開し、ふたつめの畑をこえると、そこで地形が平らになって、細い小川によって二分される谷間の地になっていた。暗い溝のように見えるその小川は、ごく短くて、水が勢いよく流れていた。水面の大半に氷が張って、その上に雪が積もっている。パースンは、もっと早く小川の存在に気づくべきだったと自分を叱責した。自分たちがなにより避けなくてはならないのは、小川を渡って、冷たい水がブーツのなかに入りこむという事態なのだ。小川のそばのあちこちに雪が線状に窪んでいる部分があり、そのどれもがほぼ直角に小川と交わっていた。古い灌漑用水路だろう、と彼は推測した。

小川の幅が狭まって、岩と倒木が水面に点々と顔をのぞかせている箇所があり、そこが橋の代わりにできそうだった。倒木から数本の枝が、ひとの腰の高さまで突きだしている。手がかりに使えるようにと、切らずに残されたのだろう。アフガンのひとびとは、貧しくはあっても愚かではないということだ。

彼は最初の倒木にブーツの足をのせ、試しに下へ押してみた。倒木はしっかりともちこたえたので、用心しながらその上にのる。一本の枝をつかむと、それが折れて、フライトグローヴが雪と凍雨の粒にまみれ、朽ちた枝の切れはしが手のなかに残った。

パースンはなんとかバランスを保って、岩の上へ飛び移った。いま水中に落下すれば、火を熾して体と服を乾かすことはできないのだから、コルトの銃口をこめかみに押しつけて、引き金を引くしかないはめになってしまう。パースンはつぎの倒木群に足を置いた。体重を受けて、その全体が動き、ブーツの底の周囲で水が渦巻いた。つぎの岩に、つぎの倒木にと飛び移っていくと、ようやく対岸にたどり着いた。

ゴールドがライフルから弾倉を抜いている。あれはいったい、なんのつもりだ？　パースンがそう思ったとき、彼女がボルトを引いて、薬室から弾を排出し、弾倉と弾をポケットにおさめた。

「受けとめてください」ゴールドが呼びかけて、小川の向こうからこちらへライフルを投げた。

パースンは左手で銃身をつかんで、それを受けとめた。これで、ゴールドはよけいな物を持たずに、川を渡ってこられるようになったというわけだ。なんでわたしはそれを思いつかなかったのか、とパースンは自問した。ゴールドは水に滑り落ちることなく、小川を渡ってきた。そして、ライフルを受けとり、弾倉を装塡しなおして、ガシャンとボルトを閉じた。

15

パースンとゴールドは、遺棄された畑と果樹園をこえて、先へ進んだ。松の木々がまばらになっていき、やがて、雪と凍雨の粒がまみれついた、膝ほどの丈しかない棘だらけの低木が点在するだけの土地になった。身を隠せる場所はどこにもない。尾根に取りかこまれた白い平原がひろがっているだけで、ヒンズークシには果てというものはないように感じられた。

双眼鏡は、またゴールドに渡している。ときどき、彼女が足をとめて、周囲のようすをうかがっていた。これはいい兆候だとパースンは受けとめた。戦う姿勢を取りもどしたのだ。彼女がボトルに残っていた水を飲みほして、雪を詰めこんでいるのが見えた。指に注意しながらやっているようだが、助けを求めはしなかった。ゴールドがポケットにボトルをつっこんで、また歩き始める。聞こえるものは自分たちの息づかいと足音、そして絶え間なく降る雪のかすかな音だけだった。

また一時間ほど歩いたところで、ゴールドが口を開いた。

「彼らはもう交戦状態に入ったのでしょうか」

「なんだって？」

「例の洞穴地帯まで進軍したのかどうかという意味です」

「たしかめてみよう」パースンは言った。

それまでずっと、バッテリーを節約するために、無線を切っていたのだ。彼はバックパックをおろして、112無線機を取りだし、スイッチを入れた。イヤピースを挿入する。

「レーザー1-6へ」彼は呼びかけた。「こちらフラッシュ2-4・チャーリー」

応答がない。パースンはふたたび呼びかけた。やはり、応答なし。

そのとき、なにかを激しく打つような音が、空電の音を破って、届いた。無線の相手が送信ボタンを押したのだろう。そしてまた、空電の音。

「レーザー1-6へ、こちらフラッシュ2-4・チャーリー」

空電の音。そしてまた、なにかを激しく打つような音が、背景に騒音を伴って、届いてきた。ふたたび送信ボタンが押されたのだ。なにかの装備がガチャガチャいう音。パン、パンと、銃声が二度。そしてまた、一度。

ふたたび、空電。そしてみたび、送信ボタンが押された。遠い声が聞こえてくる。

「掩護射撃！」

そのとき、キャントレルの冷静な声が届いた。

「フラッシュ2‐4・チャーリーへ、こちらレーザー1‐6。あとで、こちらから呼びかける」

パースンは無線機を見つめた。もっと詳しく聞きたかった。だが、それはすべきでないとわかっていたので、彼はイヤピースを無線機から外した。

「なんと言っていました？」ゴールドが問いかけた。

「たいしたことは言わなかった。銃撃戦の最中なんだ」

ゴールドは反応を示さず、前方を見つめているだけだった。パースンが雪原の上へ目をやると、そよ風が雪面から細かな粉雪を舞いあげて、渦巻かせているのが見えた。大地が動いているような錯覚に陥って、彼はちょっとめまいを覚えた。遠方に、黒い点がある。

パースンはライフルを持ちあげ、スコープの焦点を調整して、そこをのぞきこんだ。

数百ヤード先の雪のなかに、一頭の狼がいて、肩より上の部分が見えていた。倍率をあげても、雪が降っているせいで、はっきりとは見てとれない。狼はパースンとゴールドのほうを見つめていた。凍りついたように、凝視している。と、そのとき、狼は丈高い雑草のなかへ犬のように飛びこんでいった。そして、風景のなかへ姿を没した。

「あれを見たか？」パースンは問いかけた。

「あの狼は、ちょっと前にも見かけたように思います」

パースンは、狼のことはあまり考慮しなかった。いまは、野生動物にかまけている場合ではさらさらない。最大の問題は、敵に発見されることだ。こちらから敵兵の姿が見えなくても、やつらからこちらが見えないとはかぎらない。しかも、こちらは開けた場所にいて、雪のために敵を発見するのが困難な立場にある。そのうえ、ゴールドは冬季用迷彩ではなく、通常の陸軍の戦闘服を着ているのだ。

狼が姿を消した地点よりさらに遠方に、雪をかぶった常緑樹が並んでいた。遮蔽の役にはたいして立ちそうにない低い木々だが、なにもないよりはましだ。コンパスで方位を確認すると、そこはたどるつもりでいる針路上にあることがわかったので、その木々を目印にして、まっすぐその方角へ向かうことにした。

そこにたどり着くには、予想した以上に長い時間がかかった。自分もゴールドも、深い雪を一歩また一歩と踏み分けて、進んでいかなくてはならなかったからだ。それでもようやく、ふたりがそこに行き着くと、跳び去ったときの狼の足跡がいくつかの穴となって雪の上に残っており、尾が雪面をこすった跡もあった。そして、ほかにまだ三頭の狼がいたことを示す足跡も。自分とゴールドが目撃した狼は、群れからはぐれた一頭だったのだろうか、とパースンは思った。

木々があるほうへ、彼らは歩いていった。もう、そこまであと少しの距離になっていた。その松の木々は、白いフェルトで覆われているように見えた。パースンは寒さに身を震わせた。爪先の感覚が失われている。

ふたたびコンパスで方位のチェックに取りかかると、オイルのきいた軸の上でフローティング・ダイヤルが回転した。雪片がコンパスに落ちて、崩れ、分子のように細かな白い粒がガラス面にひろがった。コンパスを安定させて持っているようにするのは、ひと苦労だった。方位基線をもとに針路をたしかめ、木々やほかの陸標をもとに再チェックする。パースンは、しっかり考えようとした。ここは、磁気偏角がきわめて小さい。無偏角線、すなわち地球の磁界の偏角がゼロの点を結ぶ線に近いのだ。彼はコンパスの蓋を閉じて、また歩きだした。

しばらくすると、木々の向こうに急峻な崖がそびえているのがわかってきた。垂直に近いその絶壁は、全面的に雪に覆われてはいなかった。黒い岩が、砲口のように顔をのぞかせている。いまの自分たちの状況ではあれは登れない、とパースンは思った。たとえ装備があっても、むりだ。方位とペースを守るように注意して、針路を誤らないようにしながら、迂回していくしかない。

こんな開けた場所で、地図を調べるために足をとめるというのは避けたかった。ようやく松の低木が並んでいるところにたどり着くと、小休止をしてもよさそうな気分になれた。パースンは一本の木のそばで雪の上に片膝をつき、腿ポケットのジッパーを開いて、特殊《S》部隊《F》にもらった地図を手探りした。そのとき、なにかの音が聞こえた。獣の足が雪面をひっかく音だ。目をあげると、一頭の狼がクリスタルのような雪を舞いあげて、跳びすさっていくのが見えた。煙のような色の毛だった。自分たちは狼がいることに気づかずに、そのすぐそばまで来ていたのだ。

パースンは地図をひろげた。雪が地図に落ちて、ところどころにしわができていく。手に持った地図が震えていた。バッテリーを節約しながら、GPSを使うつもりだった。このバッテリーは、暖かい気候でも十五時間ほどしかもたないのだ。それでも、初期化するあいだだけは、GPS受信機を起動しなくてはならなかった。GPSで得られた座標で、地図をチェックする。パースンは受信機のスイッチを切って、ポケットのなかへ戻した。

地形を吟味して、絶壁を西へ迂回することに決めた。その方角が、悪い要素を最小限にとどめられそうだったからだ。どの経路を選んだにしても、山腹を登ることに変わりはない。その決断は、純粋に斜面の角度に基づくものであって、戦術的なものではなかった。なにしろ、敵がどこにいるかは、知れたものではないのだ。

降雪の音が、サラサラからバラバラに変わってきた。パーカに当たって、崩れるのではなく、跳ねかえる雪片もあった。雪に混じって降ってくる凍雨の割合が増してきて、斜面に落ちた氷の粒がそこを転げ落ちてくる。この上空に暖気が流れこんできたのだろう、とパースンは推測した。良き徴候とは言えそうにない。硬い雪を踏んで歩くのは、大きな足音を立てることになるからだ。

絶壁を横手へまわりこんでいくと、そこは山腹が盾になっていて、風が弱く、雪もそれほど深く積もってはいなかった。積雪の深さは、パースンのブーツの上ぐらいのものだ。深い雪のなかを何時間も進んできたことを思えば、そこを歩くのは、はるかにらくなことだった。ブーツの下で、石灰岩の岩屑がテラコッタのようにもろく崩れ、うっかり足を滑らせると、靴底が雪をかき分けて、乾いた血のような色の凍結した大地が顔をのぞかせた。ゴールドは、パースンにもらったスノーシューズをつけて、とぼとぼと歩いている。彼の足跡と並んで残っていくその足跡は、楕円形をしていた。もう一足、スノーシューズがあったら、とパースンは思った。だが、いまは間に合わせのスノーシューズをつくるにも、そのための材料がないし、そんな体力も残っていなかった。

地面が平らになったところで、パースンは足をとめて、息を整えた。行く手の大地はふたたび上り斜面になり、霧に閉ざされていた。そこにまた、狼の足跡が残っているのが目にとまった。新しい足跡だ。狼の姿自体は、どこにも見てとれない。彼はその足跡を指さして、言った。

「どうやら、このストームのせいで、ふだんの獲物を見つけられず、移動をつづけているようだ」

「わたしが目にした一頭は、ひどく痩せていましたね」とゴールド。

パースンは肩にかけていたライフルをおろして、胸の前で持った。狼がふたりの成人を襲うのは、ひどく飢えた場合にかぎられるだろうが、もしそんな事態になれば、このM-

40の銃床を棍棒代わりに使うことにしようと考えたのだ。このライフルには消音器がついているとはいえ、いたずらに発砲はしたくなかった。はてさて、この針路はたまたま狼たちのあとを追っているだけなのか、それとも、そうではないのか。もし狼たちがほんとうに飢えているのであれば、わけもなく斜面を登ろうとするはずはない。こちらの周囲をうろついて、ようすをうかがっているのだとすれば、なんとも抜け目のない狼たちだ。

飢えといえば、自分自身も、また腹がへってたまらない状態になっていた。パースンは、曲げた右腕の肘にライフルをかけておき、ふりかえることなく左手を背中へのばして、バックパックのサイドポケットのフラップを開いた。すでに封を切っている携帯口糧から、手探りでチョコレートバーを一本、取りだす。包装を解いて、中身を抜きだし、包装紙はサイドポケットにつっこんでおいた。バーを半分に折る。バーは凍っていて、二二口径弾が発射されたときのような音を立てて、折れた。パースンは、半分をゴールドに手渡した。

彼はバーを嚙み切ろうとしたが、浅い歯型がついただけだった。もっと強く嚙んでみる。すると、バーが砕けて、チョコレートの味がしたが、舌触りは硬いプラスティックをなめているような感じだった。嚙み砕いて、飲みくだす。うまいとは思わなかったが、カロリーを摂っておく必要があった。携帯口糧はまだ残っていたが、いつまでも足をとめていたくはなかった。

パースンはまた歩きだし、斜面を登りながら、食べもののことをあれこれと考えた。そうえば、窮状に陥った人間は、気をまぎらわせるために、さまざまな料理を食べる計画を立てるという話を聞いたことがある。ミディアムに焼いたステーキ。ギネスのビール。スライスした大きなトマト。考えると、気がめいるだけだった。

彼はほかのことを考えようとした。いまここに、どんないいことがある？　まあ、ゴールドが、そこそこ五体満足な状態で、ここにいる。彼女は有能だし、よけいなことはしゃべらない。不平や泣きごとを言いたてる人間がいっしょだったら、これよりはるかにひどいことになっていただろう。いま泣きごとを言わないということは、これからも言わないだろう。彼女の負傷のぐあいが気になり、いまがそのことを尋ねるいい機会だとパースンは判断した。

「手のぐあいはどうだ？」彼は問いかけた。

「まだ、ちょっと痛みます」

そのことばは、パースンに危惧をいだかせた。彼女が少しでも痛みを認めたとなれば、おそろしく痛いにちがいないのだ。

「きっと、きみもわたしと同じくらい、あのターバン頭野郎どもを憎んでいるんだろうね」彼は言った。

ゴールドはすぐには答えず、かなり長い間を置いて、言った。

「この仕打ちを許すのはむずかしいですが、そのようにつとめなくてはいけません」

許す？ 彼女は本心からそう言ったのか？

「わたしは一千回、生まれ変わっても、やつらを許すことはできないだろうな」パースンは言った。

前に、歩兵部隊の兵士から、そんなふうな話を聞かされたことがあったのでは？ 神よ、彼らを許したまえ。われわれはわかりあうようにしなくてはいけない。

ゴールドがまっすぐにこちらを見つめた。

「憎悪は、彼らを傷つける以上に深くあなたを傷つけることになるでしょう」彼女が言った。

パースンは耳を疑った。ゴールドが——いや、だれであれ——ほんとうにそんな内面の安らぎを得ることができようとは。まして、あんな拷問を受けたあとで。もしかすると、彼女が職務に専心するためには、そんなふうに考えるしかないのかもしれない。

「一本取られたな、軍曹」彼は言った。「どうすればそんなふうに思えるのかは、よくわからないが」

「わたしにとって、彼らはターバン野郎といったようなものではありません、少佐殿。われわれキリスト教徒が魔女を焼き殺していた時代に、ムスリムはすでに代数学を完成させていたんです」

自分に彼女のような知識がもっとあれば、とパースンは思った。おそらく彼女に頼めば、いやというほど詳しい背景説明をしてくれるだろう。だが、それは、ぶじバグラムに帰還できるまで、待つしかなさそうだ。もっとも、そんな機会が訪れることはありそうになかったが。

すでに積もっている粉雪の上に、凍雨混じりの雪が積もり始めた。それを踏むと、薄膜が破れるような音がした。パースンは音を立てずに歩こうとしていたが、それは不可能だった。気にすまい、と彼は腹を決めた。この音が敵兵に聞こえるとすれば、やつらの足音もこちらに聞こえるだろう。

狼は物音を立てなかった。だしぬけに、霧のなかから、パースンの三歩ほど前方に出現したのだ。背中の毛が逆立っていた。口の両端が持ちあがって、声を立てずにうなっていた。白い牙。黄色い目。

狼はさっきのように逃げるだろうとパースンは予期したが、こんどは動かず、そこに立っていた。と、狼が宙を飛ぶように身を跳ねあげた。

牙がひらめく。狼がパースンの胸もとに飛びかかって、あおむけに押し倒した。転倒するとき、濡れた犬のようなにおいがしたが、それよりもっときついにおいだった。狼が激しく嚙みついてくる。袖をつらぬいて獣の牙が突き刺さり、釘でひっかかれたような激痛が腕に走った。布が裂ける。

狼がパースンの体を左へ押した。彼はM-40をふりまわした。支点にできるものがないために、それは狼の横腹を軽く打っただけだった。パースンはうつぶせになり、片膝をついて身を起こした。

狼が身をひるがえし、喉を狙って、襲いかかってくる。ぞろりと並んだ、剃刀のような歯。パースンは狼の胸に片肘を押しつけた。筋肉のうねりが伝わってくる。なぜゴールドは助けてくれないのか?

こうなっては、防弾チョッキはなんの役にも立たず、動きを鈍らせるだけだった。彼はふたたびライフルをふりまわした。こんどは、大きな弧を描いて、たたきつけた。銃床が狼の頭部にガツンとぶつかる。捕食獣は、痛みをものともしていないような感じで、跳びすさった。

パースンはまた、ライフルをふりまわした。野獣の鼻づらに銃床が激突する。狼が吠えた。歯が一本、その口から落ち、顎から血が滴る。

パースンはまたもう一度、ライフルをふりまわそうとしたが、それができずにいるうちに、狼がフライトスーツに包まれた脚に嚙みついてきた。そしてまた、彼を地面に押し倒した。ふたたび喉を狙って、襲いかかってくる。パースンは左手で持ったM－40でそれを防ぎ、右手でブーツナイフを抜きだした。

野獣が水銀のようになめらかに動いた。赤く染まった牙をパースンの眼前に迫らせ、よだれを垂らし、うなり声をあげる。狼の息は犬の息のにおいに似ていたが、死肉を常食にしていくるような、いやな悪臭が混じっていた。

パースンは狼の首にナイフを突きこんだ。刃をこじった。もう一度、突き刺した。野獣が跳びすさる。パースンは片手でライフルを持ちあげて、発砲した。

胸部に銃弾が命中した。狼が雪のなかへ倒れこみ、後脚の一本が宙を蹴る。

パースンが身を転じて、ゴールドを見やると、彼女は狼に片腕を嚙まれて、地面に倒れていた。狼が袖をくわえて、首を左右にふっている。彼女がAKの銃口を狼の頰に押しつけた。発砲した。血と毛が飛び散る。彼女が身を起こし、飛びかかってきた別の狼を撃った。狼が彼女のそばの雪の上に倒れ、首にうがたれた銃創から血が噴出する。

パースンは、サバイバル・ヴェストからコルトを抜きだした。撃鉄を起こした。また別の狼が、猛然と襲いかかってきた。パースンは引き金を引いた。撃ち損じたかと思ったが、胸にぶつかってきた狼は死体と化していた。

身をひるがえして、つぎの襲撃に備えるべく、周囲を見やる。だが、死にゆく狼の泣き声が聞こえるだけで、襲撃を告げる音はどこにもなかった。

そのとき、別の一頭が山腹をくだって、逃げ去っていくのが見えた。その狼が大岩の上で立ちどまって、こちらをふりかえる。すでに五百ヤードほどの距離まで遠ざかっていた。

パースンは拳銃をホルスターにおさめ、M‐40のボルトを戻した。左腕にかけたスリングをひねって、ライフルを安定して構えられるようにした。片膝をつき、狼の目にスコープのクロスヘアを重ねた。もう、銃声を気にすることはない。いまさら音を立てないようにしたところで、なんの意味もないのだ。となれば、このライフルがほんとうにうまく調整されているかどうかを再確認しておくことにしよう。彼は引き金を絞った。

狼の頭部が粉砕された。パースンはライフルをおろして、空薬莢を排出した。薬室に弾を送りこむ。これなら、海兵隊の精密兵器担当者はいい仕事をしてくれたということだ、と彼は思った。このライフルは精確に調整され、寸分の狂いもなく零点規正がなされている。

「だいじょうぶか？」パースンは声をかけた。

「そのようです」ゴールドは脚のぐあいを調べ、腕のぐあいを調べようと袖をまくりあげた。

パースンがそこを見ると、深いひっかき傷ができているだけだとわかった。自分のフライトスーツの裾をまくりあげ、手袋を脱いで、脚と手のぐあいを調べてみる。ゴールドと同様、ひっかき傷と牙が食いこんだ痕があっただけで、出血はたいしたことがなかった。寒さのせいで、左右の手の甲の皮膚がひび割れて、ずきずきしていたが。これぐらいですんだのは、幸運だった。もちろん、もし基地に戻れたら、そのときにはおそらく、狂犬病の注射をしてもらうことになるだろう。

パースンは、狼の首に突き刺したままになっていた愛用のナイフを抜きとった。刃についた血を拭ってから、ブーツの鞘にしっかりとおさめる。この土地のあらゆるものが――住民が、気候が、地形が、植物相や動物相が――自分の死を欲しているように思えた。それでも、狼たちに怒りは感じなかった。彼らは殺すことを選んだのではなく、そのように生まれついた生きものだ。捕食獣としてやるべきことをやっているだけのこと。それがパースンの認識だった。最後の一頭を長距離から射殺したことに対しては、ちょっとした罪悪感すら覚えていた。どうしても必要なことではなかったからだ。とはいえ、それをしたことで、このライフルになにができるかだけはわかった。

「しばらく、しっかりと監視していてくれ」パースンは言った。「銃撃が来るかもしれない」

彼はバックパックをおろして、救急キットを取りだした。ベタジンの包装を解いて、蓋を開ける。ゴールドに右手でライフルを持たせておいて、左の腕と手のひっかき傷にベタジンを塗布した。処置をしているあいだ、彼女は一度もたじろぎをみせず、そこに目を向けようともしなかった。パースンは、ライフルを左手に持ちかえさせて、彼女の右腕と、足首から脛に掛けての部分に同じ処置を施した。そのあと、自分にも同じ処置をしてから、救急キットをかたづけ、手袋をはめなおして、バックパックとM‐40をかついだ。

「さあ、行くぞ」彼は言った。

いまの銃声がだれを、あるいはなにを引き寄せるか、知れたものではない。撃ちたくはなかったのだが、狼に襲われたのだから、ほかに策はなかった。こうなったからには、さっさとここを離れるしかない。血だらけの乱れた雪面に空薬莢と狼の死体を放置して、彼はそこをあとにした。

パースンは先に立って斜面を登っていったが、尾根筋をこえるつもりはなかった。そういうやりかたがいいことは、わかっていた。尾根にはあがらず、尾根筋の近辺に位置どること。空にシルエットが浮かびあがるおそれのないその位置を、空軍サバイバル・スクールでは〝軍事的尾根筋〟と呼んでいた。だが、いまは、その空というやつがほとんどない。霧が渦巻き、雪と凍雨が降りしきって、硬い氷の粒が大気に充満しているために、地平線がどこにあるかすらもわからなくなっていた。

しばらく地図を頼りに進んでいくと、やがて、実際の尾根筋に出た。そのころには、霧がひどく深くなっていたので、姿を発見されるおそれはなかった。パースンはGPSで現在位置を照合し、そこの標高が一万一千フィート——三千三百メートル——をこえていることを確認した。高度計が使えれば、もっと正確にわかるのだが。パースンは無線機を取りだして、スイッチを入れた。

「レーザー1‐6へ」と呼びかける。「こちらフラッシュ2‐4・チャーリー」

「フラッシュ2‐4・チャーリーへ」キャントレルの応答が来た。「こちらレーザー1‐6。大きく明瞭に聞こえる。デルタ」

文章のなかではなく、暗号のことばだけが発せられた。キャントレルの声に、疲労が感じとれた。パースンは周波数を変更して、再度、呼びかけた。

「そちらのみんなはだいじょうぶか？」と問いかける。

「数名の戦死者《KIA》が出た」とキャントレル。「負傷者も数名」

彼が通常の交信手順を気にかけていられなかったのはそのためだったか、とパースンは思った。どう応じていいかわからず、ことばが出てこない。

「残念なことだ」ややあって、彼は言った。「まだ同じ地点にいるのか？」

「そのとおり《アファーマティヴ》。交信を終了する」

「こちらはそこへ向かっている。あとほんの数マイルだ」

「では、無線をオンにしておくように。この近辺に来たら、呼びかけてください」

「コピーした。フラッシュ2－4・チャーリー、アウト」

パースンは、耳にイヤピースを挿入したままにしておいた。あの部隊の兵士たちが殺気立って、すぐに発砲する心理状態にあるとすれば、うっかりその近辺に入りこむようなことは避けなくてはならない。彼は先に立って、慎重に足を運びながら、山腹をくだっていった。尾根のこちら側は、積雪がさらに深かった。尾根筋からほんの二、三百ヤード進んだところで、葉のまったくない二本の大枝のようなものが雪のなかからまっすぐにつったっているのが目に入った。あれほど直線的な形状となれば、人工物としか考えられない。

彼はライフルを持ちあげて、スコープをのぞきこんだ。

二本の砲身。なにかの火器だ。

「動くな」パースンはささやきかけた。

一ヤード背後で、ゴールドが立ちどまる。

彼はセイフティを解除して、スコープごしに詳しく見た。砲身に、雪がまだらにへばりついている。火器のほかの部分は積雪のなかに埋もれていた。あたりに人影はない。足跡もない。

「オーケイだ」パースンは言った。「古いトリプルAかなにかだ」

小口径の対空砲の一種らしい、と彼は推測した。車輛で牽引して移動できるように設計された火器のたぐいだろう。朽ちたタイヤの上に、雪が厚く積もっている。どうやって、こんな高いところまで運んできたものか。馬に引かせたのかもしれない。

「われわれを撃墜した火器のたぐいですか?」ゴールドが問いかけた。

「いや、われわれを撃墜したのはミサイルだった。もちろん、この火器でも輸送機を撃ち墜とすことはできただろうが」

これを使っていたのはだれなのだろう。一九八〇年ごろとすれば、タリバンだったとも、北部同盟だったとも、ムジャヒディンだったとも考えられる。ここに運びあげられた理由は、よくわかった。天候がよければ、この地点は、眼下の谷間を制圧するのに好都合だろう。ここから撃てば、ヘリコプターでも低空飛行の航空機でも、あっさりと撃墜できそうだ。

パースンは山腹をくだっていき、その火器をさらに詳しく検分した。スチールの表面が錆びついて、干からびた樹皮のようになっていた。ここに運びこまれてから、かなりの年月がたっているということだ。なぜ放置していったのか。いや、想像がつく。背後の尾根からソ連軍のヘリコプターが飛来し、それに気づかなかったこの砲の射手を襲ったのだ。攻撃ヘリコプター、ハインドなら、ものの二秒の連射で、トリプルA対空砲の一門ぐらいはあっさりとかたづけてしまっただろう。

「なぜこの国のひとびとは、こんな地獄めいたところで、これほど激しく、これほど長いあいだ、戦いつづけているんだろう?」パースンは問いかけた。

「自由意志です」ゴールドが答えた。

パースンは、対空砲の前方へまわりこんでいった。物言わぬ二本の砲身はこれから何千年ものあいだ、空を狙ったままでいるのだろう。彼は急斜面に挑む態勢を整えてから、山腹をさらに下方へとくだっていった。ゴールドのようすを確認しようと背後をふりかえると、彼女はすぐ後ろにつづいていた。

しばらくして、小休止を取ろうと足をとめたとき、雪のあいだから枯れた蕨《わらび》の茂みが顔をのぞかせているのが目にとまった。指で触れると、それがフライトグローヴのなかで砕け散る感触が伝わってきた。その手を高くかざし、枯れた蕨の断片がそよ風のなかに漂うさまをながめる。それを見て、これで少なくともまる二日間、風向きが変わっていないことが確認できた。つまり、この天候がすぐに変わることはないというわけだ。

16

パースンとゴールドが山腹をくだっているあいだに、視程がわずかに回復してきた。霧がいくらか晴れて、北方にそびえる山が見分けられるようになった。一面の白いひろがりのなかに、棘《とげ》のある低木やひねこびた木々が点在している。山腹に積もった雪が、わずかに射してきた日ざしを浴びて、淡い輝きを放っていた。氷混じりの雪が、砂嵐のように顔にたたきつけてくる。日暮れまで、もうあまり時間がないとあって、速く進みたくてたまらなかったが、パースンはその気持ちを抑えこんだ。

地形を把握するために、いったん足をとめる。どこに行けばSFチームに出会えそうかは、わかったような気がした。このままの針路を進めば、つぎの尾根に沿う丘陵地帯のようなところへ出るだろう。そこは岩場で、そのなかに洞穴があることは容易に想像がつく。だが、そうと確認できるほど、はっきりと見えるわけではなかった。そしてもちろん、キャントレルとその部下たちは、見られてもいいと思わないかぎり、姿は見せないだろう。

この地点の標高は、まだ九千フィート以上はあるだろうと推測された。下へ目をやると、もっと歩きやすそうな地形になっているのが見てとれた。急勾配ではあるが、途中に岩や藪といったものはなく、新雪に厚く覆われた斜面がのびているだけだ。彼はその針路を進もうとしたが、心の隅に、なんとはない不安がきざしてきた。これほどごつごつした地形の斜面が、なぜこんなに一様に雪に覆われているのか？　雪崩があったからに決まっているだろう、と彼は自分を叱責した。おまえは疲れきって、頭がまわらなくなっているのだ。頭の回転を速めて、慎重に行動するようにしなければ、あすという日を迎えることはできなくなるぞ。

はるか下方へ目をやると、雪崩が通った跡を示す細い筋があり、そのまた下方に、流れくだった雪が落ち着いて、かたまっている場所があることが見分けられた。おそらく、はるか昔にそこに形成された大岩と岩屑の層の上に、かたまっているのだろう。

「あそこは避けて通るようにしたい」パースンは言った。

「なにが問題なんですか？」ゴールドが問いかけた。

「いつなんどき、ここに積もった大量の雪が」それを指さして、パースンは言った。「一挙にあそこへ落ちていくかもしれないんだ」

パースンは、積もった雪が山腹へ崩れ落ちそうになっている場所を離れ、尾根筋に沿って進んでいった。いつかそのうち、なにかに殺されることになるにしても、いま死ぬわけにはいかないのだ。足を運ぶと、ブーツに踏まれた雪の表面がガラスの砕けるような音を立てた。

背後のゴールドへ目をやってみる。彼女はライフルを胸のすぐ前に携え、一歩また一歩と足を運んで、あとにつづいていた。途中、つぎの数百ヤードの針路を定めるために立ちどまって、肩ごしに背後を見ると、彼女はなにも言わず、こちらを見つめて、決断を待っているだけだった。

反政府軍兵士から奪った防弾チョッキの重みが身にのしかかっていて、脱ぎ捨ててしまいたい気分だったが、まだそれはせずにおける程度の自制心は残っていた。この装備は、捨ててしまうにはあまりに惜しい。ゴールドに装着させたかったが、いくら勧めても、そのつど彼女はそれを断わった。

雪の上に点在する葉を失った低木のあいだを縫って、パースンは進んでいった。やがて、尾根と尾根のあいだにある鞍部に行き着くと、そこには氷霧が低く立ちこめているのがわかった。膝の高さまで雪が積もり、腰の高さまで霧が立ちこめている。そこの地形から、いま自分が立っているところは素朴な街道の一部であろうと推察されたが、雪が積もっているせいで、そうと断言することはできなかった。アフガニスタンのこの一帯を通る道はすべて、ブリザードのために、かなり以前から使えなくなっていた。通常なら、パースンは、道路や川といった交通手段に用いられるところは避けるようにしただろう。だが、ストームと反政府軍の両方を相手にしているいまは、どこにいても危険であることに変わりはない。この状況は、バグラム空軍基地で、吐かれるすべての息を休みなく嗅ぎまわっている爆弾探知犬を思い起こさせた。だが、少なくとも自分とゴールドには、身を隠してくれる氷霧がある。しゃがみこむと、体が完全に霧のなかに没した。彼は電子装置を取りだした。

GPSで座標を確認すると、キャントレルに知らされた地点まで、あと五マイルの距離しかないことがわかった。彼は無線のボリュームをあげて、呼びかけた。

「レーザー1‐6へ、こちらフラッシュ2‐4・チャーリー」

「フラッシュ2‐4・チャーリーへ、デルタへ向かうよう」簡潔な応答が来た。

パースンは周波数を変更した。

「そちらの近辺に着いた。接近してよいか？」

「アファーマティヴ。発砲を控えろと、部下たちに指示しておく」

パースンはGPSをオンにしたまま、つぎの尾根へと歩きだした。人影は見当たらなかったが、行く手の山腹に、キャントレルの部隊が陣取っていそうな岩棚があるのが見てとれた。そこに近づいていくと、黒い手袋をはめた手が現われて、前進をつづけろといった感じにふられた。石灰岩の岩棚の下に、キャントレルとナジブがいるのが見えた。ナジブのパーカが血でよごれている。ショットガンにも血がついていた。彼自身の血でないことは明らかだった。

「再会できるとは予想していなかったですよ」キャントレルが言った。「そちらがゴールド軍曹にちがいない」

ゴールドがうなずく。手袋を脱いで、指のぐあいを調べた。包帯が、消毒薬の黄色と血の赤に染まっている。どちらの手も、かすかに震えていた。彼女を見つめていたナジブが、キャメルバック（飲用のチューブと携帯用のストラップがついている水筒）の水を勧めた。彼女はチューブで水を飲み、パースンにキャメルバックをまわしてきた。

キャントレルがゴールドの手のぐあいを調べ、敬意をこめたような目で彼女を見つめる。そして、衛生兵を呼んだ。ゴールドが外套を脱いで、軍服の袖をまくりあげると、衛生兵が彼女に注射をした。モルフィネが効いていて、彼女の目のまわりのしわが浅くなったように見えた。

「ムッラーの奪回はできましたか？」ゴールドが尋ねた。

「いや」とキャントレル。「くそったれどもを何名か殺しはしたがね。こちらも二名が殺され、二名が負傷した」

パースンは、大岩のあいだに反政府軍兵士の死体が二体、転がっているのを目にとめた。雪が血にまみれている。いたるところに空薬莢。斜面の下方に、黒い馬の死体がひとつあり、それの毛は解けた雪で濡れていた。

「やつらをこの洞穴のなかに追いつめたと考えていたんだが」ナジブが言った。「ほかにも出口があったのにちがいない。この洞穴にはいま、こちらの兵士たちしかいなくなっている」

パースンはあたりを見まわした。最初は、洞穴の入口らしきものを見分けることはできなかったが、しばらくすると、岩のあいだにぎざぎざした穴がひとつあるのが見えてきた。予想したほど大きな穴ではなかった。雪をかぶっているので、はっきりとは見えないが、その穴は粗雑な石組で固められているように思えた。穴の上部から、牙のように氷柱《つらら》が垂れさがっている。

数名の兵士が、その洞穴のなかにいた。衛生兵が負傷兵の処置をしている。そのそばに、銃剣を地面に突き刺したM-4カービンが立っていて、点滴袋《I V》をぶらさげる支柱に使われていた。袋からプラスティックのチューブが、負傷兵のひとりを覆っている緑色の毛布の下へとのびていた。そのかたわらに、顔までポンチョで覆われた兵士の死体がふたつ。

「反政府軍部隊がどこへ向かったかはわかります?」ゴールドが問いかけた。

「あの世へ行ったのでないかぎり、向かえる場所はたいしてないだろう」キャントレルが言った。「この天候となれば、老人と負傷者を伴っての長時間の移動はむりだ」キャンヴァス地の地図ケースを開いて、地形図を取りだす。「われわれがいるのはここだ」ナイフで尖らせた鉛筆の先で、その地点を示した。「もっとも近い村は、ここと ここだ」

パースンは地図の縮尺をもとに、どちらの村に行くにしても、徒歩では二日以上の行程になるだろうと判断した。

「わたしの部下たちが、別の出口を探している」ナジブが言った。「それが見つかれば、そこからやつらを追跡するつもりだ」

「追跡を続行するつもりだと?」パースンは問いかけた。

「いかなる犠牲をはらってでもムッラーを奪回せよというのが、タスクフォースの命令でして」キャントレルが言った。「可能になりしだい、増援を送るとのことです」

キャントレルは、地図ケースから一枚の白黒写真を取りだした。その下部に、国家地球空間情報局の文字が印刷されている。衛星写真だ。

「いまわれわれがいる地点は、この写真のこの隅のところと思われます」キャントレルが言った。「いちばん近いのはこの村で、そこは破壊されてはいないように見えます」

「この写真はいつごろ撮られたもの?」ゴールドが尋ねた。

「三カ月ほど前」

パースンには、その写真からはたいしたことは読みとれなかった。かなりの高空から撮影された画像とあって、山脈の尾根筋がコーデュロイのうねのように並んでいるのが見えるだけだ。ではあっても、完全に晴れわたった日に撮られたものにちがいないことは判別できた。そういう日なら、いまのような状況にあっても、数分とはいかないものの、ほんの数時間でチョッパーが来てくれただろうが。

体がひどく震えていた。足の感覚がなかった。パースンは足をもつれさせながら洞穴の入口へ向かい、なかにもぐりこんで、負傷兵のそばにすわりこんだ。洞穴のなかは、ほんの少しだが暖かく感じられた。彼はバックパックを開いて、携帯口糧を取りだした。それの包装を引き裂いて、加熱容器をひっぱりだす。水のボトルを開け、水に反応して熱を発する無水粉末が入っているその容器の満水線まで、水を注ぎこんだ。そして、化学反応が始まると、やけどをすることのないように、ハンカチで容器を包んだ。ハンカチで包んだ容器をかたわらにおいて、フライトブーツの紐をゆるめ、ブーツを脱ぐ。よごれた靴下も脱いだ。爪先が白く光っているような感じになっていた。手袋を脱ぐと、手の指も同じ様相を呈しているのがわかった。

「温めてやらないと、指を失うことになります」衛生兵が言った。「ただし、あまり速く温めてはいけません」

パースンは、素足にハンカチを巻きつけた。爪先が温まってきて、それに伴って痛みが生じてくる。これは、敵と自然のどちらが先に自分の命を奪うかを競うレースであるような気がしてきた。

負傷兵に目を向ける。ひとりは洞穴の天井を、焦点の定まらない目で見つめていた。もうひとりは目を閉じていた。どちらも、自分よりちょっと年下のように見える。たぶん三十歳ぐらいだろう。毛布がかけられているので、どんな負傷かは判断がつかなかったが、動ける状態でないことだけは明らかだった。キャントレルは部隊をふたつに分けて、救助ヘリコプターがここに到着するまで、何名かを負傷兵とともに残していくつもりなのだろう。

だとしても、このふたりの兵士たちは生きのびることができるのだろうか。特殊部隊のことはあまりよく知らないが、どの国の特殊部隊員も言語に堪能であり、こういった軍事作戦や相互交流という特殊な領域における熟練の要員であることは知っている。そんな才能を持つ兵士を失うのは残念でならない。特殊部隊員たちの陰の貢献は称賛に値する。政治家たちが華々しい名称をつけて進めている仕事はすべて、実際には彼らがやっているのだ。〈テロに対する世界規模の戦争《ザ・グローバル・ウォー・オン・テロリズム》〉、〈限りなき自由作戦《オペレーション・エンデュアリング・フリーダム》〉、〈長い戦争《ザ・ロング・ウォー》〉。だが、兵士たちはもっと簡潔な名称で呼んでいる。〝最初の配備〟、〝二度めの配備〟、〝三度め〟、そして〝四度め〟。

洞穴の奥のほうから、パシュト語で話す声が聞こえてきた。パースンはコルトへ手をのばしたが、まわりを見ると、反応を示した者はほかにはいなかった。フラッシュライトのビームが、周囲の壁を照らした。ナジブに率いられるANAの兵士が三名、洞穴の奥から姿を現わして、指揮官に報告する。軍服が土でよごれていた。ナジブがことばを返し、パースンはその声にあきらめの響きを聞きとった。

「隠されていた出口を彼らが発見した」ナジブが言った。「敵はその抜け穴を通って、この尾根の向こう側へ脱出したらしい」

「即刻、あのくそったれどもの追跡にかかりたいところだが」とキャントレル。「暗視ゴーグルを頼りにやつらを追うというのはむちゃな話だ。夜が明けたら、すぐに出発しよう。リーヴズとオバイドゥラーは、シンプソンとジョーンズをつけて、ここに残していく」

タフな連中だ、とパースンは思った。死傷者を出してもなお、数においてまさるであろう敵部隊を追跡にかかるとは。自分は負傷者とともにここに残るか、キャントレルらとともに行くかの選択を迫られることになるのがわかっていた。軍事教本の解答は、ここに残って、生きのび、また飛行せよとなるだろう。そのための訓練を受けてきたのだから、そうしろと。だが、この連中はわたしの命を救ってくれたのだ、と彼は思った。そして、わたしは動くことができ、撃つことができ、彼らに指示されたことをなすことができる。おそらく、ゴールドもいっしょに行こうとするだろう。皆殺しにされるかもしれないが、それまでは、この幸運がつづくだろうと信じておくことにしよう。

洞穴の入口から外へ目をやると、雪が斜めに降っているのが見えた。日ざしが薄らいでいき、ついには雪片を見分けることもできなくなった。彼は両膝を立ててすわり、両足の爪先の上に加熱容器を置いた。体が温まってきて、爪先だけでなく、手の指もうずいてきた。体の末端のすべてに感覚が戻ってきたとき、最初に感じたのは痛みだった。

食欲はまったく湧いてこなかったが、食べなくてはいけないことはわかっていた。開けておいた携帯口糧の容器から、スロッピージョー（トマトソースやスパイスで味つけした挽肉料理）をひっぱりだす。長い柄のついたプラスティック・スプーンで、それをつっつきまわした。加熱容器はもっと大事なことに使っているから、温めるすべはなかった。食べ残しのビーフシチューを冷蔵庫から取りだして、すぐに食べているような気分だった。

ゴールドがかたわらに腰をおろし、湯気をあげる水筒の蓋を手渡してきた。火はどこにも見えなかったから、口糧の加熱容器で水を温めたのだろうと彼は推察した。疲れきっているために、どうして温めたのかときく気にもなれない。パースンは湯気を吸いこんだ。ティーだ。ティーをすすると、その温かさが全身にひろがっていくのが感じられた。残りを返そうとしたが、彼女は首をふり、口糧のチーズ・スプレッドを開けて、容器から直接、食べ始めた。

「ずっとおききしたいと思っていたことがありまして」彼女が言った。「われわれを家に入れてくれた、あの家族になにが降りかかったか、確認は取れましたでしょうか？」

「彼らは、外で死んでいるのが発見された」

ゴールドが目を閉じる。しばらく、なにも言わなかった。

「残酷なことは、正しいひとびとにも不正なひとびとにも同じように降りかかるものですね」ようやく彼女は言った。

彼女の本心はそのことをどう感じているのだろう、とパースンは思いをめぐらせた。彼らの言語や文化を学び、彼らのように考えることを学んだ彼女は、善と無関心と真の邪悪の差異をどう峻別しようとするのだろうか。

「きみがああいうやつらのだれをも憎まないというのは、やはりわたしには信じられないね」彼は言った。「あんな目にあわされたあともまだ」

「憎んだからといって、気持ちがらくになりはしないでしょう。指の痛みがましになることもないでしょうし」

「しかし、それをされているとき、きみはやつらに怒りを覚えたにちがいない」

「ときには」

「きつい仕事に就いたもんだな、ゴールド軍曹」パースンは言った。

「ときには、きついこともあります」

「朝になったら、この兵士たちとともに出発するつもりなんだろう？」彼は問いかけた。

「それは、キャントレル大尉しだいです」とゴールド。

　キャントレルが、自分の名が口にされたのを聞きつけて、ふたりのかたわらにすわりこんだ。パースンは、自分たちの存在がキャントレルに別の決断を迫らせていること、ただでさえ複雑化しているこの任務に新たな要素を加えてしまったことに気がついた。

「あす、われわれがどうすることを望んでいるんだ？」パースンは尋ねた。

「われわれについてこられるとお考えで？」キャントレルがききかえしてきた。

「ふたりとも、ちょっと疲れ気味だが、きみらの足をひっぱることはないと思う」

「それなら、われわれとしては、目の利く要員をふたり増やせるというわけですな」

「足手まといにならないように努力するよ」パースンは言った。

ゴールドが食事を終えて、立ちあがり、ナジブと彼の率いるANA兵士たちを相手に話し始めた。彼女は質問をしているのか、助言を与えているのか、それとも、たんなるおしゃべりをしているのか。その声には権威がにじんでいたが、語り口はやさしかった。パシュト語には、怒って叫んだり、どなったりする場合以外は、ひとの気を癒すような響きがあるようだ、とパースンは思った。あるいは、彼女やナジブの話すパシュト語にかぎって、そんなふうな響きを帯びるのかもしれないが。

ゴールドが寒冷地用の寝袋をふたつ、ほどいて、ひろげた。ひとつのジッパーを開けて、パースンのそばに置いた。彼は残っている体力のありったけをふりしぼって、それにもぐりこみ、ジッパーを閉じたとたん、睡魔に襲われた。サバイバル・ヴェストと防弾チョッキを脱ぐ力もなかった。拳銃をヴェストのホルスターから抜いて、手に持っておくようにしただけだった。眠りに落ちていくときに、ゴールドに目をやると、彼女は二、三フィート離れたところに置かれた寝袋のジッパーを閉じようとしていた。

ゴールドに腕をゆさぶられて、彼は目を覚ました。寝入ってから、ほんの数秒しかたっていないように感じられた。だが、ようやく目の焦点が定まって、腕時計の夜光文字盤を見ると、なんと六時間も眠っていたことがわかった。SFの兵士たちは、すでに立ちあがっている。ゴールドが水のボトルを手渡してきた。彼は口をすすいでから、水を飲んだ。キャントレルが、小さな練り歯磨きのチューブを手渡してくる。パースンは人さし指の先にちょっと歯磨きをつけて、指で歯磨きをすませた。フライトスーツの脚のところで指を拭い、寝袋を丸めてから、装備を整える。そこに残されることになった負傷兵と護衛の兵士たちに、最後の一瞥を送った。彼らがこちらを見返すことはなかった。

パースンとゴールドは、キャントレルと兵士たちのあとにつづいて、洞穴の奥へ進んでいった。洞穴の周囲の壁に、フラッシュライトのビームが躍る。兵士たちの大半が、M－4の上部にフラッシュライトを装着していた。ときおり、その兵士たちがレーザー照準器《サイト》で周囲をチェックし、フラッシュライトの白光のなかに赤い光の点が出現した。

フラッシュライトのビームの一本が、反政府軍兵士の死体の上で停止する。きのうの戦闘で負傷した兵士が、こんな奥まで這ってきたということか、とパースンは思った。だれも、なにも言わなかった。フラッシュライトのビームが死体から離れ、部隊は先を急いだ。パースンもまた、周囲にライトのビームをめぐらせていた。洞穴の床に煉瓦を積んでつくられた堡塁が、二カ所で見つかった。いずれも、洞穴の奥へと退却しながらの銃撃戦をくりひろげるには、絶好の遮蔽と応射地点にできる場所だった。敵の部隊が脱出経路を確保していたのは、こちらにとってはさいわいだったのかもしれない、とパースンは思った。

そうでなかったら、きのうの戦闘ははるかに血なまぐさいものになっていたかもしれないのだ。

壁際に、空になった梱包類や弾薬箱が並んでいた。土の上に、PKMライフルが一挺。捨て置かれた衣類と粘土製の食器類。黄ばみ、傷んだ、軍事マニュアル類。ロシア語のものがあり、パースンにはアラビア語のように見えるものがあり、彼にはどの言語と推測することもできないものもあった。背後につづいているゴールドが、数冊のマニュアルをライトで照らして、足をとめ、その一冊に手を触れた。

「ダリ語」彼女がつぶやいた。「それと、セルビア・クロアチア語」

さらに進んでいくと、両端にそれぞれ五十ポンドのウエイトが取りつけられたバーベルが一個、見つかった。テロリストのだれかが何年か、ここをトレーニング・キャンプに使っていたのだろう、とパースンは思った。

そのうち洞穴が狭まってきて、兵士たちもパースンも身をかがめて歩かなくてはいけなくなった。空気が冷たくなったような感じがあった。

「ライトを消せ」キャントレルが小声で指示した。

すべてのライトが消えて、あたりが真っ暗になる。パースンはいつでも使えるようにと、暗視ゴーグルを外ポケットに入れていた。ゴーグルのスイッチを入れ、それを通して、先を見る。真っ暗な洞穴内とあって、得られた映像は貧弱だったが、前方で兵士たちが這うように低く身をかがめて、狭い出口から外へ出ていく光景が見てとれた。兵士たちのなかには、バックパックをおろさなくてはくぐりぬけることができない者もいた。

やがて自分の番が来ると、パースンはバックパックをおろし、外に出ている兵士のひとりにそれを手渡した。ライフルも、ボルトを開いてから、やはり兵士に手渡す。身を低くし、膝をついて進みだすと、洞穴の床をなす石の硬さが膝に伝わり、鋭い石のかけらが左右の掌をこすった。

深い冷凍庫にもぐりこんでいくような気分だった。洞穴のなかは冷えびえとしていたが、外の風は、それとはまったく別種の冷気をたたきつけてきた。風速は十五ノットほどだろう、とパースンは見積もった。二十度の気温を零下五度に感じさせるほどの強風だ。彼はウールの防寒帽《ウォッチキャップ》を深くかぶりなおし、パーカのフードで頭を覆った。バックパックとライフルを受けとって、ふたたび薬室に装弾する。極寒の空気が肺を焼いているような気がした。

キャントレルが無線機になにかをささやいているのが見えた。数分後、ナジブとその部下の兵士が数名、まだ夜が明けやらず、油をぶあつく塗ったように真っ黒な空の下、尾根の上に姿を現わした。彼らは後続の部隊が洞穴を出る経路を進んでくるあいだ、それを掩護監視するために山腹の向こう側へまわりこんでいたのだろう、とパースンは推測した。

雪がパーカに当たって、音を立てていた。強風に吹かれた雪片が、つぎつぎにゴアテックスの生地に打ちつけてくる。反政府軍部隊が残した足跡をキャントレルとナジブが調べているあいだ、兵士たちは身じろぎもせず立っていた。新雪が足跡の輪郭をぼやけさせていたが、それでも見分けることはできた。キャントレルとナジブが前かがみになって、NVGでそれを調べ、身ぶりをまじえて、話しあっていた。それがすむと、ナジブの先導で、一隊は斜面を下方へとつづく山腹の峡谷に沿って進み始めた。

つかの間、パースンはまた雪崩のことを心配したが、この斜面の勾配はその種の災厄を引き起こすほどきつくはないように見えた。なんにせよ、選択の余地はたいしてない。追跡は、すでに後れをとっているように感じられた。

ゴールドが足をとめて、スノーシューズを装着し、何歩か駆け足になって、追いついてくる。じゅうぶんに力を取りもどしたようだ。本来の彼女に戻ったらしい。

夜明けとともに、空が錫のような淡い灰色を呈し、しばらく、夜が凍りついたように、その色合いが継続した。部隊はもはやNVGを必要とせず、パースンも自分のゴーグルをポケットにしまいこんだ。そして、裸眼でそこの地形を見渡すと、尾根のこちら側の山腹も向こう側と似たようなもので、遮蔽になるものはほとんどないことがわかった。一面の白いひろがりのなかに、ひねこびた枝をのばしている、いじけたキャメルソーン（枝を大きく横へ張る、棘のある低木）がぽつぽつと点在しているだけだ。雪の海のなかで、山腹が不気味に波打っているように見えた。

チームがたどっている足跡の数を、パースンは数えてみた。少なくとも二十組はありそうだが、そうと断定はできなかった。いずれにせよ、自分たちよりは人数が多い。馬の蹄跡が見当たらないことだけが、好材料だった。いまは反政府軍部隊の全員が徒歩だとすれば、追いつける見込みは、〝不可能〟から、〝たんに困難〟という程度になる。足跡のあいだに血痕は見つからなかったが、雪が降りつづけているわけだから、そのことにはあまり意味がない。負傷者がいるかもしれないし、いないかもしれないということだ。

彼はさらに詳しく足跡を検分した。爪先の部分が長くのびている足跡が、数組あった。これは、なにか重いものを運んで歩いていることを意味する。大型の兵器だろうか、負傷した兵士だろうか、それとも年老いたムッラーだろうか。

足跡は、一本の小川をこえて先へとつづいており、その小川のあたりからは、酸性の臭気が混じった煙が漂っているように見えた。温泉の蒸気だろう、とパースンは推測した。小川の近辺では、氷が奇妙なぐあいに並んでいるために、足跡が乱れていた。スパイクやピラミッドのような形状をした、膝下ぐらいの高さの氷がそこここに突き立っているその平原を、特殊部隊は進んでいった。パースンは何度かそういう氷の柱につまずいて、転びそうになった。どういう水文学《すいもんがく》の原理が働いて、こんな形状の氷ができるのか見当もつかなかったが、それ以上に興味深かったのは、ゲリラ軍の足跡がその平原のど真ん中を抜けていっていることだった。そこを迂回していくほうが歩きやすいだろうに、そうはしていない。どこかをめざして、ひたすら最短コースをたどっているように思えた。

どうやら、キャントレルとナジブも同じことを考えたらしい。部隊が前進を停止し、キャントレルが地図と写真をおさめたケースを開いた。地形図を取りだして、ひろげる。

「やつらは、ほぼ真東をめざしている」キャントレルが言った。「その方角には、村はまったく見当たらない」

「そちらにも洞穴群があるというのなら、話は別だが」とナジブ。

「そうでないことを願いたいもんだ」

ゴールドが地図と衛星写真を詳しく見ようと、ふたりの肩ごしにのぞきこむ。

「やつらはどこをめざしていると考えられる？」パースンは尋ねた。「きみは、ああいう連中と話をしたことが何度もあるだろう」

ゴールドはしばらくなにも言わず、行く手の霧と雪のなかへ没している足跡をじっと見つめていた。

「パキスタン」

17

積雪を左右へ吹きやって峡谷を駆けくだる滑降風《カタバティックウィンド》に身を震わせながら、パースンはナジブとキャントレルの数歩あとを歩いていた。M‐40を肩にかけ、スリングで腰の部分にしっかりと結んでおけるようにするために、パーカのジッパーを少しだけ開けている。敵部隊がパキスタンをめざしているというゴールドの判断がまちがいであればいいのだが、これまで彼女が判断を誤ったことは一度もないのはたしかだった。めざす先がそこだとすれば、長い徒歩での道のりになるが、あの狂信者どもはジハードと殉教のため、そして七十二人の処女に会えるようになるためなら、どんな苦難にも耐えるつもりなのだろう。

そして、もしやつらが国境をこえることに成功したら？　おそらくは、ワジリスタン（パキスタン北西部の、アフガニスタンと国境を接する山岳地帯）の部族地帯《トライバル・エリア》（伝統的部族制度が保持され、国法より部族法が優先されるために国の警察権はおよばず、外国人の立ち入りは禁止されている地域）に入りこんで、姿をくらましてしまうだろう。以前にも、テロリストがそういう行動をしたことはある。そうなれば、たまたまドローンのプレデターがその上空に飛来するということがないかぎり、やつらを仕留められる見込みはない。パースンとしては、B‐2爆撃機に核爆弾を投下させて、そのいまいましい地域を全滅させたい気分だった。だが、それはよくないだろう。ムスリムにも、ナジブやその部下たちのような好ましいひとびとがいるのだ。

そのとき、バン、という破裂音がとどろいて、思考が中断した。パースンは雪の上に身を伏せた。雷鳴のような反響音が山腹をくだっていく。

悲鳴やうめき声は聞こえなかった。狙いが外れたのか、それとも即死だったのか。顔をあげて見ずにはいられない気分だったが、それをすれば、つぎの弾を食らうおそれがあることはわかっていた。装薬の破裂音より先に超音速の飛翔音が聞こえたから、弾は自分のすぐそばをかすめ飛んだのにちがいない。

パースンは息を詰めて、つぎの銃弾の飛来を待った。口に銅を含んだような、いやな味がしていた。怒り、そして恐怖。だれが撃ってきたのかは、見なくてもわかっていた。凶銃ドラグノフを用いて熟練の射手が発砲した、ただ一発の七・六二ミリ弾。

静寂。彼は頭を低くしたまま、可能なかぎりゆっくりとした動きで顔を横へ向けていった。目の隅に、キャントレルが伏せた部分の雪が乱れているのが見えた。遮蔽と言えるようなものではない、とパースンは思った。白い粉雪のなかに身を没しているだけだ。ドラグノフから発射される銃弾を防げるものは、ここにはなにもない。

「用心しろ」声を殺してキャントレルが言った。「もしだれかが撃たれたら、撃ちかえすんだ」

パースンは雪面に伏せたとき、携えているライフルの銃口を肘の内側にはさんでいた。伏せているいま、ライフルは体の下にあって、スコープがみぞおちに食いこんでいる。良好な射撃ができる態勢ではまったくなかった。昔からよく口にされる、きわめつきにばかばかしい言いまわしが頭に浮かんできた——銃というのは、必要なときにかぎって自分の手にはないもんだ。銃口をのぞきこむと、雪や土が詰まってはおらず、きれいなままであることがわかったのが唯一の救いだった。伏せたときの衝撃で、手首がうずいていた。

自分とゴールドが、そして部隊の全員が、忍耐強く熟練した敵によって、ここに釘付けにされているのだという、ぞっとする認識が生まれてきた。そのいまいましい敵は、だれかがへまをやらかして、絶好のターゲットになるのを、じっくりと待っているつもりであるにちがいない。人員の損失を招くことなくチームがこの事態を切りぬけられる見込みは、まずないだろう。それに、もし無傷で切りぬけられたとしても、マルワンは散発的に狙撃をくりかえして、こちらを悩ませ、敵の集団の逃走を掩護することができるのだ。

パースンは、手や足はいっさい動かさないようにしていた。そうしながら、左手首にはめている腕時計を見た。時の刻みがひどく遅く感じられ、一瞬、秒針が壊れたのかと思った。いまは雪に混じって、刺すような凍雨が降り始めていて、そのひと粒ひと粒の落下音が聞きとれるような気がした。散弾を頭に浴びたら、こんな音が聞こえるのだろうか。

「北東の方角に、岩の露頭がある」キャントレルがささやいた。「距離は三百メートルほど。そこから撃っているように思われる」

キャントレルが体を右へ転がして、M－4を身に引きつけるさまが、パースンの目の隅に映った。その特殊部隊大尉の頭部のそばで、土と雪が爆発的に飛び散る。直後、ドラグノフの銃声が届いた。

キャントレルが跳ね起きて、低い岩の陰に飛びこむ。軍服にへばりついていた雪が、ばらばらと落ちた。ふたたび銃撃。銃弾がその岩に当たって、キャントレルの上へ岩のかけらと氷を舞い散らせる。跳弾の飛びすぎる音がパースンの耳に届いた。

「やはり、あの野郎がいるのはあそこだ」キャントレルが言った。「わたしが発砲したら、すぐに猛烈な掩護射撃をして、あの露頭に狙いをつけるための時間をつくってくれ」

パースンがその意味をつかみきれずにいるうちに、キャントレルのライフルがフルオートで発砲される轟音が聞こえた。雪にもぐっていた兵士たちが身を跳ねあげ、木や岩や藪の陰で膝をつく。そして、全員がいっせいに射撃を開始した。怒れるものの咆哮のように、ライフルの銃声が高まっていく。すべての銃の排出口から、空薬莢が噴水のように宙にふりまかれた。

パースンはキャントレルのほうへ這っていき、岩のそばで伏射の姿勢をとった。M－40の狙いをつける。スコープを通して、着弾のようすが見てとれた。銃弾がつぎつぎに岩や雪面に当たり、木々の枝を震わせ、木端を飛び散らせている。明確に見えるターゲットはなかった。それでも、全面的掩護射撃の一助になるようにと、彼は発砲した。ボルトを操作しては、また発砲する。もしあの露頭の近辺にだれかがいたとすれば、いまごろはもう死んでいるだろうから、自分は弾を浪費しているのではないかと思えてきた。

そのとき、銃撃が停止した。耳ががんがんしていた。耳鳴りに混じって、風と雪の音が、そして兵士たちが弾倉を交換する金属音が、かすかに聞こえる。渦巻く硝煙は突風にさらわれていったが、装薬の焼けたにおいはまだ残っていた。

「だれも動くな」キャントレルが言った。

そのあと、SFの指揮官は首からぶらさげている双眼鏡を手に取って、のぞきこんだ。

「なにか見えるか？」パースンは問いかけた。

「まったくなにも」

スコープをのぞいているパースンにも、岩の露頭とその周辺になんらかの動きを見てとることはできなかった。だれもおらず、なにもない。狙撃をしてきたなにものかは、無傷でそこからするりと逃げていったように思われた。

周囲に目をやると、マルワンが放った最初の銃弾がなにをしでかしたかがわかった。ANAの兵士がひとり、横ざまに身を丸めて伏していた。胸に開いた射入口から、血が滴っている。

死んだ兵士の目が遠くを見つめるなか、チームは半時間にわたって敵の動静を見守っていた。一本の木の陰にゴールドがいるのが見える。その右側に、空薬莢が散らばっていた。弾が尽きるまでAKを撃ちまくったようだ。

左肩にショットガンをかけたナジブが、低く身をかがめて、死んだ兵士のそばへ駆け寄っていった。右手の手袋を脱ぎ、二本の指で、死んだ兵士のまぶたを閉じる。パシュト語でなにかを言い、死体にポンチョをかぶせた。パースンもなにかを言いたかったが、なにを言っていいかがわからない。そこで、なにも言わず、自分が役に立てそうな唯一の行動をした。GPSを起動し、初期化したところで、自分たちの現在位置データをそれに保存し、死体のある場所を記録にとどめたのだ。

「よおし」キャントレルが言った。「全員、わたしの声が聞こえるな。ナジブ大尉、北へまわりこんで、側面からやつらに接近することを提案したい」

ナジブは、風のぐあいをたしかめようとしたらしく、降る雪をながめた。

「この風は当分、変わらないだろう」彼が言った。

「慎重であらねばならないのはたしかだが」とキャントレル。「あのくそったれどもがけんかを売るつもりなら、こっちは買ってやるまでのことだ」

なぜ北へ移動するのだろうとパースンはいぶかしんだが、戦闘中の兵士に愚かな質問をするのは避けたかった。そんなわけで、疑問は胸にしまいこみ、静かにゆっくりと動きだしたナジブを追っていった。いまは風が強まって、風速二十ノットほどの烈風が真北から吹いており、そのなかを歩いていると、涙が出て、顔が麻痺してきた。そうか、とパースンは悟った。まわりこんだのち、ふたたびあの連中と戦端を開くときには、自分たちは北から敵に迫ることになるわけだ。こちらを撃とうとするスナイパーは、この烈風に真正面から対峙して、狙いをつけなくてはいけなくなる。まばたきもせず、涙も流さず、長いあいだこの風に向きあっていられる人間がいるはずはない。

岩の露頭のそばに着くと、部隊は散開して、死体や血痕を探しにかかった。パースンは、射撃地点に入って出ていったひと組の足跡を見つけた。空薬莢もあった。チームの嵐のような銃撃を浴びた場所に、木端や樹皮の切れはしや岩のかけらが散乱している。血痕は一滴もなかった。

「一分ほど、やつをここに釘付けにしたように思うが」キャントレルが言った。

「マルワンはその道の熟練者だ」とナジブ。「それに、ムッラーも長年、戦闘を経験してきている。彼らはやわなターゲットではない」

「それに、彼らは天が味方していると考えていますし」ゴールドが言った。

チームは斜めの経路をとって、露頭を離れ、こんどはほぼ真北をめざして前進を再開した。部隊は、三歩ほど進むたびに足をとめた。そして、そのつど、行く手にひろがる白と灰色の壁をのぞきこんで、ようすをうかがった。そこには、雪に覆われた大地と、低い雲と、間断なく降りしきる雪があるだけだった。脅威が存在しないことがわかると、部隊はまた少し進んで、ふたたびようすを見た。

骨の折れる前進をつづけるうちに、パースンは身が震えてきた。熱を生みだせるほど速く歩いていないために体が冷えてきたせいもあるが、これほど身が震えるのは、寒さだけでなく恐怖を感じてもいるからだろう。いつなんどき、また高速のボートテール型弾頭（空気抵抗を減じて飛距離をのばすために後部がやや細く絞られた形状の弾頭）が飛んでくるか、知れたものではないのだ。そして、もしマルワンがわたしを判別したら、当然のこととして、最初にわたしを仕留めるだろう、とパースンは思った。やつに見つかる前に、わたしがやつを見つけるようにするしかない。

マルワンの部下どもがヌニェスにやらかし、自分とゴールドにやらかそうとしたことが、思いだされた。仕返しのチャンスをのがすわけにはいかない。どなりつけ、突き刺し、撃ち殺してやりたかった。とはいえ、いまは時期を待つしかない。彼はまた三歩、足を運んだ。輸送機には荷を積みすぎたときに警報が鳴るシステムがあるが、自分の心の配線にも感情の暴走を防ぐためのシステムがあればと思った。だが、そんなものがあるわけはなく、心の配線が、焼ききれそうに燃えあがるばかりだった。

ナジブは、敵の針路と平行につづく急斜面へチームを導いていた。だが、やがて、尾根が南へと急角度で切れこんでいる地点に達したために、その尾根をこえて、つぎの峡谷を渡るしか手がなくなった。部隊はナジブのあとにつづき、粉雪がたたきつけてくる急斜面を斜めにのびる谷道をたどった。パースンはふと、この兵士たちは、自分が仲間の乗員たちと輸送機でやっていたようなことをやっているのだと思った。地形を遮蔽に使うために、低空で峡谷に進入し、つぎに、低い地点から、四十五度の角度で上昇して、尾根をこえる。

この斜面にはときどき、氷粒状の雪が降るにちがいなかった。積雪の上に、氷の小片や粒が砕けたクリスタルのように散らばっている。この山岳地帯の谷や山は、それぞれに気象条件が微妙に異なっていて、尾根筋をこえるごとに気候が悪化していくのが常態であるように思えた。山塊の麓《ふもと》はまったく見通せない。麓に近づくにつれて暗くなり、谷底は真っ暗闇に包まれているように見えた。ヒンズークシでは、夜は空から降りてくるのではない。それは低い大地から始まって、山腹を昇ってくるのだ。

キャントレルが停止を命じ、チームの面々がその周囲に集まった。

「夜間にあの連中と銃撃戦をおこなうのは避けたいところだが」彼が言った。「われわれは時々刻々と後れをとっているので、そうもいかない。やつらがＮＶＧを保有しているとは思えないが、万一に備え、軍服についている光りものはすべて取りはらうように」

パースンは、光を反射する記章を肩のところにマジックテープで貼りつけていた。それを剝がして、ポケットに滑りこませる。いまはもう、友軍に認識してもらえるかどうかを案じる必要はない。この近辺にいる友軍は、ゴールドと特殊部隊の兵士たちだけなのだ。

ナジブがパシュト語で命令を下していく。ゴールドが、感銘を受けたように眉をあげた。

ANAの兵士が二名、足を踏みだした。そして、M‐4に装着されているACOGのスコープを外して、別の種類のスコープを取りつけた。赤外線スコープだろう、とパースンは推察した。それがあったのは、たんなる幸運だったのか、それとも入念に計画されていたからなのか。夜間の戦闘は、最良の装備と最高の度胸を備えた側に勝利をもたらすものだ。

キャントレルとナジブが地図と写真をもとに協議をしているあいだに、パースンはGPSを起動して、現在位置を確認した。そして、座標が表示されたGPSを、ふたりのところへ持っていった。ナジブが衛星写真の一点を指さして、うなずく。

「ゴールド軍曹の話では、あなたはM‐40の扱いに熟達されているとか」ナジブが言った。「ターゲットを見つけたら、ためらわず、それを用いて撃ってください」

「ためらいはしないさ」パースンは言った。

このライフルに装着されているスコープは昼間用の光学装置なので、今夜、これを使うことになるとは思えなかった。とはいえ、いまの状況は継続的な小競り合いと化しているから、ストームがやんで、空爆が可能となるまで、昼夜を問わず戦うことになるだろう。くそ、いま爆撃機がナパーム弾を投下してくれれば。いやいや、空爆はおこなわれないだろう。あのムッラーをフライにするわけにはいかないからだ。となれば、これは人間と人間、銃弾と銃弾の戦いになる。それでもけっこう。われわれにはやってのけられる。

つねに寒さのなかにいるせいで、パースンは鼻がぐずぐずしており、この強風がそれをさらに悪化させていた。鼻をすすると、喉の奥に塩辛い味がした。手袋の甲で鼻を拭う。日は暮れようとしていたが、風がやみそうな気配はなかった。そのことが、この状況にまた多少の過酷さを付け足すことになった。だが、少なくとも特殊部隊員たちは、過酷さを利点に変えるすべを心得ていた。たいした連中だと言わねばならない。

「友軍の到着を待っているわけにはいかない」キャントレルが言った。「ターゲットの捕捉には慎重を期すように。ムッラーを生け捕りにしようとしていることを忘れるな」

夜間にはそれは容易な仕事ではない、とパースンは思った。NVGであれ赤外線スコープであれ、距離の長短を問わず、顔を識別するのは困難だ。どの人影が老人のような動きをしているかに目をつけるしかないだろう。飛行において、暗くなるとあらゆる要素が複雑さを増すのと似たような状況だ。

チームは一列縦隊を編成し、尾根筋に沿って東へ向かった。ナジブが先導し、兵士のそれぞれが左方もしくは右方への射撃態勢をとって、あとにつづいていた。この特殊部隊員たちはいかなる場合にも抜かりがない、とパースンは思った。こちらが敵軍を狩っているからといって、敵軍がこちらを狩っていないということにはならないのだ。

ひどく暗くなってきて、スコープが役に立たなくなった時点で、パースンはライフルを肩にかけた。そして、拳銃を抜き、右手でそれを携えた。NVGを首にぶらさげておく。もしいコルトの重みで、手首のずきずきする痛みが再発した。拳銃を左手に持ち替える。もしいま撃ち合いになれば、襲撃者がいる方向をおおざっぱに狙って、やみくもに撃つことになるだろうから、どちらの手を使っても変わりはない。もしそれをしなくてはならなくなったら、状況はまさに地獄と化してしまうだろう。

パーソンは立ちどまることなくゴーグルのスイッチを入れて、装着し、それを通して前を見ながら、一歩また一歩と足を運んだ。兵士たちは単眼の赤外線《IR》暗視装置をストラップで頭部に装着し、銃を持っていないほうの手でそれを動かしながら、ものを見ていた。そのうちようやく、ナジブとキャントレルが足をとめた。その場にうずくまり、ポンチョを体にかぶせておいて、フラッシュライトの光で地図をチェックする。裸眼では、ポンチョから光が漏れているようには見えないが、パーソンがNVGごしに見ると、裂け目どめ加工《リップストップ》のナイロン地が光を薄く通して、巨大な奇形の蛍のように輝いていた。そこに落ちた雪片が、緑色の宝石のようにきらめいている。しばらくして、その光が消え、ふたりの男の姿が現われた。

「南へ転じるころあいだ、みんな」キャントレルがささやいた。「ゆったり構え、暗視装置を通して、敵の姿を探すように。やりかたは心得ているな」

そのあと、ナジブがパシュト語でしゃべった。同じ命令をその言語で反復したのだろう、とパーソンは推察した。

パーソンには赤外線暗視装置を使った経験はろくになかったが、感熱《サーマル》スコープは、雪や霧を通して見る性能がNVGよりもすぐれていることはわかっていた。その種の装置は、光源を増幅するのではない。熱を感知するのだ。マルワンとその配下の連中は潜伏やひそかな行動をするすべはよく心得ているだろうが、これほどの低温となれば、摂氏三七度ほどの熱を持つものはなんであれ、くっきりとその像を結んでしまうだろう。この気温のなかに浮かびあがったそいつらの姿を早くとらえたいものだ、と彼は思った。

チームは忍びやかに尾根の頂へ登っていった。そこで、兵士たちが足をとめ、何分か下方の一帯を観察した。ナジブがキャントレルにうなずきかけ、片手を掲げて、前進せよと前方へふった。その合図を受けて、兵士たちが散開し、頻繁に暗視装置で周囲を観察しながら、斜面をくだっていく。

打って変わって、風を背に受けるというのは気分のいいものだった。突風が吹くつど、粒状の雪がばらばらと背中に打ちつけてくる。こんな冷たくて痛いものを顔や目に浴びずにすむようになってよかった、とパースンは思った。NVGを通して見えるものは、まばらな木立と、積もった雪の重みでたわんでいる木の枝だけだった。

部隊が時間をかけて偵察をしているあいだに、パースンは、反政府軍は針路を変えたのだろうかと疑い始めていた。だが、そのとき、ナジブが立ちどまって、こぶしを突きあげ、チームがぱたっと動きをとめた。パースンにはまだなにも見えていなかったが、顎を引きしめて、歯が音を立てないようにしていた。少なくとも、まる二分間、だれも動かず、声も発しなかった。

　キャントレルとナジブが、パースンには理解できない一連の手信号を送った。アメリカ軍兵士のひとりがそちらへ近寄って、キャントレルになにかをささやきかける。パースンが見守るなか、その兵士はケミカル・ライトスティック（化学反応によって光を点じる棒状の照明具）の包装を解いた。指揮官がチームから少し離れたところまで歩き、棘のある低木のそばにしゃがみこむ。ライトスティックにパラシュート・コードを結びつけて、木にぶらさげてから、バンダナでスティックを覆った。内部におさめられているガラス瓶が割れる程度にライトスティックを曲げると、二種の化学物質が混合して、熱を伴わない赤い光を点じた。兵士が、もっとうまく光が隠れるようにバンダナを調整し、覆い隠されたライトスティックを木にぶらさがったまま放置した。それにつながっているコードをのばしてひっぱりながら、僚友たちのそばにひきかえして、キャントレルのそばにうずくまる。

　部隊が、そこの地形のなかで使える遮蔽物はそれだけということで、身を低くして、木々の陰へと移動していく。キャントレルがパースンとゴールドに手をふって、岩棚の下の窪みに入りこむようにと指示した。パースンにはまだ、NVGを通してもなにも見えなかったが、そのときキャントレルがサーマル・スコープを貸してくれたので、それを使うと、二百ヤードほど先に、カラシニコフを構えた男がふたりいるのが見えてきた。その赤外線像は、写真のネガを現実化したような感じだった。白く光る人間のかたちが、周囲の闇のなかに浮かびあがっている。どちらも、風から少しでも顔を守れるようにと、パコル帽（毛糸やフェルトでつくられた帽子）をまぶかにかぶっていた。歩哨に就いているのだろうが、実際には見張りの役には立っていない。自己満足に溺れているだけだ。

パースンはキャントレルにスコープを返した。そのとき、それのアイピースを通して、特殊部隊指揮官の顔がぼうっと光って見えた。キャントレルは、彼みずからが生みだした優位な立場をよろこんでいるらしく、かすかにほほえんでいた。

キャントレルが最後にもう一度、ＩＲスコープごしに観察をしてから、ふたたびパースンにそれをよこしてきた。そして、ライフルを持ちあげ、ＭＢＩＴＲを通して小声で命令を発した。

銃声が二度、立てつづけに闇を切り裂く。歩哨のふたりが身を伏せた。パラシュート・コードを持っている兵士が、それをぐいとふった。ライトスティックのバンダナが外れ、敵がそれを狙って、発砲を開始する。

ライトスティック周辺の山腹に、銃弾が嵐のようにたたきこまれた。一発が、スティック自体に命中した。輝く液体が、セントエルモの火のように撒き散らされた。

闇を銃撃が切り裂いていく。ＳＦチームの兵士たちはライフルをセミオートにして、一発か二発ずつ発砲していた。狙って撃っているのだ、とパースンは思った。敵側のライフルはフルオートで、弾倉が空になるまで闇を引き裂いていた。

パースンはふたたび、サーマル・スコープをのぞきこんだ。歩哨のひとりは、倒れたまま動かない。もうひとりは起きあがって、木にもたれこんでいた。ライフルを構えてはいるが、持ちあげるにも撃つにも重すぎるといった感じだ。と、男がそれを放りだした。片手で胸を押さえたあと、その同じ手で木にしがみついて、よろよろと立ちあがった。その手が樹皮に残した染みが、IRのレンズを通して、光って見えた。そのゲリラ兵が、うつぶせに雪の上に倒れこむ。樹皮に掌紋が残っていたが、見ているうちに、それは冷えて、薄れ、ゲリラ兵がそこに触れた痕跡は消え去った。

銃声が散発的になっていき、やがて、いっせいに途絶えた。こんどこそ、だれかの撃った弾がマルワンに当たっていれば、とパースンは思ったが、撃たれたふたりはどちらも、あのテロリストのリーダーではないだろう。マルワンが一兵卒として歩哨に立っていたというのはありえないだろうし、ましてや、不注意な兵卒のように弾を浴びるなどというのはあろうはずがない。

キャントレルがまた無線を通して、小声で指示を出した。数名の兵士が立ちあがって、前方へ歩いていく。ほかの兵士たちはその場にとどまって、彼らを掩護した。つぎに、前進した兵士たちが銃を構え、後続の兵士たちの防御にまわる。

蛙が跳んでいくようなやりかたで、チームは、阻止する相手がいなくなった地帯を前進していった。あとに残ったのは、木々の枝から粉雪を降り落とす寒風のみで、その粉雪が、まだ降りつづけている雪に混じって落ちてくるために、木々そのものが雪を降らせているように見えた。それは、サーマル・スコープを通してでは、めざましい光景には見えなかったが、自分の暗視ゴーグルに切り替えてみると、唐松の木々が膨大なエメラルドの塵をふりまいているように見えた。

ナジブがふたつの死体をチェックする。IDはなく、現金も財布もなく、AK-47ライフルと、それぞれの弾薬用のパウチがある旧ソ連軍スタイルの防弾チョッキがあるだけだった。彼は完全に弾が装塡された弾倉を一個、ゴールドに手渡し、彼女はそれを野戦服の上着のポケットにおさめた。ナジブの部下のANA兵士がパシュトゥ語で報告をおこない、ナジブが首をふった。

「ほかに仕留めた敵は？」キャントレルが尋ねた。

「ネガティヴ」とナジブ。「ひきずられた痕跡も見当たらない」

「まあ、多少は敵の兵力を削いだというわけだ」キャントレルが言った。「この調子で、支援が到着するまで、やつらに圧力をかけつづけるとしよう」

いや、支援は、この天候が回復しないかぎり、やってきはしない、とパースンは自分に言い聞かせた。気圧が低く、気温が露点以下で霧が充満している状態では、航空機は発進できないから、この戦闘は自分たちだけで遂行するしかないのだ。

雲の高さを目測できればと考えて、彼はNVGごしに真上を見あげたが、めまいを覚えただけのことだった。薄い黄緑色を帯びた霧と、降るのではなく、宙を漂って霧に溶けこんでいく雪が、全宇宙を包みこんでいるように見えた。目がくらみ、足がよろめいて、雪面に膝をついてしまい、あやうくM‐40のスコープを岩にぶつけそうになった。二度とあんなばかなまねはしないようにしよう、と彼は思った。ただでさえ、自分は方向感覚を失いかけているのだ。

ゴールドが助け起こしてくれた。その顔に薄い笑みが浮かんでいるような気がした。航空士ともあろう者が内耳に失調を来して、空間感覚をつかみきれなくなったことをおもしろがっているような。

チームは夜の大半を徹して、反政府軍部隊の足跡をたどった。その足跡は迷いなく東へとつづいていたので、パースンは、敵軍の目的地に関するゴールドの考えはおそらく正しいのだろうと判断した。やつらは、どこよりも安全が確保できる、本拠地に帰ろうとしているのだ。

キャントレルとナジブは、休憩のために停止する意図はまったく示さなかった。これが終わったあとは、自分たちは歩きながら食べたり眠ったりできるようになっているような気がする、とパースンは思った。前に聞いたところでは、特殊部隊の兵員訓練プログラムには、睡眠遮断による幻覚が始まるまで眠らせずに歩かせるというシナリオが含まれているらしい。そんな訓練をするのは、こういう場合に備えてというわけか。この任務に就いている兵士たちはみな、疲労も現場条件のひとつにすぎないと見なしているのだろう。一般市民が暖かいところで安らかに眠れ、まともな食事をし、なにも考えずにいられるようにするために、自分たちが克服しなくてはならない、もうひとつの条件にすぎないのだと。

パースンは方向感覚を取りもどそうと、NVGで周囲の地形を見渡した。ゴールドがいる位置を把握する。前方にナジブとキャントレルがいることを確認する。ブーツの紐を締めなおし、両手でライフルを携えて、彼は前進をつづけた。

18

ふたたび地図をチェックするためにナジブとキャントレルが足をとめたとき、あたりはまだ暗かった。パースンは、彼らがフラッシュライトの光を隠しているポンチョの下へ入りこんで、地図のチェックに加わった。そして、助けになればとGPSを起動したが、ナジブは昔ながらの陸行に熟達しているから、助力は不必要であるにちがいなかった。この山岳地帯で三十年ほど暮らしてきたことも、むだにはなっていないだろう、とパースンは思った。

「ふたたび北へ転じて、側面へまわりこむようにしたほうがいい」コンパスの蓋を閉じながら、ナジブが言った。

「それがよさそうだ」とキャントレル。「風向きは変わっていない」

「また同じ方向からやつらに迫るというのは、いい着想なのか？」パースンは問いかけた。

「われわれがそうすることを、やつらが予想していなければ」ナジブが答えた。「そして、やつらはまったくそうは予想していないだろうと、われわれは考えているというわけです」

筋は通っている、とパースンは思った。そのようにすれば、つぎもまたチームは風と雪を背に受け、敵は顔に浴びることになる。だが、その前に、自分たちはしばらくのあいだ、それを顔に浴びることになるのだ。前進が再開されると、パースンはたたきつけてくる雪をかわすために首をねじり、パーカのフードで顔を覆って守ろうとした。多少は守る役に立ちはしたが、それでもなお、強風に吹かれて弾丸のように飛んでくる白い粒が顔にぶち当たってきた。顔の感覚がこれほど麻痺しているのに、雪や凍雨が当たるたびにその痛みを感じるのはどうしてなのかと不思議に思えてくる。彼はハンカチを顔に巻いて、鼻と口を覆った。息に含まれている湿気が凍って、顔にへばりついてきた。

疲労が鉛のようにのしかかってきて、まぶたが重くなってくる。いっそ雪の上に倒れこんで眠ってしまいたかったが、いまチームが停止するわけにいかないことはわかっていた。それに、もし停止したとしても、手間をかけて適切な雪穴を掘るようにしなければ、眠ったが最後、二度と目覚めることはないだろう。

真っ暗だった東の空が、徐々に寒々とした灰色に変じてきた。夜明けが多少の元気を取りもどさせてくれればとは思ったが、逆に、まぶたがさらに重くなってきただけのことだった。疲れきった心が、さまよい始める。乗員仲間たちの家族は、すでに知らせを受けただろうか。おそらくは、まだだ。死体が回収されるまで、知らせは来ないだろう。わたしはあんなふうにしかふるまえなかったのか？　彼は自問した。この何日かの、とりわけ撃墜された日の、さまざまなできごとが頭に浮かんでくる。やめろ、と彼は自分に命じた。いま、ここのできごとに集中するんだ。さもないと、おまえが命を落とすか、別のだれかを死なせることになってしまうぞ。

ゴールドがまたこちらを見つめているのが、わかった。パースンは立ちどまって、バックパックをおろし、ＮＶＧをしまいこんだ。ふたたびバックパックをかつぎあげて、歩きだす。

上方へ目をやると、あいかわらず垂直方向の視程はゼロに近いことが判明した。頭上間近なところに、暗い雲が濡れた防水シートのように垂れこめている。チームはいま、木が一本もない土地、雪に覆われた月面のように見える谷間を通っているところだった。そこには大岩が点在し、左右には、焼けた金属のような色をした石が白いものに覆われることなく散らばっていた。

部隊は、各員が引き金の用心鉄に指をかけて、それぞれの射撃区域を監視しながら、進んでいた。パースンには、敵が近辺にいるような気配は感じとれなかったが、これほど疲れていては、自分の直感を信じることはできない。かつて経験したことのない疲労の段階、毒がまわったような奇妙な状態に、自分が入りかけているような気がした。口のなかに、硬貨を舌にのせたような、金属的な味があった。体が冷えきっているのに、肌が敏感になって、フライトスーツがサンドペーパーになったように感じられた。ゴールドと特殊部隊員たちはしっかりともちこたえているように見えたが、その彼らも目の下の皮膚にたるみができていた。

やがて、チームが南へ方向を転じると、パースンは意志の力で疲労を脱して、用心を怠らないようにつとめた。南へ向かうというのは、ふたたびジハーディストどもを要撃するための行動に移ったことを意味する。風が頭の後ろをたたくようになったことが感じとれた。

ナジブが立ちどまり、そのあと、なにかを長いあいだ見つめているように思えた。兵士たちは身動きひとつしない。パースンはスコープを通して見てみようと、ライフルを肩づけした。すると、ナジブがなにを見つめているかがわかった。

遠い雪の上に、赤い点がひとつ、際立って見えていた。チームがそこへ近づいていく途中で、ふたたびスコープごしに見てみると、それは血にまみれたなにかであることがわかった。つい最近のものだろう。そうでなかったら、この新雪に覆われてしまっているはずだ。赤いかたまりのまんなかに、固体のようなものがある。狼の群れがなにかの動物を殺したのかもしれない、とパースンは考えた。野生の山羊《アイベックス》か、牧畜民の山羊を餌食にしたとか。

キャントレルとナジブがささやき声でことばを交わし、二、三歩、足を踏みだした。ゴールドがパースンの双眼鏡を借りて、そこを見てから、彼に返してきた。さっきより近くなった地点から、パースンが双眼鏡で見ると、それは人間の死体であることがわかった。部隊がMBITRを使って交信し、周辺に展開して、持ち場に就く。パースンは困惑を覚えた。銃声を耳にしていなかったからだ。だが、よく見ると、その死体は銃撃戦で命を落としたものではないようだった。数百ヤード離れているこの地点からでも、なんらかの虐殺にあった死体であることが見てとれる。アフガニスタンというのは、日々新たな恐怖を見せつける国であるように思えた。

ナジブが、いつでも発砲できる態勢にショットガンを構えて、近づいていく。パースンが双眼鏡をズームしていくと、彼が死体のそばにかがみこむのが見えた。ナジブが死体の横へまわって、自分の口に手をあてがい、目を閉じる。もう一度、死体を見やって、首をふった。彼が無線で呼びかけてきて、キャントレルがそこに合流した。

そのふたりの将校のそばへパースンが近寄っていくと、キャントレルの声が聞こえてきた。

「よくぞ、こんなむごいことをしたもんだ」

彼がそう言ったわけを、パースンは理解した。その死体は、内臓がえぐりだされ、首が切断されていたのだ。胸がむかついてきたが、胃が空っぽで吐くものがなかった。

死体の腹部から、紫のロープのように腸がはみだしていた。両手が、長い黒布で背後に縛られていた。切断された頭部が、まぶたを閉じ、口を大きく開いた状態で、雪の上にまっすぐに立てられている。髪の毛とまぶたの上に、雪が積もり始めていた。血が雪を解かして、赤い液体のたまりができていた。

「この男はタリバン」ゴールドが言った。

「どうしてそうとわかる？」パースンは尋ねた。

彼女が、縛られた両手を指さす。

「あれは、この男のターバンです」

キャントレルが、足跡を調べ、あたりの状況を確認するために、虐殺現場の周囲を歩き始める。ナジブは部下たちをそこに集合させて、パシュト語で話していた。

「では、この連中を追いかけているのはわれわれだけではないということか？」パースンは問いかけた。

北部同盟かなにか、いまはどう名乗っているかは知らないが、とにかくその種の民兵組織が、マルワンの一団の落後者を捕まえて、殺したのだろうか。

「ほかにはいませんね」腰に両手をあてがって、雪面を見おろしながら、キャントレルが言った。「やつら以外の足跡はない。空薬莢もなにもない」

「やつらが仲間のひとりを殺したと？」パースンは言った。「なぜ？」

「仲間内で意見の対立があったんでしょう」ゴールドが言った。

「で、反対したやつが見せしめにされた」とキャントレル。

「だからこそ、マルワンはムッラーを必要としているんです」ゴールドが言った。

「それはいったいなんの話だ？」パースンは問いかけた。

「タリバンのなかにも、マルワンがやろうとしていることに反対する者はいます」彼女が説明した。「そういう場合に、ムッラーは彼に神学的裏付けを与えることができるんです」

「核を使用するための神学的裏付けか？」パースンは尋ねた。

だれも答えなかった。だが、その沈黙だけでじゅうぶんだった。

「ムッラーはアメリカの都市への核攻撃を認めるファトワー（イスラム教指導者による公的な裁断）を出そうとしていたが、その前に捕獲されたのだと、われわれは考えています」ナジブが言った。

ようやくパースンにも、タリバンの内部にマルワンを支持しようとしない者が出てくる理由がのみこめてきた。タリバンはアフガニスタンにおいて、独自の〝中世的な楽園〞を築いてきたのに、アルカイダがあの9／11同時多発テロによって、それを崩壊させてしまったのだ。タリバンは恐れているのだろう。アメリカは、もしまた猛攻を受けたら、この国を侵略して五十一番めの州にし、永遠に占領をつづけるのではないだろうかと。

パースンは、惨殺された死体を見つめた。それは、ヌニェスのことをいやというほど思い起こさせた。首を切断された乗員仲間の姿が、白昼の悪夢となって襲いかかってくる。

だが、ヌニェスは、そしてほかの仲間たちは、けっして犬死にしたわけではなかった。彼らは命を懸けて、パースンが捕虜を連れて逃げるための時間を生みだしたのだ。乗員仲間とともともとムッラーは、パースンにとっては荷物のひとつにすぎなかった。フィッシャーの考えがずばり当たっていたのだろう。この任務は、われわれのだれの生命よりも重要なものなのだ。

キャントレルが、周辺に展開している兵士たちに手ぶりで合図を送った。兵士たちが前進の再開に備える。

「警戒を怠るんじゃないぞ、みんな」キャントレルが言った。「やつらは仲間にもこんなことをするとなれば、おまえたちになにをするかは考えればわかるだろう」

チームはふたたび北へまわりこむ針路をとって、それから一時間以上、その方角へ歩きつづけた。夜が明けたいま、自分と自分のライフルは、それまでよりはるかに有用となったのだとパースンは思っていた。あとはただ、迅速にものを考えて、正しい判断ができるように、しっかりと目を覚ましていられることを願うのみだ。いまはもう、コンパスを読むという、いつもは呼吸をするようにごく自然にしているはずの行為すら、するのが困難になってきていた。おい、このばか、と自分を叱りつける。北はいまでも三百六十度の方角なんだぞ。

そろそろ敵の間近に迫っているはずだったが、パースンにはどこになにがあるかを見分けることもできなかった。降雪が激しくなり、それに加えて、尾根の上まで霧が昇ってきていた。どんなに高性能の視度計を使っても、読める視程はせいぜいが一マイルほどのものだろう。

やがて、峡谷が大きく開けて、山腹に取り巻かれた盆地状の高原になった。全体が平らな高原で、奥のほうだけがなだらかに盛りあがっている。その隆起の向こう、ここから百ヤードと離れていないあたりに、いじけた若木のてっぺんがのぞいているのがパースンにも見てとれた。それは前方の山腹に生えている木で、幹のほとんどが大地の隆起の陰に隠れていた。その木から、一羽の大鷹が舞いあがって、部隊の上空を旋回した。なぜあの大鷹はこんなひどい天候のなかを飛びまわっているのだろう、とパースンはいぶかしんだ。そのわけは、平穏を妨げたやつがいるから。パースンは凍りついた。

ナジブが、上空を舞う猛禽を見あげる。こぶしを突きあげた。全員が停止する。鷹が鋭く鳴き、その声が断末魔の悲鳴のように高原にこだました。パースンは目だけを動かして、もっとも手近にある遮蔽物を探した。選べる場所はたいしてなかった。C－130輸送機のタイヤ程度の大きさしかない岩がひとつ。低木の藪。やつらはおそらくあの隆起の向こう側にいるにちがいない、とパースンは思った。ナジブが手をふって、身を隠せとチームに指示した。

パースンは岩の陰に身を伏せ、できるかぎり平たくなって雪面の一部と化そうとつとめた。M-40の銃床を雪に突きこむようにして、銃身を岩の横へのばす。スリングの、前部取りつけリングのあたりを左手でつかんで、前方の隆起のほうへ銃口を向けた。スコープを通して、ようすをうかがう。目がひどく疲れているせいで、レティクルがぼやけて見えた。まばたきをし、精神を集中して、目の焦点を合わせる。隆起の向こうでなにかが動いたように見えた。

彼は引き金に指をかけた。顔に巻いているざらざらしたハンカチが不快になってきていたが、いまはそれが迷彩の付け足しになっていることがありがたく感じられた。まだ明瞭にとらえられるターゲットは見当たらず、葉を落とした木と降りしきる雪が見えるだけだった。きわめつきに低い伏射の姿勢をとっているために、胸が苦しくなってきた。右膝を曲げて、その脚をちょっと上にあげてやると、いくぶん胸がらくになった。

目の隅に、特殊部隊員のふたりが同じ姿勢をとっているのが見えた。つぎはどうすべきかと、彼は考えた。そういえば、いつでもM-40を使うようにとナジブが言っていた。そのとき、木のそばにある雪の吹きだまりが動いたように見えた。いや、あれはたんなる霧のいたずらだ。吹きだまりの下にある二個の岩が動いたように見えただけだ。その気にさせられるようなものじゃない。

だが、その二個の岩は、やはり気に食わなかった。その理由は、疲れきった心にはよくわからなかった。たぶん、それが風上側にあるからだろう。その位置なら、いまごろは雪に覆われているはずだ。その二個のあいだに、なにかがある。落ちた木の枝か。いや、あれは手袋をした二本の手だ。ライフルを構えている。白いパーカ、白いシュマグ。その胸にあたるはずの位置に見当をつけ、そこにクロスヘアを重ねる。パースンは発砲した。反動が来て、高速弾の銃声が聞こえた。飛び散る血。手袋をした手がAKから離れて、人体が前へつっぷす。上半身のどこかに命中したのだろう、とパースンは見てとった。その人体が動かないことから、即死させたか、少なくとも抵抗不能となる重傷を与えたかだと思われた。

反政府軍部隊が応戦してくるだろうと予期していたが、銃撃はやってこなかった。こちらのだれかが立ちあがって、絶好のターゲットになるのを待ち受けているのだろうか。マルワンがやつらを訓練して、以前より多少は抜け目なく戦えるようにしているにちがいないのだ。パースンは、低く伏せたまま動かずにいた。

だが、いま、ライフルの薬室には空薬莢しかない。ボルトを操作するために腕をあげれば、こちらの位置を暴露するおそれがあった。自分がぶじでいられるのは、やつらがこちらの位置を正確につかんでいないからなのだ。

さて、どうしたものか。熟慮したのち、彼はゆっくり、ゆっくりとライフルを右側へ倒していった。そうやって、排出口が地面に向くようにした。それから、右手の甲を使って、ボルトをじわじわとあげていくと、それが解放された感触が伝わってきた。二本の指をボルトにまわして、ひっかける。手首に痛みが走って、彼は歯ぎしりをした。ボルトを少し引く。痛みがひどくなった。だが、その操作で排出口が開いて、空薬莢が雪面に転がった。溶接をするときのような金属の焼けるにおいが、空薬莢から漂ってくる。

パースンはボルトに手の付け根をあてがって、前へ押した。新しい弾が薬室に送りこまれたことを示す、スチールと真鍮がなめらかにこすれあう音が聞こえた。ボルトを閉じ、ライフルをまっすぐにして、ふたたびスコープをのぞきこむ。さあこい、と彼は思った。つぎはどいつだ？

人影が見当たらない。隆起の近辺には霧が渦巻いているだけで、そこから身を起こしてくる者はいなかった。いつでもライフルをぶっぱなしてやるぞと待ち構えたが、周囲から特殊部隊員たちのささやき声がかすかに聞こえてくるだけだった。そのとき、彼らの持つM‐203擲弾発射器《グレネード・ランチャー》のひとつが、咳のような音を発した。

パースンと数フィートしか離れていない地点から発射された擲弾が、宙を飛んでいく。火がついたままの葉巻が放り投げられたように、弧を描いて隆起の上をこえた。それが炸裂すると、胸を押しつけている地面が揺れて、蹴飛ばされたような衝撃が来た。

ふたたびスコープをのぞきこむ。あの木が破片に襲われて、枝を失っているのが見えた。たなびく煙。ほかにはなにもなかった。パースンが撃ったジハーディストのほうへ、キャントレルが雪面を低く這って、近寄っていく。しっかり監視して、キャントレルを掩護するんだ、とパースンはみずからに命じた。もっとも、もしあの隆起の向こうから反政府軍兵士が現われて、SFの指揮官を撃とうとしたら、それより半秒ほど先にチームが発砲するだろうが。

パースンはその隆起のすぐ上のあたりに、揺れ動くクロスヘアを重ねていた。もしなにかが動いたら、死んでもらうまでだ。だが、そこには雪が降りしきっているだけで、なにも現われはしなかった。降ってきた雪が、彼の顔のわずかに露出している部分に落ち、銃を構えている指のあいだに積もっていく。

キャントレルが、倒れている人体のそばにたどり着いた。そこで足をとめ、目を凝らし、耳を澄ましているように見えた。膝をついて、身を起こし、ライフルの銃口を人体へ向ける。銃身でそれを押した。発砲はしなかった。そのあと、彼はいらだったように、そばの雪面に手をたたきつけた。手袋の下から雪が飛び散る。彼が、こっちに来いと、チームのほうへ手をふった。

パースンは、ライフルの銃口に注意を向けながら、雪面から身を起こした。それほど長いあいだ平らに伏せていたわけではないので、銃口に雪が詰まっていることは考えられなかったが、血行が戻ってきた両脚がずきずきしていた。この何日かで感覚が麻痺していた爪先は、いまはなにも感じなくなっている。戦闘の最中は時間がおかしなふうに流れるものだと思った。それは、ときには水のように流れ去り、ときには凍りつき、ときにはぬかるみのようにまとわりつく。

彼はあわただしく前進して、自分が撃った男を検分した。マルワンではなかった。ちょっとがっかりはしたが、そもそも、マルワンをこんなにたやすく仕留められるはずはないのだ。死んだゲリラ兵の顔に見覚えはなかった。自分を痛めつけた連中のなかにはいなかったやつだ。スチールウールのようなひげ、ナイフの革鞘のように硬そうな頬。鼻梁にひと筋、その人生に打たれた終止符のような形状の傷痕があった。おそらくは、もとは山羊を飼う牧畜民で、殉教者になることを志願したのだろう。パースンは憐憫に似た感情を覚えた。無知がもとで、短く惨めに人生を終えた、哀れな男。だが、こうも思った。もしこの男が機会を得たら、わたしになにをしでかしただろうか？　隆起の向こうへ目をやると、足跡がその先へつづいているのが見えた。ほかに死体はなく、足跡に伴う血痕もなかった。

「また、やつらにいっぱい食わされた」キャントレルが言った。

「このひとりを仕留めただけでも助けになる」ナジブが言った。「パースン少佐が勝算をいくらかあげてくれたんだ」

そうとも言えない、とパースンは思った。この追跡が消耗戦になれば、勝負をつける戦いになる前に、こちらは全員が凍死することになるだろう。彼はゴールドに目をやった。彼女は肩をすくめてみせただけで、なにも言わず、ポケットからボトルを取りだして、水を飲み、パースンに手渡してきた。彼は渇きを覚えてはいなかったが、それでも二、三口、水を飲んで、彼女にボトルを返した。

「指のぐあいはどうだ？」彼は尋ねた。

「よくなっています。あなたのほうはいかがですか？」

どう答えればいいものか、パースンにはよくわからなかった。わたしのほうは？

「なんとかやれそうだ」と彼は応じた。

「しっかりやっておいでです」

パースンはそのことばを賞賛と受けとめた。あれほどの目にあったあとなのに、わが身を気づかうだけでなく、この自分にも注意を向ける心の余裕があるとは、まったくたいした女性だ。

反政府軍部隊の足跡は、その高原を通りぬけたあと、谷間を走る細い渓流に沿った小道へとつづいており、その小道の左右には、数千年にわたって風や雨や雪に浸食されて形成された奇怪な柱状の岩が立ち並んでいた。その地形は、パースンに危惧を覚えさせた。そこには数ヤードごとに待ち伏せに絶好の殺戮ゾーンが存在することは、べつに歩兵でなくても、見ればわかる。

反政府軍部隊がある地点でいったん停止し、何分かその場に立っていたことをうかがわせる足跡があった。そのうちの何組かは、向かいあって立っていたことを示していた。なにかの装備を移動させたような痕跡もあった。

「やつらはここでいったいなにをしていたんだろう？」キャントレルが問いかけた。

「ムッラーが疲れたんでしょう」ゴールドがそれに応じた。

彼女が指さした先に、足跡に混じって、その地点からなにかをひきずっていったような痕跡があった。幅が一フィート半ほどのものが雪の上を滑っていったような跡だ。パースンはしばらく考えて、やっと答えを得た。間に合わせでつくった、橇式の担架。あの老人を運ぶために、二本の棒のあいだに毛布を渡して、担架をつくったのにちがいない。いいぞ、と彼は思った。それがやつらの逃げ足を鈍らせるだろう。

チームは足跡とひきずり跡をたどって、川沿いの道を進んでいった。待ち伏せはまず、銃弾かRPGの飛来として始まるであろうことはわかっていたが、それでもパースンは、頭上にそびえる切り立った岩石群を見あげずにはいられなかった。いくら見ても、目に入るのは雲だけだった。尾根筋の上方から、雲が霧となって漂いおり、泥のように山腹を沈んでいく。耳を澄ましてみても、峡谷を走る奔流の音にじゃまをされて、どうにもならなかった。

急流のざわめきと降りしきる雪の音が混然となって、ゆったりとしたリズムが生みだされ、なにかの歌のように感じられた。パースンは、疲れきった心の奥で、あれは音楽だと想像していた。だが、その歌は安らぎをもたらすものではなかった。それは、痛切な悲嘆のこもった短調の曲、戦いを歌った古代のバラードのように、聞こえた。そのリズムを心が見失うと、曲はふたつに分解して、ただの雪の音と水流の音に戻っていった。

睡眠不足のもたらす症状が悪化してきた。鉛が詰まったような頭の重さが、さらにひろがっていく。あらゆる音がいらだたしかった。あらゆる思考が肉体的努力を要求してきた。かつて経験した最悪の二日酔いと最悪の高熱を、同時に味わっているように感じられた。ほかのみんなは、これよりましな状態なのだろうか。ゴールドは、歩きながら周囲の地形を観察していた。あいかわらず油断がない。特殊部隊員たちは、これはいつもの仕事にすぎないのだという顔をしていた。自分がずっとついていくことができれば、彼らの足取りを鈍らせることはないのだ、とパースンは思った。

フードの左側面に、雪片がつぶてのように打ちつけてくる。コンパスをチェックすると、風向きが何度か変わったように見えたが、その示度を信じていいのかどうかがわからなかった。峡谷の岩が複雑怪奇な形状をしているために、渓流は無数の逆流や大小の渦巻きをつくっていた。そんなことはどうでもいい、と彼は思った。われわれはひたすら敵の足跡をたどっていくしかない。そのうちまた、死体に出くわすことになるのだろうか。

やがて、足跡が斜めにつづいて、川に近づいている場所に行き当たり、その地点で急流が白いしぶきをあげて岩をこえているのが見えた。パースンは、この渓流に魚がいるのかどうかを知りたくてたまらない気分になったが、そんなことのためにチームが足をとめられるはずがないことはわかっていた。釣りというサバイバル技術を活かせるのは、戦闘のない状況においてなのだ。

釣りに出かけた、あのときのことが思いだされた。そのときも、一種のサバイバル的状況に陥ったものだ。あれは、湾岸戦争で父が戦死したあとのこと。サンファン川へ出かけると、ニューメキシコの沙漠を縫って、冷たい水が流れていた。ある日の午後、大きなニジマスの群れが昆虫を追って水面に浮きあがってくるのが見えた。自分は、餌を追うニジマスの近辺へマス釣り用の毛針《ロイヤル・コーチマン》を落とそうとして、長い釣り糸をくりだした。そばまで届かなかったので、もっと近寄ろうとして、水に入った。そしてもう一度、毛針を投じたが、やはり届かなかった。浮きあがってくるニジマスから目を離さず、さらに水を分けて進んだ。そよ風と、川岸から漂ってくる土のにおいが感じとれた。それらを感じとろうとしながら、さらに水を分けて進んだ。下へ目を向けると、偏光サングラスを通して、水流に削られてできた深い淵の端に自分が立っているのが見えた。もう一歩、進んでいたら、溺れていただろう。水泳はできるが、胸まで届く防水長靴を履いていたのでは泳げない。自分はその淵からあとずさり、これほど静謐で平穏きわまる環境のなかにも危険と死の世界がひそんでいるのだということを、いやというほど思い知ったのだった。

反政府軍部隊の足跡が川から離れ、北の尾根へとつづいていた。そこから先では、ひきずり跡のかたわらにあるブーツの足跡が横向きになり、歩幅が不規則になっていた。どうやら、その地点から、ムッラーを運んでいる兵士どもは身を横向きにして、必死に担架をひっぱらなくてはならなくなったらしい。その斜面を登り始めたパースンは、どこかに杖代わりになるものがあればと思った。だが、その急斜面に生えているのはサンザシだけで、杖にできるほど太い木の枝はどこにもなかった。積雪が足にまみれつき、低い位置にあるポケットのジッパータブの周囲にかたまって、凍っていた。ナジブとキャントレルがふたたび足をとめて、地図を調べにかかる。

「やつらがなんの目的もなく、こんな急斜面を登ろうとするはずはない」キャントレルが言った。

ナジブが地図を詳しく見ていく。地図の上に雪片が落ち、彼は息を吹きかけて、それをはらいのけた。

「やつらはいま、北東へ針路をとっている」彼が言った。

「その方角に村は見てとれないが」とキャントレル。

「村はない」ナジブが言った。「この地域にあるものとして思いだせるのは、古代の要塞だけだ。たぶん、やつらはそこに物資を隠し置いているんだろう」

ゴールドが、ふたりの肩ごしに地図を見る。

「きみはどう考える？」キャントレルが尋ねた。

「休憩をとるにはもってこいの場所でしょうね」彼女が言った。「われわれを迎え撃つにも」

ナジブが地図をたたんで、言う。

「もっといい時代だったころ、あの要塞の下を流れる川でよく釣りをしたもんだ。でかいパダー・ナマズ（オムポックとも呼ばれるナマズの一種）を釣りあげると、母がコーマ・エ・マーイ——魚のシチューをつくってくれてね」二度と起こりえないことを説明しているのをわかっているかのように、遠くを見やり、静かな口調で、彼は語っていた。

そのことばを最後に、ナジブはショットガンを持ちあげて、前進を再開した。彼の先導で、部隊がゲリラの足跡をたどっていくうちに、行く手の斜面は雲のなかへ溶けこんでいった。薄れゆく日ざしのなか、霧が彼らを包みこんでいく。

19

真っ暗になる直前、細かな雪が白い綿の種子が舞うような感じで降り始めたことに、パースンは気がついた。これは良き兆候だ。この日は一日じゅう、強風に吹かれた雪片が小さな氷の矢のように、まっこうから痛烈にたたきつけていたのだ。顔に巻いて、凍りついていたハンカチを、彼は外した。堅く凍った布が頬をこするようになって、雪を防ぐよりも、苦痛の種になっていたのだった。

このストームの暴風圏になにかの変化が生じかけているのだろうが、パースンは、飛行が可能な天候になるだろうとは、あえて考えないようにした。いまもなお、峰々の上に冷たい霧がたなびいているのだ。暗視ゴーグルを装着すると、霧が心霊体《エクトプラズム》のような輝きを放っているのが見えた。

ゴールドがそばを歩いている。ゴーグルをはめていなかったときは、その姿はよく見えなかったが、それでも雪を踏むブーツの足音が安心感をもたらしてくれていた。パースンは肩にライフルをかけ、左手に拳銃を携えている。疲労困憊しているために、なぜ右の手首が痛むのか、思いだすことができなかった。

別のブーツの足音が雪を踏みしめる音が、そばから聞こえているように思った。そのとき、「ヘイ、ナヴ」と呼びかける声が届いてきた。真っ暗なのに、まわりに目をやると、乗員仲間の姿が見えた。

フィッシャーがヘルメットを手に持って、そばを歩いていた。いまもまだ、左袖のポケットの上に、あの無意味な記章をつけている。その記章には、ニューヨーク消防局《FDNY》の文字があった。ジョーダンが雪のかたまりを蹴飛ばし、飛び散った雪の一部がパースンに降りかかったのを見て、ほほえむ。ルークとヌニェスが雪合戦をしていた。彼らはみな、フライトスーツしか着ていない。

疲れきっているパースンは、驚きもせず、彼らをながめた。

「みんな、寒くないのか?」彼は尋ねた。

「ああ、平気だよ」とフィッシャー。

「ここでなにをやってるんだ?」

「やあと言いに来ただけさ」とヌニェス。

「それと、ありがとうと」ルークが言った。

「それだけ?」とパースンは尋ねた。

「ほかになにがほしい?」とジョーダン。「クラウンロイヤルのボトルとか?」

「それはまあ、あとで」

「残念ながら、われわれは長くいっしょにはいられない」とフィッシャー。

「またみんなに会えるとは思わなかったよ」パースンは言った。

「新たな任務さ」とジョーダン。「どういうふうに決められるかはわかってるだろう」

「事後報告のときに、また会おう」ルークが言った。

「おい、みんな、こちらはゴールド軍曹だ」パースンは言った。「彼女は——」

パースンはゴールドのほうへ顔を向けた。そして目を戻すと、乗員仲間は消えていた。

渦巻く雲と、乱れのない雪があるだけだ。

息苦しくなって、彼は片膝をついた。喉が詰まったような感じだった。肩に、ゴールドの手が触れた。

「彼らが見えたか？」彼は問いかけた。

「だれのことです？」

「わかってるだろう。わたしの友人たち。あの輸送機に乗っていた」

「ひどい睡眠遮断状態に陥っておられますね」彼女が言った。「そうなると、いろんなものが見えてくるんです」

どう受けとればいいものか、パースンにはわからなかった。そうなると、ものを見ているのではなく、ものが見えているようになるという意味なのか？　自分は幽霊の存在は信じていないが、これまでに耳にした幽霊話は、死者はなにかを要求するか、凶兆を暗示するためにこの世に戻ってくるというものばかりだ。乗員仲間はそんなことはせず、元気づけてくれただけだった。それはまさに、彼らしい行動だ。

「悪ふざけはやめてくれ」パースンは言った。

「そんなつもりはありません」とゴールド。「さあ、行きましょう、少佐殿。この任務は、生きているひとびとのために果たすべきものです」

産毛のような雪が、舞いながら降っていた。睫毛に雪が落ちたのが感じとれた。パースンはまばたきをして、立ちあがった。全身の筋肉と腱が疲労しきっていて、体を動かす原動力は義務感だけになっていた。コルトを左手から右手に持ちかえると、手首に痛みが走った。NVGのスイッチを入れ、方角を把握しようと周囲に目をやってみる。ナジブとキャントレルが、大岩の風下側で協議しているのが見えた。ふたりが動きだすと、彼はゴーグルのスイッチを切って、あとにつづいた。

やがて、チームは尾根筋の頂をこえた。その頂の両側には闇がひろがっているだけで、パースンは五感が遮断されたような錯覚に陥り、自分が立っている場所には寒気と大地しか存在しないような気分にさせられた。兵士たちが足をとめるつど、自分の息づかいしか聞こえないほど完全な静寂があたりを包みこむ。

ゴーグルを通してようすをうかがうと、いまはもう部隊は反政府軍の足跡をたどっているのではないことがわかってきた。足跡もひきずり跡も、もはやどこにも見てとれない。チームが足跡をたどる針路をそれてから、どれくらいの時間がたったのか？　疲れきっているせいで、それたことに気づかなかったのだ。それでも、ナジブとキャントレルが賭けに出て、ジハーディストどもは例の古い要塞をめざしているにちがいないと判断したことは理解できた。チームがジハーディストどもとは異なる方角からそこへ迫る作戦を立てたことは、明らかだった。パースンは驚嘆した。SFの将兵たちは、いまもまだ戦術的思考をすることができるのだ。

地図をチェックするために、またもや部隊が前進を停止した。ナジブとキャントレルが地図を調べているあいだに、パースンはNVGでようすをうかがった。

雲の層がはっきりと見えた。コットンを束ねたような雲が、頭上で輝いている。雲はまだ尾根にかかるほど低くて、飛行するのはむりだが、谷間まで包んでいるということはなかった。下方の視界はいい。いまいる地点から、山腹が下へのび、やがて平らになって、たたなわる丘陵地へとつづいているのが見てとれた。

焦点ノブをまわしているとき、雲層を突き破って、流星が出現し、トレイサーのように峡谷を飛翔してその底に激突した。パースンは、晴れた夜に流星群を目撃したことはあるが、雲から流星が飛びだしてくるのを見たのも、それが大地に落下するのを見たのも、これが初めてだった。

「いまのを見たか？」彼はゴールドにささやきかけた。

「見ました」

彼女が裸眼で見たということは、よほど明るかったにちがいない。どうせならNVGで見せてやりたかった、とパースンは思った。

チームは、二、三歩進んでは停止するというやりかたで、山腹をおりていった。パースンは足を滑らせないように注意しながら、よろめく足で、雪に覆われた石灰岩の山肌をくだった。斜面をくだるのは登るときよりも危険が増すことは、わかっていた。とりわけ、夜間に、ブリザードのなかを、現実と幻想の区別もつかないほど疲れきり、途方もなく冷えきった体で、それをするとなれば。ふたつのことにしか気持ちを向けていられなかった。ほかのみんなのあとにつづくこと、そして、銃を落とさないこと。

部隊は斜面の途中で、くだるのをやめて、尾根筋と平行に移動を開始した。兵士たちが、いかにもなにかが見えているような感じで、NVGごしに前方を見ている。だが、パースンが暗視ゴーグルごしに見ても、地形が見てとれただけだった。べつに意外ではなかった。石と泥煉瓦でつくられているアフガニスタンの建造物は、雪に覆われていない場合でも、風景に溶けこんでしまうのがふつうなのだ。

尾根筋が徐々に狭まっていき、その細い先端の向こうに、眺望がひらけてきた。パースンはゴーグルごしにながめやり、そこに陣地が築かれた理由を見てとった。もっとも標高が高い地点ではないが、あたり一帯を視野におさめることができる場所だ。そして、ナジブが言ったとおり、その下には川が流れていて、良好な水の供給源になっていた。

兵士たちが足をとめる。パースンとゴールドは、キャントレルのそばに行って、膝をついた。

「要塞を見分けられるか？」パースンは尋ねた。

「川の百メートルほどこちら側に位置しています」とキャントレル。

最初は、パースンには人工物はなにひとつ識別できなかった。体が震えるので、NVGの視界を安定させておくのがひと苦労だった。それでも、しばらくすると、積雪のひだのあいだに直角をなす物体があることが見分けられるようになってきた。やはり、ナジブの記憶はたしかだった。あの男は頼りになる、とパースンは思った。それは請けあってもいい。釣りをするムスリムに、悪いやつがいるわけがないのだ。

ゴーグルのスイッチを切ろうとしたとき、その視野の下辺に、まばゆい光源が出現した。NVGの電子回路が光量の調整に取りかかって、緑色の濃度が変化する。と、そのまばゆい光が消失し、視野が暗くなって、深いエメラルドグリーンに変じた。

「いま、ランプかなにかが点じられるのが見えたぞ」パースンは言った。

キャントレルが、単眼のIR装置をのぞきこむ。

「いまは見えませんが、あなたを信じましょう」彼が言った。「おそらく、ランプを点けて、すぐに隠したんですな。ばかなことを」

「これからどうする？」

「暗いうちに、襲撃の準備をしておきます」

キャントレルの口ぶりは、ごく間近に迫っているであろう戦闘に備えるのではなく、明るくなる前に鹿狩りスタンドをつくっておこうと言っているような調子だった。兵士たちが、キャントレルとナジブの周囲に集まってくる。彼らが身ぶりをまじえて、小声で話をし、各自の武器と無線機を再チェックした。通信軍曹がシャドーファイア無線機をセットする。パースンが見守るなか、キャントレルがヘッドセットに向かってささやき始めた。

キャントレルはタスクフォースとの定期的交信に取りかかったのだろう、とパースンは推察した。キャントレルはいま、いるべき場所にいて、なすべきことをやろうとしている。だが、パースンは、自分の立場はいまも、撃墜されて、指揮系統を外れた飛行士であることを自覚していた。孤立した要員だ。ここはひとつ、捜索救助活動の現状を調べることにしよう。彼はフライトスーツのポケットに入れているGPS受信機とHook-112サバイバル無線機を、体温が寒気と湿気からバッテリーを守ってくれていることを願いながら、ひっぱりだした。バックパックをおろして、フラップを開け、フラッシュライトを手探りする。それをつかむと、バックパックから出さずに、三本の指でレンズを覆って、点灯した。GPSとHook-112をなかに入れ、指のあいだをほんのわずかにひろげて、それの白光がスイッチ類を照らすようにしてやる。

手の感覚が麻痺しているので、右手の手袋を脱いだ。指で陰らせているフラッシュライトの光のそばにその手を置くと、指先の皮膚の色が紫を帯びた白に変じかけているのが見えた。この調子だと、数本の指の先を失うことになってしまいそうだ。

スイッチをまさぐって、装置を起動する。指の感覚がまったくなく、棒でボタンを押しているようなものだった。軽くこぶしを握って、息を吹きこんでみても、助けにはならなかった。GPSが起動したが、いつまでたっても現在位置を把握できずにいるようだった。バッテリーがへたってしまったのだろうかと心配したが、そのうちようやく、それが現在の座標を示してくれた。送信ボタンを押すことは自分でやれたが、イヤピースの挿入はむりだったので、ゴールドにやってもらうしかなかった。

「いずれかの航空機へ」彼は小声で呼びかけた。「こちらフラッシュ2-4・チャーリー」

「フラッシュ2-4・チャーリーへ」イギリス人の声が応答した。「こちらはサクスンが配置に就いている」

「バグラムの状況をこちらに伝え、こちらのメッセージをバグラムのAOCへ中継してもらえるか？」

「アファーマティヴ。待機してくれ」

パースンは、交信相手のイギリス人が重いRAFのフライトスーツからモンブランのペンケースを取りだす光景を想像した。急げ、ナイジェル。ティーはひとまずカップホルダーにおさめて、こちらの位置を確認してくれ。くそ、そっちはいま、暖かいフライトデッキにいるんだろう。

やがてサクスンが応答してくると、パースンはこちらの座標を伝えた。要塞のことや、チームがどんな作戦を立てているかについては、なにも話さなかった。

「サクスンはそちらの座標を把握した」イギリス人飛行士が言った。「バグラムの天候は大半が雲に覆われており、視程は一マイル半。気温は摂氏マイナス十度で、風向は方位二〇〇、風速は十五ノットだ」

パースンがこの何日かで聞かされたなかでは、いちばんましな状況だ。

「フラッシュ2‐4・チャーリー、すべてコピー」彼は言った。

「バグラムがヘリを発進させられるようになった場合、そちらは回収に備えることができるか？」

「ネガティヴ」パースンは言った。「こちらはまだ、雲が低い。雲の状況が改善したら、またこちらから呼びかける」

「ずっとここで待機してるよ、相棒」

「フラッシュ2‐4・チャーリー、アウト」

無線機をかたづけてから、目をあげると、SFとANAの兵士たちが装備を点検し、そのあと隊を分割して、分隊を形成するさまが見えた。アフガンの兵士たちが集まって、祈りをすませる。そのひとりが手袋を脱いだ両手で小さな書物をささげ持ち、シルクの布でそれを包んでから、ポケットにおさめた。アメリカ軍の兵士たちが、各自のレーザー・サイトとNVGに新しいバッテリーを装塡していく。ささやき声と、軽い金属音。電子装置の発する、かすかなうなり。

兵士たちが要塞へ接近する方向へ移動して、闇のなかへ姿を溶けこませていく。彼らはきわめて忍びやかに動くので、四歩ほど進むと、パースンにはまったく足音が聞きとれなくなった。NVGを通して見る彼らの姿は、亡霊のようにおぼろな光の点であり、遠ざかるにつれ、その光が小さくなっていった。いまは廃墟と化している要塞の背後へまわりこんでいく光の点が、一挙に消失する。

キャントレルと、その部下のライフル射手のひとりが、要塞を見おろす高い地点に残った。パースンとゴールドも、キャントレルのそばにとどまった。彼らは協働して、谷間を見おろす岩棚の陰に積もっている雪を掘った。

「夜明けの直前に、襲撃をかけるつもりです」キャントレルが言った。

「それまでには、多少の支援が得られるようになっているかもしれない」パースンは言った。「ついさっき、バグラムの天候が回復しつつあると知らされたんだ」

「通常、視界が確保できるときは、なにがしかの航空支援が得られるものですが」

このあと数時間の気象を予測することができればいいのだが、とパースンは思った。自分は験《げん》かつぎはしない。兎の足だのガールフレンドのスカーフだのといった、よく用いられる幸運のお守りをあてにしたことは一度もない。護符のたぐいは、なんの助けにもならない。すべては、才覚と能力と機会にかかっているのだ。機会を導いてくれる力のようなものがあることは否定しないが、その力の意志を推し測ることはだれにもできはしないだろう。

せめて指先だけでも守れればと考えて、彼は両手をパーカの内側へつっこんだ。麻痺していた感覚が戻ってきて、指がじんじんしてくる。これは悪くない兆候だと思った。ちょっと目をつむると、あっという間に眠りこんでしまった。

寒さと体の震えで、目が覚めた。腕時計を見ると、四十分ほど眠っていたことがわかった。いまの自分にとって、睡眠ほど必要なものはないのだ。だが、指の痛みは悪化していた。

NVGをまさぐって、スイッチを入れる。降雪が弱まっており、ゴーグルを通して要塞のようすをうかがうと、それのアーチ門や尖塔を見分けることができた。ナジブが〝古い要塞〟と言ったとき、パースンは、アフガニスタンがソ連と戦っていたときのものを思い浮かべたが、いまそれを目にして、ナジブの頭にあったのははるかに遠い時代だったことがわかった。イギリスがこの国から撤退したときには、これはすでに古いものであっただろう。どの壁にも、銃眼のような狭間が並んでいる。マスケット銃を撃つため？　いや、たぶん、石弓《クロスボウ》を射るためだろう。彼はレーザー・レンジファインダーを取りあげて、ボタンを押し、手に力をこめてそれを安定させた。もっとも近い尖塔との距離は、八百五十六ヤード。

「あれを建設したのはだれなんだろう？」震えながら、彼はゴールドに問いかけた。

彼女は肩をすくめて、言った。

「この国はさまざまな帝国の墓地であると言われていますから」

無辜多数のひとびとの墓地だったことはたしかだろう、とパースンは思った。われわれの墓地にもなるかもしれない。マルワンの一団は、あそこで別の反政府軍部隊と合流したのだろうか。これまでのところ、敵と味方の兵員数はほぼ拮抗していた。だが、いまはそうと断言することはできないのだ。

「もし、この一日を生きぬくことはできそうにないとわかったら」パースンは問いかけた。「きみはなにをする？」

「きょう、この日のことですか？」とゴールド。「自分がやろうとしていることを、可能なかぎり全力を尽くしてやるでしょうね」

彼女はそうするだろう、とパースンは思った。自分も、敵に殺されることをそれほど気にしているわけではなかった。運はすでに使い果たしたにちがいないからだ。だが、また捕虜にされるかと思うと、胸くそが悪くなる。あんな目にあわされるのは二度とごめんだ。いまは弾薬がたっぷりとあるから、最後の一発だけは自分用に取りおいておこう。

このあと、そういう結末になる公算はどれくらいのものだろう。ひとは、自殺をしてはいけないことになっている。だが、この場合、自分は死ぬことを欲して、そうするわけではないのだ。そういう結末になる公算は、あの要塞にいるジハーディストの人数と同様、いまは知りようがなかった。

キャントレルが、MBITRにつないだヘッドセットのマイクロフォンに向かって、ささやきかける。無線機に返ってきた応答は、パースンには聞きとれなかったが、キャントレルが最後の命令を発する声は聞こえた。

「各自の判断で発砲せよ」

20

ライフルの銃声がとどろき、兵士たちが敵の歩哨や見張り番を射殺していく。数百ヤード離れた地点にいるパースンにも、要塞をめざして走るいくつかの人影が見え、扉をぶち破る爆発音が聞こえた。その爆発が、火のついた油が飛び散るような光を撒き散らす光景が、暗視ゴーグルを通して見てとれた。そのあと、AK-47が発砲される音と、それにM-4が応射する銃声が届いてきた。ライフルの銃声に混じって、ナジブのショットガンの重々しい音がとどろく。あの銃が使えるほど敵に接近しているとなれば、ナジブはすでに要塞の内部に入っているにちがいない、とパースンは思った。パシュトゥ語とアラビア語と英語の叫び声が聞こえてくる。

パースンはゴーグルを外して、ライフルのスコープをのぞきこんだ。まだ夜は明けきらず、曙光が射しかけているだけだった。発砲したいのはやまやまだが、レティクルの向こうにはっきりと見てとれるものはなにもなかった。

また、要塞のほうから断続的な銃声が届いてきた。

「撃ち合いが長すぎる」キャントレルがつぶやいた。「これではうまくいかない」

SFの指揮官は無線交信をおこなって、同じことばをくりかえした。どうやら、返事はなかったらしい。キャントレルはM-4を取りあげた。

「しょうがない」彼が言った。「わたしもあそこへ行きます。あなたはここにいて、ターゲットが見つかったら、仕留めてください」

キャントレルが、彼とともに残っていた兵士を引き連れて、その場を離れ、要塞をめざして山腹を駆けおりていく。途中で立ちどまって、発砲し、また駆けだした。なにを狙って撃ったのか、パースンにはわからなかった。そのふたりが、要塞の崩れた壁の向こうへ消えていく。

「われわれもあの要塞へ行こう」パースンは言った。「ここにいては、なんの役にも立たない」

彼はバックパックをおろして、無線機と予備弾薬をポケットに押しこんだ。そして、岩陰から抜けだして、斜面を駆けおりていった。何度か足が滑って、転びそうになったが、バランスを失ってしまうことはなかった。ゴールドがすぐ背後を、泡のように軽い粉雪を蹴散らしながら走っていた。AKをしっかりと胸の前に携えている。

西から一陣の微風が吹いてきて、積雪の表面を搔き乱した。灰色の曙光のなか、白い雪面がうねって見えた。そのためにパースンはちょっとめまいを覚えたが、それでもM-40

を握りしめて、喘ぎながら走りつづけた。

ライフルの銃声が散発的にあがっていたが、ナジブのショットガンが一二番径散弾を発砲する重い轟音は聞こえなかった。銃声がやんだときに、下方を流れる川のつぶやきが聞こえてくる。要塞にたどり着くと、彼はその冷たい壁に背中を押しつけて立った。あとにつづけと、ゴールドに身ぶりを送る。パースンは先に立って、爆破された木のゲートのところへ走っていった。

内部に入りこむと、中庭に反政府軍兵士の死体がひとつ転がっていた。そのそばにいる負傷したANA兵士が横向けに身を転がして、身ぶりを送ってきた。パースンとゴールドはその兵士を見つめたが、兵士は無言で東の壁を指さしただけだった。内部のあちこちで、銃声がとどろいていた。

ふたりは、兵士が指さした方角へと、なにを探せばいいかもわからないまま、走っていった。そこにあったのは、中庭へ開いている泥煉瓦の階段で、その段はどれも、長年にわたって使われてきたために擦り減って、でこぼこになっていた。そこをのぼりだしたパースンは、雪が積もっているせいでさらにあぶなっかしくなっている段に足を滑らせて、転びそうになった。階段をのぼりきったところには、胸壁が連なっていた。その上にあがると、一発の銃声が聞こえた。パースンの頭のそばの煉瓦に、銃弾が食いこむ。鼻と口に破片が飛びこんできた。塩と鉛の味を感じながら、彼は石壁から突きでている泥煉瓦の棚の陰になる通路へ身を伏せた。それなりの遮蔽にはなったが、これでは動くに動けない。ゴールドはどうなったかを確認しようと、彼は煉瓦の隙間から向こうをのぞきこんだ。これまではずっと、彼女はすぐ背後につづいていたのだが。いまのぼってきた階段の下のほうにある壁の、漆喰の剝落でできた穴を通して、ブロンドの髪の毛のひと房が見てとれた。彼女は階段の下、ここから三十フィートとない地点にいた。

「だいじょうぶか?」彼は呼びかけた。

「はい、そのようです」

また一発の銃弾が、パースンのすぐ前の石組みの棚に当たって、かけらと雪が目に降りかかってきた。跳弾がうなりをあげて、遠くへ飛んでいく。くそ、ここを狙える位置にだれかがいるのだ、と彼は思った。おそらくは、マルワン。跳ね起きて、ゴールドのそばへ駆けつけたかったが、それは自殺行為になるだろう。理性的に行動しろ、と自分を戒める。ばかなまねをしてはならない。考えろ。

彼は身を転がして、あおむけになり、腹の上にM-40を置いた。防寒帽を脱ぎ、サバイバル・ヴェストから七つ道具をそっと取りだす。それを開いて、プライヤをひっぱりだした。プライヤに防寒帽をひっかける。帽子をひっかけたプライヤを、泥煉瓦の棚の上へ掲げた。ほとんど間髪をいれず、一発の銃弾がプライヤの先端部に命中し、七つ道具と帽子が手からもぎとられた。破壊された七つ道具が、反対側の壁へ転がっていく。被弾の衝撃が凍傷にかかりかけている指に痛みを生じさせ、パースンはその手をふったり、こぶしを握ったりした。まだ射手の姿は見つからないが、これで、どこから銃撃が来ているかに関してはかなり見当がつけられるようになった。

パースンは、ゴールドがいる階段の下へ目を戻した。こんどは、髪の毛だけでなく、顔が見てとれた。彼女が二本の指で自分の目を指し示し、そのあと、人さし指で中庭の向こうを指し示した。口の動きで、「マルワン」と伝えてくる。そのあと、彼女が叫んだ。

「走って！」

ゴールドが身を起こし、階段を射撃台代わりに使ってライフルを構え、フルオートで長い連射を始める。パースンは身を跳ねあげ、胸壁に沿って走った。背後に点々と銃痕がうがたれて、煉瓦の破片が飛び散った。いま撃っているやつはマルワンではない、と彼は思った。マルワンなら、撃てば、みずからの居どころを暴露することがわかっているはずだ。

ゴールドに目をやると、すでに階段をのぼってきて、まだ銃を乱射しながら、自分の背後を走っているのが見えた。煉瓦造りのアーチ門の下にある別の階段に、ふたりはたどり着いた。彼は階段の下にもぐりこんで、ライフルを肩にかけ、コルトを抜いた。ゴールドが弾倉を交換する。

「やつを撃てたか？」パースンは尋ねた。

「しばらくのあいだ釘付けにできただけです」

ふたたび、中庭のどこかからオートマティックの連射があり、下方のどこかから応射があった。パースンは、下方からの応射の銃声は、断言はできないが、M‐4の音であるように思った。その判断に賭けてみよう。

「ヘイ」彼は叫んだ。「上にいるのはアメリカ人だ！　撃つな！」

「いったい、そこでなにをしてるんです？」キャントレルの声だ。

「アフガン軍の兵士のひとりが、こっちだと指示したんだ。理由はわからないんだが」

「ナジブが撃たれました。いま、どこにいるかはわかりません」キャントレルが言って、ふたたび発砲した。

パースンのほうへ、なにかのにおいが漂ってきた。クローブか、薪の煙のようなにおいだ。調理に伴うものだとすれば、ここは常設の根拠地ということになる、と彼は思った。階段をおりていくと、キャントレルが、中庭を横切っていく数名の部下を掩護するために、銃口を左右へふりながら銃を連射しているのが見えた。

「マルワンは上階のどこかにいる」パースンは言った。

「ちくしょうめ」キャントレルは、首にできた擦過傷から血を流していた。

パースンが中庭の向こうへ目をやると、要塞の反対側の壁が見え、石を組んで建造されたその壁には、いくつもの階段と通路があることがわかった。スナイパーが身をひそめる場所は、いくらでもありそうだ。

「わたしはナジブを探しにいく」パースンは言った。

パースンは通路を駆けだした。そこは、何年か前の戦闘によってなのか、それとも年月そのものによってなのか、外側の壁が崩れていて、ごくかすかだが、淡い日ざしに照らされていた。どこへ行けばいいのかがわからないまま、やみくもに探していると、自分は無益なことをしているような気分になってくる。すぐ背後に、ゴールドがつづいていた。彼は壁が大きく崩れている場所の前で立ちどまって、外に目をやった。まだ暗雲が雪を降らせていた。白く覆われた丘の頂。その方角へ点々とつづく血痕。丘の向こう側、ここから二、三百ヤードほどのところに、また別の廃墟が垣間見えた。

血痕を追って駆けだしたいところだったが、それをすれば、最低の射手でも撃てるターゲットになってしまうし、いまはもう外は日ざしで明るくなっているから、撃ち損じるはずはない。やはり捜索をつづけることにして、また何フィートか通路を進んでいくと、要塞の内壁の煉瓦が崩れて、中庭へ通りぬけられる穴が開いているところに行き当たった。パースンはその瓦礫の陰にうずくまった。ＳＦの兵士が二名、中庭を駆けぬけていく。こちらが優勢になりかけているように思われた。

パースンはゴールドを引き連れて、方形の中庭を駆けぬけていき、また別の階段にたどり着いた。それをのぼって、胸壁に沿った通路に出ると、要塞の外をよく見渡すことができた。

「あそこに彼が」ゴールドが言った。

二名の反政府軍兵士がナジブの左右の腕をつかんで、別の廃墟のほうへひきずっていこうとしていた。彼はなんの抵抗もしていない。意識不明なのか、それとも衰弱しきって逆らうことができないのか。あるいは、抵抗しない人間をひきずるほうが実際にはむずかしいことを、彼は心得ているのかもしれない、とパースンは思った。

反政府軍の兵士どもは、橇をひっぱるような調子で彼をひきずっている。パースンはM-40を肩からおろした。前腕を胸壁にのせて、安定させる。いまは、スコープを通してでも、ものがよく見えるようになっていた。

レンジファインダーを使っている暇はなかったが、射程は七百ヤードちょうどであるように思えた。微風。風に対してスコープを調整している暇もない。となれば、射撃の基本に戻るのみだ。パースンは、ターゲットのやや左上にクロスヘアを合わせた。〝ケンタッキー・ウィンデージ〟（風の影響を考慮してターゲットの端を狙う射撃法）と〝テネシー・エレヴェーション〟（着弾のドロップを考慮してターゲットの上を狙う射撃法）と俗称されるやりかただ。息を吐き、そこで呼吸をとめる。引き金を絞った。

反政府軍兵士のひとりが右側へ身をねじって、倒れこむ。どこに弾が命中したかは正確にはわからなかったが、赤いものが雪の上へ飛び散るのは見えた。その反政府軍兵士は、倒れたまま動かない。相棒の兵士がナジブから手を離して、逃げだした。パースンはボルトを操作して、薬室に次弾を送りこんだ。レティクルの向こうに、逃げていく男の背中が上下しているのが見える。パースンは発砲した。撃ち損じた。その銃弾は、かつては廃墟の外壁をなしていたらしい泥煉瓦の壁に当たって、穴をうがった。屋根の残骸から、そこに積もっていた粉雪が滑り落ちる。その壁の向こうに、反政府軍兵士が姿を消した。

パースンは悪態をついて、ふたたびボルトを操作した。空薬莢が飛びだして、胸壁に当たり、硝煙の尾を引きながら、転がっていく。

「どこでもいいから身を隠しておけ」

ゴールドにそう言い置いてから、彼はスリングを背中にまわして、ライフルをかついだ。階段を駆けおりて、壁の内側の通路を走りぬける。朽ちた木の門を蹴り開けて、ナジブのほうへ駆けだした。周囲のいたるところで、銃声がとどろいていた。撃たれるかもしれない、とパースンは思ったが、銃弾が飛んでくることはなかった。

ナジブのもとへ駆けつけると、パースンはそのそばに低く身をかがめた。死んだ反政府軍兵士の片腕が、アフガン軍将校の顔にかかっていた。その腕を押しのけると、ナジブがまぶたを開いて、目を動かしているのが見えたので、パースンは安堵を覚えた。まだ要塞のあらゆる地点で戦闘が継続しているらしく、擲弾が炸裂する音が届いてくる。

「サーラー、ディー」ナジブがつぶやいた。

両脚から出血している。脚の四カ所に被弾しているように見えた。片脚がひどくねじ曲がっているので、たしかなところはわからない。

「パシュト語はしゃべれないんでね、相棒」パースンは言った。「身を隠せる場所へ連れていこう」

パースンは拳銃を抜き、さっき反政府軍兵士が逃げこんでいった壁を狙って、三発撃った。いまはそこに敵の姿は見当たらないが、とにかく敵の頭をさげさせておきたかった。そのあと、彼はナジブのアノラックの襟をつかんで、主要塞のほうへその体をひきずり始めた。ナジブが歯を食いしばって、なにかを言おうとしたが、ことばではなく、うなり声に似たものしか出てこなかった。

「痛むのはわかってる」パースンは言った。「すまんな」

要塞から放たれた銃弾が三発、間近に着弾した。パースンはナジブのそばに低く身を伏せた。が、要塞へ目をやると、いまの銃撃はゴールドがおこなったものだとわかった。彼女が狙いをつけているライフルの銃口から、煙が漂い出ているのが見える。アーチ門の内側に身を伏せて、掩護射撃をしてくれているのだ。パースンは何フィートかナジブをひきずって、一、二度、発砲した。またひきずっては、撃つ。ナジブを肩にかつごうかとも思ったが、それをすると、狙いを外しようがないほど大きなターゲットになってしまうのがおちだ。ひきずっては撃つを、また何度かくりかえす。そのうち、コルトの遊底《スライド》が後退して開いたままになったので、空になった弾倉を排出して、ヴェストから新しい弾倉を取りだした。それを取り落とした。凍えて思うように動かない指に悪態をつきながら、雪面に落ちた弾倉を拾いあげ、拳銃に装塡する。スライドを解放して、ふたたび撃った。

ようやく、アーチ門の内側へナジブをひきずりこむことができた。ゴールドがそのそばにかがみこんで、負傷のぐあいを調べにかかる。

「なにをしてやれるか、たしかめてくれ」パースンは言った。

パースンはM－40を右肩にかついで、左手にコルトを握った。つぎはどうすべきかがわからないまま、背後をふりかえらず、通路を進んでいく。また別の壁の破れ目に出くわしたとき、ナジブのショットガンが、中庭に入ってすぐの雪面に落ちているのが見えた。それで、ひとつのアイデアが頭に浮かんだ。そのナジブのベネリは、銃床が血にまみれ、機関部に穴が開いていた。おそらく作動はしないだろうが、それは問題ではない。パースンは拳銃をホルスターにおさめて、瓦礫の向こうへ手をのばし、破壊されたショットガンを拾いあげた。

中庭のようすをうかがい、いつ、どこで突破口を生みだすべきかを判断する。人影は見当たらなかったが、いまもまだ要塞内のあちこちの部屋から銃声があがっていた。いちばん手近にある階段をめざして、彼は駆けだした。ふたたび胸壁へのぼっていく。今回は、南側の胸壁に沿った通路だ。彼は胸壁の陰に飛びこんで、身を隠した。

片手にショットガン、片手にライフルを持って、通路に積もった雪の上を這っていく。中庭に面した狭間のひとつに行き着いた。敵の侵入という凶事に備えてしつらえられたものだろう、と彼は思った。これぞまさに、いまわたしが必要としているものだ。

彼はナジブのショットガンを、銃口から先にその狭間へ通し、向こう側からなんとか見てとれて、あからさまな罠には見えないような程度の位置に置いた。それから、M-40を取りあげ、数ヤード離れている隣の狭間のほうへ胸壁に沿って這っていった。

要塞のこちら側の部分はあまり損傷しておらず、弓の射手が身を隠したり弓を射たりするためにしつらえられた狭間と凸壁が交互につづいていた。パースンは狭間にライフルの銃身を通して、向こう側へ銃口をわずかにのぞかせた。ここからは、中庭の全体と、要塞本体の大半が見渡せる。あとは、ターゲットを捕捉するのみだ。いまなお散発的な銃声が聞こえていたが、人影は見当たらなかった。

じっと待機して、狭間から中庭を監視し、壊れたショットガンのほうへときおり目を戻す。まだ、それが発砲を呼び寄せることはなかった。彼はライフルのスコープをのぞきこんで、胸壁をぐるりと見渡した。だれもいない。さあ出てこい、くそ野郎、と彼は思った。おまえがショットガンの銃身を見落とすはずはない。

マルワンが、たとえ発砲はしなくても、この罠をとっくりと見て陽動されることになってくれれば、とパースンは考えていた。そうなれば、もっとこれを狙いやすい位置へひそかにまわりこもうとするかもしれない。だが、なんの動きもなかった。階下の部屋でまだつづいていた戦闘が、いまは静まろうとしていた。下方のどこか奥まったところで、こもった銃声があがった。パースンは狭間の向こうへ目をやったが、降る雪が見えただけだった。降雪がまばらになって、やみかけている。

ちくしょう、逃げられたか、とパースンは思った。防寒帽の罠はうまくいったが、ショットガンのほうはそうはいかなかったらしい。

彼は身を起こし、ライフルを手に、低く身をかがめて、胸壁沿いを走った。その先に、小部屋がひとつあった。おそらくは、何世紀も前に警備兵の詰所として使われていたものだろう。内階段が見つかるのを期待しながら、そのなかへ踏みこむ。ちょっと足をとめて、薄闇に目を慣らした。壁に張って凍りついた蜘蛛の巣。床に落ちているごみ。ペルシャ語のラベルがある水の空ボトル。

彼は空のボトルを足でつついた。そのとき、うなじに冷たい金属が押しつけられる感触があった。

「動くな」その声が、パースンの血を凍りつかせる。「ライフルを下に置け。ゆっくりとだ」

指の感覚はほとんどないのに、パースンは掌が汗ばんできた。手袋のなかに冷たい泥が詰まったような感触が生じてくる。息を吐くことすらできなかった。

「さあ、やれ」マルワンが言った。「銃を下に置くんだ」

パースンはライフルをおろした。床に置くとき、手が震えているせいで、かたかたと音がした。かがめた身を起こすとき、ドラグノフの銃身が目の隅に映った。

「向きを変えるな」マルワンが言った。「二度もわたしをたぶらかせると、本気で考えていたのか？」

パースンは答えなかった。まだパーカの内側、サバイバル・ヴェストのホルスターに、コルトの拳銃が残っている。だが、それをそんなにすばやく抜きだすことはできない。逃げるというのはどうか。いや、やつに撃たれるだけのことだ。この距離だと、銃弾は防弾チョッキを貫通するだろう。

「右側に階段がある」マルワンが言った。「そっちへ歩け」

パースンは催眠にかけられたような足取りで、階段へ向かった。なんとか考えをまとめなくては。

「まだ、やり残した仕事がある」マルワンが言った。「おまえには、われわれの宗教指導者にしでかしたことに対して、罰を受けてもらわねばならない」

そういうことなら、いっそ撃たれるようにしたほうがいいかもしれない、とパースンは思った。拳銃へ手をのばして、やつに撃たせるように仕向けるか。

要塞のほかの階段と同様、その階段もまた、各段の中央部が、下の段とつながってしまうほどに擦り減っていた。パースンは足を滑らせて、闇のなかへ転げ落ちていった。頭や手足が石にぶつかって、たまらない痛みが走る。階段の下に倒れこんだときは、右の手首と左右の肘がずきずきしていたが、どこも骨折はしていないようだった。もっとも、いまとなっては、そんなことはどうでもいいのだが。

彼は、捻挫したらしい足首を握りしめた。フライトスーツの脚の部分に手が触れて、その下におさめてあるブーツナイフの、銀色の柄頭の感触が伝わってきた。よし、もう少し生きておくことにしよう。

パースンはフライトスーツの下方へ手をのばして、ナイフの柄をつかんだ。実際に感じている以上に苦しげなうめき声を漏らす。痛めた箇所を揉んでいるように見せかけて、そこから手を離さないようにした。マルワンが、擦り減っている中央部を避けて、運動選手のような足取りで階段をおりてくる。パースンは、頬にドラグノフの銃口が押しあてられるのを感じた。完璧だ。

「立て」マルワンが言った。

パースンはドラグノフの銃身を左手でつかんで、横へ押した。マルワンが発砲する。銃口炎が地下牢をまばゆく照らした。パースンはこちらへ向けられようとしたライフルをぐいとひっぱって、マルワンの顔面に肘をたたきつけた。股間へひざ蹴りを打ちこんだ。

ドラグノフが床へ転がる。パースンは、マルワンの両手が喉を締めあげてくるのを感じた。その胸にナイフを突きたてようとしたが、ダマスク鋼の刃は防弾チョッキをこすっただけだった。パースンは上方へナイフをふりあげた。

刃が腋の下に食いこんで、マルワンが、パースンには理解できないことばで叫ぶ。パースンの首にかかっていた手が離れた。そして、胸が蹴りつけられた。パースンも防弾チョッキをつけているから、衝撃は鈍かったものの、その勢いで体が転がって、壁に激突した。一瞬、視野がひどく狭まったが、それはすぐに回復した。

ナイフを右手から左手に持ち替えて、右手で拳銃を探る。そのとき、両膝の裏が蹴りつけられて、体勢が崩れた。パースンは横ざまに倒れこんで、ナイフを取り落とした。マルワンが、床に落ちているライフルへ手をのばす。

パースンは引き裂くようにパーカを開けて、コルトを抜いた。凍傷にかかりかけている親指が、なかなか撃鉄を起こすことができないように思えた。マルワンがドラグノフの銃口をこちらに向けるのと同時に、パースンはコルト45の撃鉄を起こして、引き金を引いた。

壁に囲まれた地下牢のなかに、爆発的な銃声がとどろいた。発砲の閃光がマルワンを照らし、その防弾チョッキに銃弾が食いこんだ。写真のひとこまのように、ライフルを構えた男の姿が一瞬、浮かびあがって、倒れこむ。パースンはふたたび引き金を引いた。

なにも起こらない。パースンはスライドを解放しようとしたが、それは動いてくれなかった。装弾不良《ジャミング》だ。

マルワンが起きあがろうとしている。パースンは拳銃を捨て、両手を石の床へ滑らせて、ナイフを探った。左の親指にナイフの刃が触れたのが、フライトグローヴを通して感じられた。彼は枝角製の柄を握って、敵に襲いかかった。

ナイフをマルワンの喉へ突きこんで、その体を壁へたたきつける。刃が鍔《ハンドガード》のところまで、喉に食いこんだ。引き裂かれた気管から空気が漏れる音がした。パースンはナイフをこじり、敵と折り重なって、ずるずると床へ倒れこんだ。ナイフを左へ、そして下へ、ひねる。また手首に痛みが走った。温かい血が、顔にふりかかってくる。

階段から細く射しこんでくる淡い光の筋のなかに、埃が漂っているのが見えた。マルワンの胴体が痙攣していた。その口と切断された気管の両方から息が吐きだされるのが感じとれた。それを最後に、死にゆく男の胸は動きをとめた。その両手だけは、まだ戦闘力を残しているかのように握りしめられていたが、すぐに全身に断末魔の痙攣が走って、こぶしが解かれた。薄闇を通して、マルワンの双眼がこちらを見据えているような気がした。いったいいつになったら、あの目はこちらを見るのをやめてくれるのだろう。

21

フライトグローブは両方とも、とうに血まみれになっていたから、パースンはそれの片方を使って刃の血を拭った。それから、ブーツナイフを鞘におさめて、手袋をはめなおした。手袋のなかがべとべとしていたので、脱いでしまいたかったが、この寒さでは脱ぐわけにはいかない。

拳銃を拾いあげて、階段をのぼっていくと、自分のライフルが落としたところにそのまま残っているのが見えた。そのM－40をスリングで肩にかつぐ。日ざしに明るく照らされた胸壁の通路にあがると、コルト45が誤作動した原因がはっきりと見分けられた。空薬莢がスライドにひっかかっているのだ。彼は胸壁の陰に身を隠し、手でスライドを動かして、ジャミングを修復した。放りだされた空薬莢が雪の上へ転がり、次弾が薬室に送りこまれる。

パースンは手袋をきれいにしようと考えて、雪をすくいあげ、両手にはさんで、ごしごしやってみた。なんの役にも立たないようだった。いまはもう、自分の戦いは根本的な意味を失ってしまったように思えた。個人的な戦いは、恨み重なるあの特定の敵を向こうにまわし、体力と刃を持つ武器を駆使して争うことによって、終わったのだ。マルワンを尋問できたほうが特殊部隊にとってはよかったのだろうが、それはいまとなってはどうにもならないことだった。彼らがムッラーを生け捕りにできるかどうかも疑わしい。

とりわけ、これほど激しい銃撃戦となれば。なにしろ、いまなお要塞内のあちこちの部屋から銃声があがっているのだ。そのとき、一発の擲弾が中庭へ飛んできた。それが炸裂して、破片が要塞の内壁をずたずたに打ち砕く。

反政府軍兵士たちが、ぞろぞろと中庭へ出てきた。パースンの下方のどこかから連射がおこなわれ、その大半を撃ち倒した。なにが起こっているのかをもっとよくたしかめようと、パースンは胸壁に沿って走った。石造りの通路にうがたれた爆破穴を跳びこえると、着地したときに、勢いあまって膝をついてしまった。四名のＡＮＡ兵が中庭を駆けぬけていく。

要塞の外側、その壁のすぐ向こうから、また銃撃があった。胸壁の上からのぞきこむと、そこの雪面にゴールドとキャントレルがいて、要塞から逃げていく反政府軍兵士どもを撃っているのが見えた。

パースンはライフルを肩づけして、スコープをのぞきこんだ。反政府軍兵士のひとりである長身の男が、猫背ぎみの小柄な男に手を貸して、雪の上を並走しているのが見えた。

たぶん、あの小柄な男は負傷しているのだろう。そのとき、パースンは気がついた。あの男はムッラーだ。

ゴールドが数ヤード前方へ走っていく。そこに片膝をつき、腿に肘をあてて、AKを構えた。パースンはムッラーと反政府軍兵士の姿に、スコープのクロスヘアを重ねた。

ゴールドのライフルが一発の銃弾を放った。パースンが見守るなか、反政府軍兵士の左右の肩甲骨の中間から、一陣の埃が舞いあがる。男が倒れ、ムッラーをひっぱって、雪面に伏せさせた。あの距離から、スコープのない谷照門のライフルでターゲットに命中させたとは、たいした腕前だ。

ムッラーが雪の上で手足をばたつかせ、倒れた追従者の下から身をひきずりだそうともがきだした。雪が、そのだぶだぶしたシャルワール・カミーズ（アフガニスタンやパキスタンの民族衣装）の上で舞い、ひげにまみれつく。老人がよろよろと立ちあがって、従者のライフルをひっぱった。だが、それのスリングが従者の体にまわされていた。ムッラーはライフルを強くひっぱってはいたが、もぎとることはできなかった。ライフルを手放して、逃走にかかる。片足をひきずったが、その走りっぷりはブーツが粉雪を蹴散らすほど速かった。

それでも、いずれはゴールドとキャントレルが追いつくだろう。が、そのときパースンは、要塞のなか、自分の下方のどこかからライフルの銃声があがるのを聞きつけた。ゴールドとキャントレルのあいだの雪面に着弾して、雪が舞い散る。ゴールドが雪面に伏せて、ゴー応射した。キャントレルも身を転じて、応射を始める。まもなく、彼は弾倉を排出して、新しい弾倉を装塡し、弾が尽きるまで撃ちつづけた。パースンが身をのりだして、発砲があった位置を確認すると、ほぼ自分の真下にあたる要塞の内部であることがわかった。まだ、内部に反政府軍が残っているのだ。だが、ここからは、ターゲットはどこにも見当たらなかった。

ゴールドとキャントレルのさらに向こう、川をこえた、ここから一マイルほどの距離のところに、馬にまたがった男たちがいるのが見えた。ムッラーはその方角をめざしている。老人がよろめいて、倒れ、起きあがって、また走りだした。

選択肢はひとつしかない、とパースンは判断した。スコープを通してムッラーを見つめ、その胴体にクロスヘアを重ねる。あの老人は、いやというほどの災厄をもたらしたのだ。自分はいつも狩りを楽しんできたが、今回は人殺しを楽しむことにしよう。ホローポイント弾（着弾時に殺傷力が増すように先端部が凹面にされている弾頭で、戦争での使用は禁止されている）の持ち合わせがないのが残念だ。あれが使えれば、命中したときに弾がひしゃげて、その破片があのくそ野郎の内臓をずたずたにしてくれるだろうに。

ムッラーはもう、一千ヤード近い距離にまで遠ざかっていた。パースンはスコープから目をあげて、風をチェックした。まだ多少の微風はあるが、降雪はたいしたことがない。そのとき、ゴールドがこちらに目を向けるのが見えた。それで、自分たちがここにいるそもそもの理由を思いだした。捕虜を搬送する任務。わかったよ、軍曹、と彼は思った。きみのおかげで、わたしはここまでやってこられたんだ。きみの意向に沿って、やってのけよう。

パースンはふたたび銃床に頬をあてがい、走っているムッラーの下腿部にスコープのクロスヘアを重ねた。引き金を絞る。

銃弾が、老人の両足のあいだの雪を蹴散らした。パースンは悪態をついて、ボルトを操作した。肺から息を吐きだし、胸壁の上にのせたM-40をしっかりと構える。こんどは、いくぶん上に狙いをつけた。老人はいま、地面が下り坂になる地点に近づいていた。こうなると、撃てるチャンスはあと一回しかない。

パースンは、じわじわと引き金を絞りこんでいった。あまりに集中していたために、発砲の反動にぎょっとしたほどだった。老人がぐしゃっと倒れた。身を起こして、すわりこみ、両手で右のふくらはぎを握りしめた。

パースンはスコープを通して、馬にまたがった男たちを見つめた。総勢六名。ひとりがグレネード・ランチャーを携えている。別のひとりが擲弾の弾帯を装着している。ここからは射程外だ。もしバレット・ライフル（一マイルの射程を誇る強力な大型ライフル）があったなら、と彼は思った。

要塞内外の銃声が散発的になり、やがていっせいに途絶えた。馬にまたがった男たちが遠ざかっていく。どこをめざしてかは、パースンには見当がつかなかった。三名が川岸沿いに離れていき、あとの三名はふっつりと姿を消した。その一隊がどこへ向かったかはわからないが、ここから見てとれる反政府軍兵士たちはみな、死んでいるか、負傷しているか、遁走しているかだった。

キャントレルとSFの兵士たちがムッラーの腕をつかんで、ひきずり起こすのが見えた。彼らが数ヤードごとに立ちどまっては、老人の傷のぐあいを調べたり、水を与えたりしながら、こちらへ連れもどしてくる。たたいたり、殴ったりというのはなかった。ゴールドのそばまでひきかえしてくると、彼女がパシュトゥ語で、声を荒らげることなく老人に話しかけた。

パースンは、ナジブを残してきた場所へと要塞のなかをたどっていった。そこに着くと、キャントレルの衛生兵が処置をしていた。ナジブの顔は血の気がなく、その目は閉じていた。衛生兵が止血剤のクイッククロットをふりまいた両足の周囲に、タン色の粉が散らばっている。一本の指先に、パルス酸素濃度計が取りつけられ、そのLEDが赤く輝いていた。

「ぐあいはどうだ？」パースンは問いかけた。

「できるかぎりの処置はしました。しかし、朝のうちに病院へ搬送しなければ、命は救えないでしょう」

パースンは空を見あげた。標高の高い峰から峰へ雲が屋根のようにひろがってはいたが、この峡谷を覆う雲は三千フィートより高いところにあるように思えた。微妙な状況ではあるが、こういうときのためにこそヘリコプターにはレーダー高度計が装備されているのだ。

「帰投しよう」と彼は言って、GPSと112無線機をパーカのポケットから取りだし、スイッチを入れた。無線機のボタンを押して、「サクスンへ」と呼びかける。「こちらフラッシュ2-4・チャーリー」

即座に応答があった。

「フラッシュ2-4・チャーリーへ、こちらサクスン。そちらの状況はどうなってる、相棒?」

「よくなった。天候も回復した。バーテンダーに頼んで、タクシーを一台よこしてもらえるか?」

「アファーマティヴ。そこの座標を知らせてくれ」

パースンはその数字を伝えた。じりじりしながら待っていると、イギリス人の声が返ってきた。

「フラッシュ2-4・チャーリーへ、バグラムはそちらのナインライン（救急ヘリの要請に必要な各項目に関するアメリカ軍の規定）情報を求めている」

ありがたい、とパースンは思った。われわれはほんとうにここを脱出できるのだ。ナインライン救急ヘリ要請規定に含まれる項目のすべてを憶えているわけではなかったが、航空機をここまでやってこさせるのに必要なことはわかっている。

「サクスン」彼は言った。「こちらは、先ほど伝えた座標にとどまっておく。重態の者が一名。軽傷の者が数名。Aチームの全員が乗りこめることも必要だ。発炎筒をたいて、回収地点を示す」

パースンは腕時計に目をやった。ヘリコプターがここに到着するのにどれほどの時間がかかるかはわからないが、そのクルーが完璧に発進準備をすませているとすれば、ほんの数分のうちに飛び立つことができるだろう。キャントレルが雪面の上を歩きまわり、要塞からさほど遠くない地点にあって、それなりに平らなLZを見つけだした。ナジブをあまり遠くまで運んでいくことはできないからだ。

着陸予定地点の周辺を警備するために、キャントレルが部下の兵士たちを配した。パースンは、そのLZと要塞の大半を見渡せる小高い塚にあがり、ライフルと無線機を携えて待機した。半時間が過ぎた。無線の呼びかけはなく、航空機の音も聞こえない。彼は112無線機のボタンを押した。

「サクスンへ、こちらフラッシュ2－4・チャーリー。現況を報告してもらいたい」

電波による返事がやってくる前に、ヘリの到来を示す振動が胸骨に伝わってきた。ローターが大気を切り裂く振動だ。キャントレルがにやっと笑いかけて、親指を立てる。さっきとは別の声が、無線から聞こえてきた。回転するファンの前でしゃべっているように、震えて聞こえた。

「フラッシュ2‐4・チャーリーへ、こちらはコモド8‐6。二機のHH‐60で、そちらの地点へ飛行中。助言を求めたい」

パースンはすでにコンパスを用意していた。それを後ろへまわし、騒音がやってくる方角へ向けて、指針を読む。疲れきっていて、自分の目が信用しきれなかったので、二度、それをチェックした。

「コモドへ」彼は呼びかけた。「こちらフラッシュ2‐4・チャーリー。そちらの飛行音が聞こえる。方位240へ飛行してくれ」

「コピーした。方位240」

ひと呼吸置いて、ヘリコプターからの呼びかけがあった。

「フラッシュ2‐4・チャーリーへ。初めてヘラジカを仕留めたのは何歳のときだったか？」

パースンはちょっと考えた。数日前、離陸する直前に、認証陳述をしたばかりだった。

「十二歳のときだ」

「確認完了」

ローター音が大きくなり、それがやってくる方角をさらに正確に判定できるようになった。

「コモドへ」彼は呼びかけた。「方位を210に修正してくれ」

「方位を210に。そこに敵部隊はいるか？」

「生き残った敵は、すべて退散したが」

「あまりけっこうな話ではないな」

ペイヴ・ホークHH－60救難ヘリが雲の層を破って出現したとき、これほど美しいものはかつて見たことがない、とパースンは思った。回転するローター。機首からのびている給油プローブ。両側面から突きだしているミニガン。スズメバチのようにまがまがしい二機のヘリが、鉛色の空を背景に浮かんでいる。

キャントレルがマーク13発炎筒を持っている手をのばし、オレンジ色の蓋を外した。紐《ラニヤード》が取りつけられているリングを持ちあげた。リングをまわして、シールをはがす。ラニヤードを強くひっぱった。

大きな破裂音がして、発炎筒の先端から赤い煙が噴出する。キャントレルはそれを、オリンピックの聖火のように高くかざした。煙が峡谷へひろがって、低くたなびく。

「フラッシュ2－4・チャーリーへ、こちらコモド。そちらの姿を視認した」

「コピーした。別の地点において負傷者を回収することも要請したい」

熱いシャワーが待ち遠しい。まっさきに頭に浮かんだのがそれだった。バグラムの食堂のありとあらゆるものを食べて、まる二日ぐっすりと眠りたい。それから、ゴールドとナジブとキャントレルがやってのけたことを、司令部にしっかりと伝えよう。彼らが最高の勲章を授与されるようにしたい。

一機めのペイヴ・ホークが、LZへの接近を開始した。上空にホヴァリングして垂直に降りるのではなく、前方へ飛びながら斜めに降下してきたので、ローターの風にあおられた雪がもうもうと舞いあがった。

キャントレルが発炎筒を雪のなかへつっこんで、火を消す。ヘリに位置を知らせるために、頭上へ両手を掲げてから、その両手を交差させながら自分の体の前へおろした。ここに降りろの合図だ。発炎筒の残した赤い煙が渦巻くなかを、一機めのヘリコプターが降下してくる。着陸地点に近づくと、ペイヴ・ホークは速度を落とし、それに舞いあげられた雪煙が機体のテールブームを覆い隠した。かすかに揺れながら、ヘリコプターが着陸すると、巻きあげられた雪が、機体がぼやけて見えるほどすっぽりと全体を包みこんだ。まもなく、ローターの回転速度が落ちて、雪煙が消えていく。二名の空挺救助隊員が担架を携えて、飛びおりてきた。ヘルメットから無線のジャックをぶらさげて、負傷者のほうへ駆けだしていく。

パースンはまだ警戒を怠るまいと、周囲を見まわして、あらゆる細部に目を配っていた。いま、両肘を立てた格好で身を伏せているのは、要塞から五十ヤードほどしか離れていない雪面だった。その周囲と後方に、SF隊員たちが展開して、監視態勢をとっていた。姿の見える隊員もいれば、うまく隠れていて姿の見えない隊員もいた。キャントレルは、すでに着陸したヘリコプターのそばに身をかがめて、ライフルを構え、エンジンをアイドリングさせているそのヘリコプターの警護に就いている。パースンは、ヘリコプターが着陸したのは自分の右方、百メートルとない地点であり、このライフルの射程距離内にあることに気づいていた。つまり、もし要塞からペイヴ・ホークを狙って発砲があった場合は、自分とキャントレルがそれを迎え撃つ立場になるというわけだ。要塞の外からの敵の攻撃に関しては、周辺警備に就いている特殊部隊員たちが対処できるだろう。

二機めのヘリコプターが五百フィートほどの上空まで降下してきて、そこで旋回を始めた。ヘルメットをかぶった機関士が、キャビンの窓から突きだしているミニガンの操作にあたっていた。機関士の顔は、黒いヴァイザーで隠されている。機関士の手袋をした両手が武器を操作して、下方の要塞へ砲口を向けていた。

反政府軍兵士の姿は見てとれなかったので、パースンは身を起こして、片膝をついた。まもなく、すべてが順調にかたづくだろう。

二名の兵士たちが、着陸しているヘリコプターのところへムッラーを連れていき、サイドドアからなかに乗りこませる。空挺救助隊員たちがナジブを担架にのせて、機内へ運びこんだ。あと二名の負傷者たちは、アフガン軍の兵士たちが運び入れる。その後ろを、ゴールドが歩いていた。乗りこむとき、彼女が向きを変えて、パースンを見やった。二機めのヘリコプターが降下を始め、着陸地点へ接近していく。地面に風圧がかかる距離に入ると、渦巻く風にあおられた雪が煙のように舞いあがって、そのペイヴ・ホークを追いかけ始めた。

そのとき、要塞の胸壁から煙が立ち昇り、そこから黒い物体が鉛筆でまっすぐな線を引くように、着陸直前のヘリコプターへとのびた。くそ、まだいたか、とパースンは思った。RPG弾が、その機のテールローターに着弾する。テールローターが破壊され、機体の外皮を形成する金属の破片が飛び散った。機体が振動し、テールローターと逆向きにまわっているメインローターの作用を受けて、回転を始める。機体後方の雪煙がしぼみ、そのあと、大地そのものが裂けたかと思えるほど大量の雪が舞いあがって、白い煙がペイヴ・ホークをすっぽりと包みこんだ。

パースンの112無線機に、その機のパイロットの声が届いてきた。重いものを必死に持ちあげている男が絞りだしているような、張りつめた声だ。

「二号機、被弾。反力が失われた。操縦不能」

胸壁の上に、四名の反政府軍兵士が立っているのが見えた。ひとりがグレネード・ランチャーの狙いをつけている。パースンはライフルを肩づけして、その男を撃った。

被弾したヘリコプターが、何フィートか浮きあがった。もうもうと舞いあがる雪煙を通して、メインローターと機首と破壊されたテールブームが見えていた。回転をつづけながら、要塞へと突進していく。生き残りの反政府軍兵士のひとりが、グレネード・ランチャーを構えて、立ちあがった。

パースンは次弾を薬室に送りこんで、速射した。ランチャーを構えている反政府軍兵士の前の石壁に銃弾が当たり、その男は壁の陰に身を隠した。キャントレルがM－4で連射を浴びせる。反政府軍兵士が身を隠したところの凸壁に銃弾がつぎつぎに命中して、破片を撒き散らした。

パースンは、回転しているヘリコプター内のパイロットにちょっと目をやった。パイロットは片手で身を支えて、片手をコックピット・パネルへのばし、コ・パイロットが操縦装置と格闘していた。ヘリコプターが回転をつづけながら、パースンと要塞の中間の雪面に落下する。ローターの反力を受けて、ペイヴ・ホークの機体が横倒しになった。メインローターが雪面とその下の地面に食いこんで、分解する。ローターの破片が宙を引き裂いた。五フィートほどの破片がパースンのほうへ飛んできて、そばの雪面を大斧のように切り裂いた。

破壊されたヘリコプターのほうへ走りだすと、エンジンが低くうなって、停止するのが聞きとれた。乗員のなかに、ファイアハンドルを引けるほどの軽傷ですんだ者がいるのだろうか、とパースンは思った。飛行士としての業務を継続して、エンジン停止手順を実行することによって、火災の発生を防ぐことができたのであれば、じつにすばらしい仕事っぷりだと言える。爆発が生じなくても、すでにひどい事態になっているのだ。

反政府軍を釘付けにしておくために、SFの兵士たちがライフルを乱射していた。パースンはM - 40を肩にかけ、横転したヘリコプターの側面によじのぼった。オーヴァーヒートして焼けたタービンの金属臭がしていたが、ほっとしたことに、燃料自体から発せられる刺すようなにおいはなかった。

パイロットたちがハーネスを外そうとしていて、ヘリコプターに乗り組んでいる空挺救助隊員がそれに手を貸していた。叫び声と、悪態の声が聞こえた。パースンは傷めていないほうの手を使って、乗員たちが上向きになったサイドドアから這いだしてくるのを助けた。パイロットとコ・パイロット、二名の空挺救助隊員、機関士、そして射手。全員が、M - 4カービンを携えていた。彼らが銃を構えた格好で雪面に降り立ち、機体の残骸の陰に身を隠す。パイロットかコ・パイロットのどちらかはわからないが、ひとりがヘルメットを脱いで、雪面にたたきつけた。

「こんちくしょう!」もう一機のヘリコプターのローター音を圧するほどの大声で、悪態をつく。汗ばんだ顔。手入れされた黒い口ひげ。

「やつらは要塞の上にいる」パースンは言った。「まだRPG弾を何発か残しているだろう」

「やれやれ」パイロットが言った。「全員が一機のホークに乗りこんで、脱出するわけにはいかないぞ」

「それはわかってる」

パースンが残骸の上から要塞へ目をやると、グレネード・ランチャーを構えた反政府軍兵士が胸壁から顔をのぞかせるのが見えた。キャントレルが連射を浴びせる。命中はしなかったが、反政府軍を胸壁の陰に伏せさせておくことはできた。敵兵どもがどんな兵器を使っているのか、パースンには見てとれなかったが、おそらくは、RPG以外にもなにか、肩に載せて撃つ方式の兵器を備えているように思えた。おそらくは、SA‐7地対空ミサイルだろう。

一機めのヘリコプターに乗り組んでいる射手が、反政府軍のほうへミニガンの砲口をめぐらせた。回転する六本の銃身から銃弾が嵐のように発射されて、要塞の壁面に食いこんでいく。赤みを帯びた塵埃が立ちこめたが、敵兵には一発も当たらなかった。

キャントレルが一機めのヘリコプターのパイロットと交信する声が、112無線機を通してパースンの耳に届いてくる。

「その機に、乗せられるだけ乗せてくれ」キャントレルが言った。「離陸するときは、あとに残ったわれわれが敵を釘付けにしておく」

「ラジャー。早急《ASAP》に別のヘリをここへよこすようにする」

パースンは、撃墜されたヘリコプターの乗員たちのほうへ顔を向けて、言った。

「きみらはあの機に乗って、脱出してくれ」

彼らの仕事は、人命を救うことにある。ここにとどまらせては敵のターゲットになるだけであって、なんの意味もない。そのあとパースンは、自分の周囲にひろがる雪面を見渡した。馬にまたがっていたあの連中がいまどこにいるものか、知れたものではないのだ。

ゴールドが一機めのペイヴ・ホークのサイドドアから飛び降りて、こちらへ走りだした。両手でライフルを保持し、ローターの舞いあげる雪と氷の粒を避けようと、顔をそむけている。まとめている髪の一部がほどけ、パースンのかたわらにかがみこむとき、彼女は顔に垂れかかった髪の毛をはらいのけた。そのしぐさのなにか、いや、手首と手の動きと横顔の優美さに、パースンは一瞬、胸を衝かれた。修羅場のさなかに垣間見た、虚飾のない美しさだ。

「なにをやってるんだ？」彼は問いかけた。

「わたしに代わって、ヘリコプターに乗りこんでください。わたしはキャントレル大尉とともに、ここにとどまってもかまいませんので」

「だめだ」パースンは言った。「きみはバグラムに戻れ。それができるうちに」

「それでよろしいのですか？　いまなら、輸送機の僚友の方々を国へ運ぶ機に同乗できるんですよ」

それを聞いて、彼はちょっとためらった。彼らの最後の飛行に、彼らをよく知っていた人間が同乗してやるのが、せめてもの報いかもしれない。彼らの家族に、自分の口から直接、いきさつを語るのが、せめてもの報いかもしれない。彼は、エンジンから熱を放射して待機しているペイヴ・ホークへ目をやった。あれに乗れば、ものの数秒のうちにこの悪夢から抜けだせるだろう。

キャントレルが二度、発砲した。反政府軍を永遠にあそこに釘付けにしておける保証は、どこにもない。敵の増援が来ないともかぎらない。これもまた、決断の時だった。

「ヘリコプターに戻れ」パースンは言った。「きみなら、しかるべき者がムッラーにしかるべき尋問ができるように取り計らうことができる」

乗員仲間には、自分がこの仕事を最後までやり遂げることで報いよう。

「ほんとうに、それでよろしいのですね？」

「チャーリー・マイクだ、ゴールド軍曹。きみの任務を続行せよ」

ゴールドの顔にかすかな笑みが浮かんだように思えた。

「わたしの話しかたがうつりましたね」彼女が言った。

「いいだろう」とパースンは応じた。

ゴールドが彼の前腕の、パーカの袖が手袋にかぶっているあたりに、手を置いた。ほんの一瞬、彼の目を見ずに、そこをぎゅっと握りしめる。そのあと、彼女は一機めのヘリコプターのほうへ駆けもどって、乗りこみ、機関士がサイドドアを滑らせて閉じた。彼女と会うことは二度とないかもしれない、とパースンは思った。自分の決断が彼女のためになるものであってほしい。もしそうなら、自分にとってはそれでじゅうぶんだ。

「よぶんの武器を置いていってもらえるか？」かたわらにいるヘリコプターのパイロットに向かって、パースンは問いかけた。「このボルトアクション以外にも、なにかの武器が必要になるかもしれない」

パイロットがM－4と二個の弾倉を手渡してきた。パースンはそのカービンを肩づけし、撃墜された機の乗員たちが一機めのヘリコプターへ走っていくあいだ、それで掩護射撃をおこなった。

ヘリコプターのタービンがうなりをあげる。ローターの回転があがると、舞いあがった雪がパースンに降りかかってきて、周囲を白一色に染めた。舞い飛ぶ雪が排気の煙と混じりあって、渦巻き、加熱したオイルのような臭気を発する灰色の気体に変じていく。キャントレルがまた一発、銃を撃つ音が聞こえたとき、ローターが自分の上を通りすぎて、冷たい風が押し寄せてくるのが感じられた。ヘリコプターが舞いあがると、周囲に満ちていた雪混じりの煙が晴れ、それが機首をさげて、加速していくようすがよく見えるようになった。

反政府軍兵士のひとりが、ランチャーを構えて立ちあがった。パースンが発砲すると、その男の姿は壁の下に消えた。命中したのか、たんに身を隠したのか、判断がつかなかった。彼は予備の弾倉をポケットから取りだした。ライフルの弾倉はあと二個、コルトの弾倉はあと一個。それに加え、ヘリコプターのパイロットが置いていってくれたM－4とその弾倉がある。

ペイヴ・ホークの機影が小さくなり、ローターの風切り音もかすかになって、遠のいていく。やがて、ヘリは上昇して、雲層のなかへ突入し、存在しなかったもののように姿を消した。これで、ムッラーはほかのだれかが扱うべき案件になった。あの老人がなにを知っているかとか、なにをやり、なにをやらなかったかという問題は、そのだれかと、神と、政府に任せればいい。パースンは無線のボタンを押して、呼びかけた。

「サクスンへ、こちらフラッシュ2－4・チャーリー。われわれは、この地点への近接航空支援を必要としている。急派を要請したい」

少し間を置いて、あのイギリス人の声が応答してきた。

「緊急対応部隊がすでに発進し、そちらへ向かっている。アパッチが二機だ」

まさに、自分がほしかったものだ。あの攻撃《ガンシップ》ヘリコプターが来てくれれば、それの短距離空対地ミサイル、ヘルファイアで要塞に猛攻をかけさせることができるだろう。反政府軍兵士たちは殉教を欲しているという話だ。まもなく、その望みがかなうだろう。

パースンは、冷たい空気を胸に吸いこんだ。その空気には、ミサイル攻撃の直後を思わせる臭気が混じっていて、肺が焼けるようだった。いまはもう、雪は完全に降りやんでいた。まだ雲が空を覆い隠してはいるが、その下の視程は五十マイルはありそうだった。雪があがって、空気が澄みきっているから、アパッチのパイロットは操縦装置に指先をかけておくだけで、飛んでこられるだろう。

彼はカービンをわきに置いて、M-40を取りあげた。墜落して、いまは永久にその地の一部と化したヘリコプターのそばの雪面に、身を伏せる。手首はまだずきずきしてはいるが、耐えられる程度の痛みになっていた。必要となれば、いつでも次弾を薬室に送りこめる。指先の感覚はろくにないが、引き金を引くにはそれでじゅうぶんだ。脚の感覚もほとんどなかった。これは気に入らないが、いまはそんなことにかまってはいられない。

川向こうから馬にまたがった男たちが迫っているのではないかと考えて、パースンはそのあたりのようすをうかがった。ついで、ライフルのスコープをのぞきこむと、胸壁から反政府軍兵士が頭を突きだすのが見えた。その男に重ねたクロスヘアが震えていた。彼は自分の前に雪を積みあげた。積みあげた雪の上にライフルの銃身を置く。これで、クロスヘアが安定した。バッテリーと弾薬がもってくれればいいのだが。

要塞の向こう、寒々とした遠いかなたに、山また山、峰また峰の光景がひろがっていた。あの頂のどれかから、自分が乗り組んでいたC-130の残骸が見渡せるにちがいないと思ったが、そんな考えはわきへ押しやっておく。彼は空電をつぶやいている無線機に耳を澄まし、ガンシップの音が届いてくるのを待ち受けた。

著者あとがき『脱出山脈』裏話

フィクションの執筆においては、著者がもっとも恐れていることが最良の作品を生みだす源泉となる場合があるのかもしれない。ペンを手に、最悪の事態を想像することが。わたしが初めてアフガニスタンの上空を飛行したとき、もっとも恐怖を覚えたのは、撃墜されて、死ぬということではなかった。それは、撃墜されて、死なずにいるということだった。

大半の飛行士にとって、敵との交戦は通常、地上からのびてくる光条という形態をとって始まる。それには、テレビゲームを思わせる、非現実的な趣がある。その光に打たれなければ、自分が危害をこうむることはない。だが、もし乗り組んでいる航空機が撃墜され、敵の支配地において、敵と遭遇することになれば？　地上で、自分はなにと対決することになるのか？　僚友たちは自分になにを求めることになるのか？　極限の脅威と困難にさらされる状況において、のちにそのときをふりかえった場合に、自分を許せるような決断を下すことができるのだろうか？

何年も前、空軍サバイバル・スクールに通っていたときに、あるインストラクターから受けたブリーフィングは、いまでもよく憶えている。彼はこう言ったのだ。「ヴェトナムで撃墜され、捕虜となってハノイ・ヒルトン（北ヴェトナム軍の悪名高い捕虜収容所の俗称）の尋問室へ連行された空軍の飛行士たちはみな、実際にそうなるまでは〝わが身にこんなことが降りかかるわけはない〟と考えていたんだ」

わたしはいまも、わが身にそんなことが降りかかるわけはないと考えている。だが、もし降りかかったら？　『脱出山脈』は、その恐怖を想像することによって生みだされた。

本書の物語は、戦争のある時点において、一機のC-130ハーキュリーズ輸送機がアフガニスタンで不時着させられるところから始まる。そのような事態は二〇〇一年という時点でも起こったことかもしれないし、永遠に起こらずに終わることかもしれない。肩載せで発射された一発のミサイルが、わが主人公たちを通常の世界から放逐し、個人としての身の安全を、それどころか任務を果たそうという個人としての忠誠心をも無視せざるをえないような道程を余儀なくするのだ。

あの恐怖がその機の乗員たちにとっては現実となるということであり、その乗員たち、本書『脱出山脈』の登場人物たちは、わたしのよく知るひとびとをもとにつくりあげられている。うちひとりは、わが軍人時代の初期の指導者であり、飛行中隊《スコードロン》の僚友であり、かつては海兵隊ヘリコプター部隊のクルー・チーフとしてヴェトナムへ遠征したことのある人物だ。彼はターゲットを撃つことを楽しんでいたので、わたしは、これほど射撃に熱心なのだから、彼はハンターでもあるのだろうと考えていた。ところが、あるとき彼を鴨撃ち猟に誘ってみたところ、彼はその誘いを断わった。彼は言った。「以前、ヴェトナムで撃墜されたときに、自分が狩られる側になるというのはどんな気分かを思い知らされてね。それ以後、狩りはいっさいやらなくなったんだ」

もちろん、その僚友がヴェトナムで味わった過酷な体験は本書の随所に投影されてはいるが、本書の登場人物たちの動機や考えかたには、現行《いま》の戦争を経験した兵士たちのものが採り入れられている。現在の将兵たちは、全員が志願者であり、軍事史上最高の実戦訓練を受けてきている。現代のアメリカ軍兵士たちはかつてなかったほど高い技能と練度を誇り、指揮官たちは以前より強い確信を持って部隊を率いている。個々の任務遂行能力が高まり、必要とあれば、極限状況において単独で行動する能力も増している。課された任務に関して、そしてその任務へ送りだしたひとびとの過ちに関して、皮肉っぽくはならず、それでいて無知というわけでもない。

今日の軍隊におけるもうひとつの相違点は、女性の貢献度が大きくなっていることだ。彼女たちがチームの一員として存在することに疑問が呈されることはもはやないどころか、当然のこととして受けとめられている。本書に登場する女性、ゴールド軍曹は、かつてともに軍務に就いた女性たちを発想の源泉としたものだ。わたしの知るところでは、現実に軍務に就いている女性たちのなかには、最高のパイロットや航空士や機関士が何人も含まれている。

ほかの登場人物たちは、アメリカ陸軍特殊部隊《SF》のチームがもとになっている。機関士としてC-130に乗り組んでいたころ、特殊部隊とともに仕事をするのを楽しく感じることがよくあった。ＳＦチームがパラシュート降下訓練をするための輸送機を飛ばすこともあった。かなりの高度からフリーフォールで降下していくあいだ、彼らは酸素ボトルを使って呼吸をしなくてはならない。ＳＦ隊員たちはみな、陸軍兵士に共通の技能を有していただけでなく、それぞれが少なくともひとつの外国語に習熟していた。その種の兵士たちはきわめて聡明、きわめてタフであり、彼らが過酷な状況に気力とユーモアで対処する光景を、わたしは何度も目にしてきた。

本書の舞台をこれと酷似した場所、たとえばイラクやボスニアやコソヴォに設定することもできただろう。だが、アフガニスタンで空輸任務に従事しているあいだに、わたしは上空から見るあの国の峻厳な美しさに心を打たれるようになっていた。ヒンズークシを覆う雪。土の道すらもろくにない、延々とつづく広大な山脈。流星群に照らされた、冷たく澄みきった夜の空気。星ぼしが点々と輝くのではなく、一面の銀色のダストのように空を染める、辺鄙な地の真っ暗な夜。

本書には暴力シーンが含まれているが、悲しいことに、それは過去と未来の現実を反映したものだ。アフガニスタンという国が、反政府軍や軍閥、ジハーディストや麻薬業者のくびきから完全に解放されることはありそうにないように思われる。タリバンが降伏の白旗を掲げて、合衆国艦艇《USS》ミズーリの艦上に現われることはないだろう。かりに明日、アメリカ軍が戦闘行為を終結させたとしても、あの国はそれ以後も、将来の見通しを立てるための人道的支援と物資の空輸を必要とするだろう。アメリカ軍がいようがいまいが、アフガンのひとびとにとっては、これは長くつづく戦争になるのだ。

実際に『脱出山脈』を書く契機となる発想が頭に浮かんだのは、かつて飛行中にある緊急事態に遭遇したときだった。二〇〇七年の八月、わたしは乗員として通常の空輸任務に就き、韓国の烏山《オサン》空軍基地へ飛行していた。その途中、輸送機の油圧系統と発電機が作動しなくなるという事態が起こった。われわれは緊急事態を宣言し、空港消防車群のフラッシュライトに照らされるなか、なんとかぶじに着陸することができた。駐機場へタクシングしていくとき、機は尾部から油圧用の液体を滴らせていた。

ようやくエンジンを停止させたとき、交換部品が到着するまで、何日かの待機を余儀なくさせられることが判明した。つまり、オサンで時間つぶしをしなくてはならないということだ。そんなわけで、ある朝、わたしは基地の売店に出向いて、黄色い用箋パッドとコーヒーを買った。そして、兵員宿舎のベンチに腰かけ、そのパッドの一ページめにこう書きつけたのだった──第1章。

訳者あとがき

タリバンの大物捕虜を護送するため、悪天候の合間を縫ってアフガニスタンのバグラム空軍基地を飛び立ったアメリカ空軍のC-130ハーキュリーズ輸送機が、反政府軍の放ったミサイルを浴びて、不時着を余儀なくされる。機体を大破しながら降り立った場所は、ヒンズークシ。

ヒンドゥークシュとも記されるその山脈は、アフガニスタンを南西から北東へ貫いてパキスタンの西端まで、全長千二百キロにわたってのびる広大な雪と氷の山岳地帯であり、七千メートル級の高峰をいくつもいただいている。

古来よりユーラシア大陸における東西南北の交通の要衝であり、障害でもあったヒンズークシは、ただでさえ、容易にはひとを寄せつけない不毛の地だ。しかも折悪しく、百年に一度の猛烈なブリザードがそこに襲いかかろうとしていた。

不時着した輸送機は、何人もの死傷者を出した。生き残った行動可能な乗員たちのなかで、もっとも階級の高いマイケル・パースン少佐が、捕虜を護送しての脱出を機長から命じられる。それに付き添うのは、パシュトゥ語の専門家である女性陸軍軍曹、ゴールドのみ。

捕虜はタリバンのムッラー（高位のイスラム聖職者）であり、その年老いたムッラーは、かつてタリバン政府の閣僚を務め、いまも反政府軍において大きな権威と権力を保持している。タリバンはムッラーの奪回をもくろんでいる。

アメリカ軍情報部によれば、ムッラーはアメリカ本土における恐ろしいテロ作戦をたくらんでおり、その護送と尋問は、多数の将兵の生命を懸けるだけの価値があるという。

パースンはムッラーとゴールドを引き連れ、わずかな装備を頼りに、深い積雪と激しい降雪を縫って、脱出を図る。だが、行く手には、途中パースンが「この土地のありとあらゆるものが――住民が、気候が、地形が、植物相や動物相が――自分の死を欲しているように」感じたほど、無数の困難が待ち受けていた。ヒンズークシの猛烈なストームだけでなく、ムッラーの奪回を期すアルカイダ・タリバン混成部隊とも戦わねばならない。その敵部隊を率いるのは、パキスタン三軍統合情報局ＩＳＩの元中佐、マルワン。イギリス軍の士官学校で教育を施され、イギリス陸軍特殊空挺部隊ＳＡＳで訓練を受けたマルワンは、完璧な英語が話せ、知力と機略に長けた男であり、多数のインド軍指揮官を射殺した凄腕のスナイパーでもある。

パースンは空軍の航空士《ナヴィゲーター》であって、陸戦の兵士ではない。空軍の将兵は通常、地上では無能に近いが、彼はロッキー山脈育ちであり、幼少のころから父に連れられて、ロッキー山中でハンティングをしていたとあって、極寒の雪山での行動に習熟し、ライフルの腕前もスナイパーに迫るものを持っていた。軍のサバイバル・スクールでも優秀な成績を修めている。

だが、そこは慣れ親しんだアメリカの山脈ではなく、〝世界の屋根〟ヒマラヤに連なる峻烈なヒンズークシだ。

パースンはこの窮地をいかに乗りこえて、ヒンズークシを脱出するのか？　大規模テロの鍵と目されるムッラーを、首尾よく基地へ送り届けることはできるのか？　アメリカ本土を襲おうとしている危機を未然に防ぐことはできるのか？

著者、トーマス・W・ヤングは、「著者あとがき」にあるとおり、実際にアメリカ空軍の機関士として、中東で輸送任務に就いていただけに、その物語描写には、現実にこのような事件があったのではないかと感じさせるほどのリアリティがある。もちろん、AP通信のライターとしての長い経験も、それに大きく寄与しているのだろう。

この作品は、ヤングのフィクションとしてのデビュー作にあたるが、すでにノンフィクションなどの著作も上梓している作家とあって、そのストーリー・テリングは巧みで、読み手の気をそらせない。将来が楽しみな作家が、またひとり出現したと言っていいだろう。

　本書は、迫真のミリタリー小説であると同時に――いや、それ以上に――極限のサバイバル・ストーリーでもある。物語に熱中するあまり、心がヒンズークシのストームにとりこまれて、寒さに凍えることのないよう――そして、極寒の山脈をぶじに脱出できるよう――室内を温かくして読むことをお勧めしたい。

　ちなみに、著者があるブログのなかで、執筆にあたっての「過去の経験から学んだ七カ条」なるものを記している。いかにも元軍人らしい視点がうかがえて、なかなか興味深いので、ここでそれを紹介しておこう。

1　登場人物の任務をよく知れ。
2　戦術的環境を理解せよ。
3　予見不可能な部分を残せ。
4　技能の上達を怠らないようにせよ。
5　地形をみずからの利点とせよ。
6　スピードこそが生命。
7　編隊僚機を求めよ。

この七ヵ条が執筆のなかでどのように生かされているかは、本書を読んで確認されたい。

二〇一〇年十二月

話題作

レッド・ドラゴン〔決定版〕上下
トマス・ハリス／小倉多加志訳
満月の夜に起こる一家惨殺の殺人鬼と元FBI捜査官グレアムの、人知をつくした対決！

夜明けのヴァンパイア
アン・ライス／田村隆一訳
伝説の吸血鬼の二百年におよぶ物語。映画化名『インタビュー・ウィズ・ヴァンパイア』

アイ・アム・レジェンド
リチャード・マシスン／尾之上浩司訳
人類絶滅！　ただ一人生き残った男は……名作ホラーが新訳で登場（『地球最後の男』改題）

ゴッドファーザー上下
マリオ・プーヅォ／一ノ瀬直二訳
陽光のイタリアからアメリカへ逃れた男達が生んだマフィア。その血縁と暴力を描く大作

ミリオンダラー・ベイビー
F・X・トゥール／東　理夫訳
クリント・イーストウッド監督・主演で映画化され、アカデミー賞に輝いた感動のドラマ

話題作

テンプル騎士団の古文書 上下
レイモンド・クーリー／澁谷正子訳
中世ヨーロッパで栄華を誇ったテンプル騎士団。その秘宝を記した古文書をめぐる争奪戦

ウロボロスの古写本 上下
レイモンド・クーリー／澁谷正子訳
表紙に蛇の図が刻印された古い写本。写本の内容が解明された時、人類の未来が変わる！

神の球体 上下
レイモンド・クーリー／澁谷正子訳
世界各地で、空中に浮かぶ巨大な謎の球体が出現。その裏で、恐るべき陰謀が進行する。

傭兵チーム、極寒の地へ 上下
ジェイムズ・スティール／公手成幸訳
ロシアの独裁政権を打倒すべく、精鋭の傭兵チームが繰り広げる死闘。注目の冒険巨篇。

メディチ家の暗号
マイケル・ホワイト／横山啓明訳
ミイラから発見された石板。そこに刻まれた暗号が導くメディチ家の驚くべき遺産とは？

訳者略歴　1948年生、1972年同志社大学卒、英米文学翻訳家　訳書『傭兵チーム、極寒の地へ』スティール,『メアリー‐ケイト』スウィアジンスキー,『ジャンパー』グールド（以上早川書房刊）他多数

HM=Hayakawa Mystery
SF=Science Fiction
JA=Japanese Author
NV=Novel
NF=Nonfiction
FT=Fantasy

脱出山脈《だっしゅつさんみゃく》

〈NV1231〉

二〇一一年一月十五日　発行
二〇一一年三月二十日　三刷

（定価はカバーに表示してあります）

著者　トマス・W・ヤング
訳者　公《く》手《で》成《しげ》幸《ゆき》
発行者　早川浩
発行所　株式会社　早川書房

郵便番号　一〇一‐〇〇四六
東京都千代田区神田多町二ノ二
電話　〇三‐三二五二‐三一一一（大代表）
振替　〇〇一六〇‐三‐四七七九九
http://www.hayakawa-online.co.jp

乱丁・落丁本は小社制作部宛お送り下さい。
送料小社負担にてお取りかえいたします。

印刷・株式会社精興社　製本・株式会社フォーネット社
Printed and bound in Japan
ISBN978-4-15-041231-9 C0197

＊本書は活字が大きく読みやすい〈トールサイズ〉です